Tine Dreyer

Morden in der Menopause

Tine Dreyer

Morden in der Menopause

Roman

DUMONT

MIX
Papier | Fördert gute Waldnutzung
FSC® C083411
FSC
www.fsc.org

Das bei der Produktion dieses Buches entstandene CO_2 wurde durch die Finanzierung von Klimaschutzprojekten kompensiert:
climate-id.com/17531-2110-1001/de

1. Auflage 2024

Lektorat: Regine Weisbrod
Umschlaggestaltung: Lübbeke Naumann Thoben, Köln
Satz: Angelika Kudella, Köln
Gesetzt aus der Minion Pro
Druck und Verarbeitung: CPI books GmbH, Leck
Gedruckt auf säurefreiem und chlorfrei gebleichtem Papier
Printed in Germany
ISBN 978-3-8321-6828-5

www.dumont-buchverlag.de

Östrogen ist das weiblichste aller Hormone.
Es sorgt dafür, dass wir uns kümmern
und alle versorgen, dass wir Männern gefallen
und eine Familie gründen wollen. Fällt der
Östrogenspiegel, fällt unsere Stimmung –
und damit das Wohlfühlkonzept, von dem alle
anderen bisher so fabelhaft profitiert haben.

Prolog

Ich weiß nicht, was Sie über die Wechseljahre wissen. Bei mir war es zunächst nicht viel. Irgendwie waren sie immer weit weg, und die ältere Generation, also meine Mutter und Tanten, haben nie ein Wort darüber verloren. Stimmungsschwankungen und Hitzewallungen, okay, klar, davon hatte ich gehört. Aber dass mit meiner ersten Hitzewallung auch mein erster Mord einhergehen sollte, kam dann doch überraschend. Besonders für diesen bulligen Typen, dem ich im Zuge eines plötzlichen Stimmungstiefs leider den Schädel eingeschlagen habe.

Während meine Monatsblutung also zum ersten Mal ausblieb, stand ich bis zu den Knöcheln im Blut eines Toten.

Bedauerlicherweise sollte es bei der einen Leiche nicht bleiben, unglückliche Umstände sorgten für weitere unglückliche Situationen. Aber auch dafür, dass ich mich über meinen verdammten Hormonhaushalt endlich mal richtig informiert habe.

Denn der Hormonspiegel verändert sich irgendwann, sackt ab, der Vergleich mit einer Art Alterspubertät liegt da nicht fern. Ich erinnere mich noch viel zu gut daran, was wir früher für fröhliche Zeiten hatten, als ich in der Pubertät und meine Mutter in den Wechseljahren war. Unglaublich, wie man so viel heulen und schreien kann wie wir damals.

Ich war felsenfest davon überzeugt gewesen, dass mir so etwas niemals passieren würde. Ich war schließlich ein ganz anderer Typ als meine Mutter, viel gelassener und näher an meinen Kin-

dern. Und wenn ich mich mit einem Thema auskannte, dann mit Hormonen, immerhin hatte ich drei pubertierende Jugendliche zu Hause sitzen. Was sollte mich da also noch überraschen? Ich wusste doch, was Hormone mit einem Menschen anstellen können. Diesbezüglich hatte mich nichts mehr erschüttern können.

So viel zur Theorie.

Inzwischen bin ich zu so etwas wie einer Expertin in Sachen Menopause geworden. Zwangsläufig. Und mit der Beseitigung von Leichen kenne ich mich nun auch ganz gut aus. Ebenfalls zwangsläufig.

Ich weiß, Mord geht gar nicht, dessen bin ich mir durchaus bewusst, das können Sie mir glauben. Aber die Menopause ist nicht viel besser, und ich bin mir nicht sicher, was mir mehr schlaflose Nächte bereitet hat, Mord oder Meno.

Mit meinen achtundvierzig Jahren hatte ich die Menopause noch nicht auf dem Schirm. Gefühlt war ich in meinen Dreißigern, außerdem hatte ich keine Zeit gehabt, mich mit diesem Thema zu beschäftigen. Meine Arbeit als Küchenplanerin füllte mich voll aus – nein, das stimmt eigentlich nicht, denn natürlich machte ich den Job nur in Teilzeit, um mich ansonsten um meine reizenden, schwerstpubertierenden Kinder zu kümmern. Und selbstverständlich um meinen Mann. Und meine Schwiegereltern, die nicht mehr gut alleine zurechtkamen, während ich meine eigenen Eltern schon vor einiger Zeit und im Abstand von zwei Jahren bis zu ihrem letzten Atemzug begleitet hatte. Dank einem funktionierenden Östrogenspiegel machte es mir nichts aus, dass mein Tag sechzehn Stunden hatte, die ich in erster Linie damit verbrachte, es anderen recht zu machen.

Bis zu dem Freitag, der alles veränderte.

Hormone übernehmen wichtige Aufgaben bei der Übertragung von Informationen im Gehirn. Sinkt der Östrogenspiegel, funktioniert das Gedächtnis nicht mehr so gut. Zum Glück renkt sich das irgendwann wieder ein – aber erst mal gibt es eine hübsche Episode menopausaler Schusseligkeit.

1

Ich war seit vier Uhr morgens wach und hatte mich so oft von links nach rechts und wieder zurück gedreht, dass mir fast schwindelig war. Seit Tagen konnte ich nicht schlafen. Vielleicht weil Vollmond war oder ich irgendwas ausbrütete, ich wusste es nicht. Jedenfalls wachte ich jede Nacht auf, teilweise schweißgebadet, teilweise mit Wadenkrämpfen oder Kopfschmerzen, und einschlafen konnte ich danach kein einziges Mal mehr. Ich war wie gerädert.

Jörn lag tief schlafend und schnarchend neben mir, und bei jedem seiner laut pfeifenden Atemzüge wuchs meine Wut.

Wieso konnte er schlafen und ich nicht? Wieso ging ich seit zwei Stunden den Tagesplan jedes Familienmitglieds durch, stellte im Kopf die Einkaufsliste fürs Wochenende zusammen, formulierte die E-Mail an eine schwierige Kundin und bereitete mich auf das Gespräch in Sachen Pflegedienst vor, den wir für *seine* Eltern engagieren wollten?

Selbst schuld, dachte ich. Keiner zwingt dich, nächtelang über all das nachzudenken. Du könntest ja einfach schlafen, so wie der Rest der Familie auch.

Da ich das aber leider eben nicht konnte, stand ich auf. Inzwischen war es halb sechs, und es erschien mir sinnlos, weiterhin die Matratze zu bewegen. Erst vor einem halben Jahr hatten wir uns ein exklusives Boxspringbett gekauft, das so bequem war, dass Jörn schon beim Probeliegen im Bettengeschäft darauf eingeschlafen war. Wir waren uns beide sicher gewesen, dass es jeden Cent der stolzen sechstausend Euro wert war, die wir dafür hingeblättert hatten, und ich in Zukunft mit Sicherheit besser schlafen würde.

Jetzt schlief ich immer noch nicht besser, und wir hatten sechstausend Euro weniger auf dem Konto, nein, eigentlich zehn, weil wir im Zuge der Bettenanschaffung auch gleich die Nachttische ausgetauscht, den alten Schrank erneuert und alles gestrichen hatten. Allein der Gedanke daran machte mich wahnsinnig und hellwach. Schließlich war der ganze Aufwand im Prinzip nur für mich betrieben worden, und mit drei heranwachsenden Kindern zahlten wir so was nun auch nicht aus der Portokasse.

Ich schlich ins Bad, wunderte mich kurz über meine unglaublichen Augenränder, schlüpfte in Jörns Bademantel, weil der größer und kuscheliger war als meiner, und beschloss, die besagte E-Mail zu schreiben, die druckreif in meinem Kopf vorlag. Frau Wugner, eine äußerst schwierige Kundin, würde sie dann schon zum Frühstück lesen können und sich beeindruckt von meinen Vorschlägen zeigen.

Ich ging nach unten, machte mir einen Kaffee, räumte die Spülmaschine ein und fragte mich, warum niemand in meiner überaus geliebten Familie in der Lage war, einen dreckigen Teller *in* die Maschine zu stellen, während *auf* problemlos für alle umsetzbar war. Dann schnappte ich mir mein Handy und setzte mich mit einem Kaffee aufs Sofa, um die aktuellen Nachrichten zu lesen. Obwohl ich mit einem Artikel zur politischen Lage in unserem Land angefangen hatte, erwischte ich mich nach ein paar Minuten dabei, wie ich abwechselnd lustige Hundevideos und nicht minder lustige Hair-Tutorials anklickte. Ich hatte keine Ahnung, wie ich so schnell abdriften konnte. Wenn wir die Zeitung noch in gedruckter Form hätten, wäre so etwas niemals passiert. Wie auch.

Ich gähnte und merkte, wie müde ich war. Warum zur Hölle war ich nur so früh aufgestanden?

Also zurück ins Bad und ab unter die Dusche. Beim Haarewaschen zuckte ich erschrocken zusammen, als ich aus dem Augenwinkel eine nicht zu identifizierende Bewegung wahrnahm. Es brauchte einen Moment, bis ich kapierte, dass es meine Oberarme waren. Wenn ich meine Kopfhaut zu sehr schrubbte, ließ sich der Bingo-Arm-Effekt nicht mehr verstecken. Also massierte ich das Shampoo nun sehr gefühlvoll ein und kam mir sofort total bescheuert vor. Kein Mensch sah hier unter der Dusche meine Wackelärmchen! Schämte ich mich etwa vor mir selbst?

Während ich meine Oberarme zu hassen begann, fiel mir wieder ein, warum ich so früh aufgestanden war. Die E-Mail! Wenn ich aus dem Bad kam, würde ich das sofort erledigen.

Aber erst mal anziehen. Die neue Bluse, die ich vor zwei Tagen gekauft hatte. Hellblau mit weiten Ärmeln im angesagten Oversize-Look, wie mir die Verkäuferin versichert hatte. Ein teures Stück aus reiner Seide, das perfekt zu meiner engen Jeans und den hellblauen Pumps passte, die ich noch maximal eine halbe Stunde am Tag tragen konnte, bevor mir die Füße abfielen. Und mein Rücken machte so ein Schuhwerk schon lange nicht mehr mit. Deshalb erst mal nur Pantoffeln.

Inzwischen war es halb sieben. Der Rest der Familie musste sich also auch langsam erheben.

An der Tür von Hannes' Kinderzimmer, das nichts Kindliches mehr hatte, hing ein *gefundenes* Durchfahrt-verboten-Schild. Wie immer ignorierte ich diese Aufforderung und betrat den dunklen Raum, um als Nächstes über irgendwelche Klamotten zu stolpern, die Hannes grundsätzlich auf dem Boden lagerte. Jedenfalls wenn er sich abends ausgezogen hatte.

»Raus hier!«, begrüßte er mich, nachdem ich mich bis zu seinem Bett durchgekämpft hatte und ihn weckte. Klar, mit siebzehn hatte man das Frühaufstehen nicht erfunden, aber in letzter Zeit wurde es immer schlimmer mit ihm. Sein Tag-Nacht-Rhythmus schien sich vollkommen verdreht zu haben.

»Du musst aufstehen, Mu…«

»Nenn mich nicht *Muckel*!«, unterbrach er mich giftig.

»Auf die Idee würde ich im Leben nicht kommen. Was du mir alles zutraust! Steh jetzt auf!«

Ich schaltete die Nachttischlampe ein und drehte sie so, dass der Lichtkegel ihm direkt ins Gesicht fiel. Wie alle Jugendlichen in seinem Alter hatte er seine dunklen Haare an den Seiten *auf Kontostand* und oben lang, sodass sie ihm fast über die Augen hingen.

»Wie du nervst!«, motzte er und zog sich die Decke übers Gesicht, das die schlimmste Pickelzeit inzwischen zwar überstanden hatte, aber immer noch ein gepunktetes Minenfeld war.

»Ist nun mal meine gottverdammte Pflicht«, gab ich zurück. »Ich bin schließlich dafür verantwortlich, dass du pünktlich in der Schule bist!«

»Spießerin!«

Ich wollte ihm noch einen Spruch an den Kopf knallen, erinnerte mich dann aber daran, dass ich ja die Erwachsene war und er das, wenn auch recht große, Kind, und riss mich zusammen.

Als ich aus dem Zimmer ging, trat ich noch mal auf etwas Hartes, sah, dass es ein Feuerzeug war, und dachte mit etwas Wehmut an die Zeiten, in denen ich nur auf Legosteine getreten war. Schnell verwarf ich den Gedanken. Nichts war schmerzvoller gewesen als das. Man musste nun wirklich nicht allem hinterhertrauern.

Auf dem sehr kurzen Weg in Sofies Zimmer bemühte ich mich um ein Lächeln. Selbst wenn man gezwungen lächelt, soll sich das positiv auf die Stimmung auswirken, hatte ich gelesen, und ich zog die Mundwinkel nach oben.

Bitch Palace stand in dicken Lettern an ihrer Tür, und ich hatte gar nicht erst angefangen, diesen Schriftzug zu hinterfragen, als Sofie ihn anbrachte. Vielleicht bedeutete Bitch heute etwas anderes als früher, vielleicht hatte Palast aber auch einen

Bedeutungswandel erlebt, ich wusste es nicht und wollte es auch nicht wissen. Und nein, ich interessiere mich sehr wohl für das Leben meiner Tochter, aber gewisse Sachen muss man an sich vorbeirauschen lassen, wenn man mit drei pubertierenden Jugendlichen zusammenlebt.

Obwohl Sofie nur zwei Minuten älter war als Hannes, schien sie mit der Pubertät schon viel länger abgeschlossen zu haben als ihr Zwillingsbruder. Jedenfalls optisch. Pickel oder andere Pubertätsmakel konnte man mit der Lupe bei ihr suchen, vom Aussehen her hätte man sie auch für zweiundzwanzig halten können. Von der geistigen Reife her nicht unbedingt.

Ich machte Licht und staunte, dass meine Tochter ihre überschulterlangen, platinblondgefärbten Haare zu Zöpfen geflochten hatte. Als sie die Augen aufschlug, erschreckte sie sich fast zu Tode. »Ah! Mama! Ich krieg gleich einen Herzinfarkt!«

»Weil ich dich wecke?«

»Weil du wie so'n Horrorclown grinsend an meinem Bett stehst!«

Ach ja. Mein selbsttherapeutisches Lächeln. Ich ließ die Mundwinkel wieder nach unten fallen.

»Außerdem hab ich die erste frei, Mann!« Verärgert ließ Sofie sich wieder in die Kissen fallen.

»Oh, tut mir leid, wusste ich nicht.«

»Wirst du langsam plemplem?«, zickte meine Tochter mich an. »Hab ich dir gestern doch zehnmal gesagt!«

»Stell dir einfach selbst einen Wecker«, zickte ich zurück, »dann muss ich das nicht mehr machen. Bist schließlich alt genug!«

»Du weißt genau, dass ich den Wecker nicht höre!«

»Ist das mein Problem?«

»Du bist echt so übel, Mama!«

Rückzug, dachte ich nur. Ab zu meinem Kleinen, der mit fünfzehn Jahren größer war als alle anderen. An seiner Tür klebte ein FC-Köln-Plakat, das ich in keiner Weise hinterfragen musste.

Paul hatte als Einziger Jörns Locken geerbt. Sofie hatte meine blonden glatten Haare, die sie im Moment dramatisch aufhellte, und Hannes hatte Jörns Haarfarbe und meine Haarstruktur, was insgesamt sicher die langweiligste Kombination war. Nur auf Pauls Kopf lockte sich das dunkle, dichte Haar in perfekten Wellen.

Auch er zuckte erschrocken zusammen, als ich ihn sanft an der Schulter rüttelte.

»Mama!«

»Gut geschlafen?«

»Ja … Aber du siehst schlimm aus. Bist du krank?«, fragte Paul besorgt. Dabei hatte ich mein grenzdebiles Lächeln doch längst aufgegeben.

»Ich hab mich noch nicht geschminkt«, antwortete ich schwach. Mir war nicht klar, dass meine Augenringe eine solche Zumutung darstellten.

»Ach so, Gott sei Dank, ich dachte schon, es wäre was.« Paul sackte erleichtert zurück. »Die Mutter von Luca sah während ihrer Chemo auch so aus. Ich hab mir echt Sorgen gemacht.«

Reflexhaft zog ich die Mundwinkel wieder hoch. *Wenn man lächelt, geht es einem auch besser*, sagte ich mir immer wieder und wieder, und es war mir egal, ob ich wie ein grenzdebiler Horrorclown aussah oder nicht.

Ich möchte jetzt nicht, dass Sie ein falsches Bild von mir bekommen. Ich habe nie zu den Müttern gehört, die sich von ihren Kindern jede Frechheit gefallen lassen. Im Gegenteil. Gute Erziehung war und ist mir noch heute wichtig. Aber an diesem Morgen war ich so durch den Wind, dass ich mir jede weitere Bemerkung krampfhaft verkniffen habe, da ich sonst vermutlich sofort an die Decke gegangen wäre und ein Riesengebrüll vom Zaun gezogen hätte. Bekanntermaßen nichts, was einem weiterhilft oder zum Familienfrieden beiträgt.

»Guten Morgen, Livi!« Jörn sah wie immer fabelhaft aus, als er eine halbe Stunde später in die Küche kam. Die dunklen Locken perfekt nach hinten frisiert, ein schmal sitzender Anzug ohne Krawatte und dazu noch wunderbar nach einem neuen Aftershave duftend. Die wenigen grauen Haare an den Schläfen perfektionierten den George-Clooney-Look.

Männer blühen mit den Jahren auf, Frauen verwelken. Hatte mein Schwiegervater erst vor zwei Tagen zu mir gesagt. Ich brauchte mich nur einmal kurz auf der Straße umzugucken, um zu wissen, dass dieser Spruch nichts mit der Realität zu tun hatte, aber auf Jörn traf er definitiv zu. Er war schon immer attraktiv gewesen, hatte in jungen Jahren jedoch durchaus etwas Bubihaftes gehabt, das jetzt verschwunden war. Äußerlich zumindest. Ansonsten hatte er sich seinen jungenhaften Humor und die damit einhergehende Gelassenheit bewahrt.

»Hey, die Bluse hattest du ewig nicht mehr an!« Jörn gab mir einen Kuss auf die Wange. »Ist die nicht aus Pauls Schwangerschaft?«

»Sie ist neu«, brachte ich gepresst hervor.

»Oh! Sieht … total … gemütlich aus!«

Ich bin mir nicht sicher, was passiert wäre, wenn ich zu diesem Zeitpunkt schon einen Hammer zur Hand gehabt hätte.

Jedenfalls machte ich drei Kreuze, als endlich alle aus dem Haus waren. Die Kinder schlugen nacheinander einfach die Haustür hinter sich zu und murmelten dabei irgendetwas, das vermutlich in Richtung »Tschüss« gehen sollte. Jörn drückte mir zum Abschied immerhin noch einen Kuss auf den Mund.

»Mach dir einen schönen Tag, Liebes«, sagte er gut gelaunt.

»Wird nicht so einfach«, murmelte ich.

»Ach komm! So'n Hausfrauentag ist ja wohl großartig! Was würde ich dafür geben, heute ein bisschen Wäsche zu machen und zwischendurch ausführlich Zeitung zu lesen und Kaffee zu trinken. Na, ich gönn dir deinen freien Tag natürlich.«

Er zwinkerte mir zu und verließ das Haus.

Ich muss Ihnen nicht erklären, dass mein Hausfrauentag nichts mit dem zu tun hatte, was mein Mann sich darunter vorstellte.

Ja, es stimmte, freitags arbeitete ich nicht im Küchenstudio, aber zu glauben, ich hätte einen freien Tag, war eigentlich nicht viel mehr als ein schlechter Witz. Nach der Logik hätten Hausfrauen ja immer frei, was nur jemand behaupten kann, der immer einen großen Bogen um jegliche Hausarbeit macht.

Grundsätzlich war natürlich jeder Tag Hausfrauentag, sonst begann er halt immer erst nach der Arbeit und zog sich bis in den Abend. Jörn war zwar durchaus das, was man als modernen Ehemann bezeichnen würde (jedenfalls in meiner Generation, in der Generation Z würde man solche Typen vermutlich sofort erschlagen), was jedoch unterm Strich nur bedeutete, dass er ab und zu mal kochte, wenn wir Freunde zu Besuch hatten, was diese dann auch in den höchsten Tönen lobten. Von dem alltäglichen Kram, der mit drei pubertierenden Kindern nicht zu unterschätzen war, wenn man nicht wollte, dass irgendwann die Kakerlaken die Macht im Haus übernehmen, hatte er keine Vorstellung.

Ich weiß, was einige von Ihnen jetzt denken, nämlich dass ich selbst schuld war. Damit haben Sie recht. Aber mein Östrogen war bisher halt auf einem überdurchschnittlich hohen Niveau gewesen, es hatte mich bislang einfach nicht sonderlich gestört, dass die heute als Care-Arbeit bezeichnete Plackerei an mir hängen blieb. Außerdem hatte Jörn einen extrem herausfordernden Job, arbeitete in einer Unternehmensberatung und kam grundsätzlich erst sehr spät nach Hause.

Ja, es stimmt, ich hatte mich freiwillig in diese Situation gebracht. Allerdings manipuliert von Hormonen, die mich zu einer familienfreundlichen Marionette gemacht hatten. Falls jetzt der

Eindruck entsteht, ich würde glauben, Frauen wären komplett hormongesteuert und praktisch hirnbefreit, dann möchte ich dem energisch widersprechen. Natürlich sind wir den Hormonen nicht hilflos ausgeliefert, und sie schalten auch nicht unsere Denkfähigkeit aus. Ein Raucher ist seinen Zigaretten ja auch nicht hilflos ausgeliefert. Sie verstehen, was ich meine?

Und jetzt waren leider die Hormone oder, um im Bild zu bleiben, die Strippen, an denen die Marionette hing, gekappt worden, und es fiel mir deutlich schwerer, meinen Verpflichtungen nachzukommen. Ich war gestresst wie ein Exraucher in der Entwöhnung. Dass meine Hormone eine gewaltige Schuld daran trugen, wusste ich zu dem Zeitpunkt aber noch nicht – und das ist genau der Grund, warum ich Sie so vehement für dieses Thema sensibilisieren möchte. Denn wenn man, so wie ich, keine Ahnung hat, warum einem die Kontrolle über sich selbst abhandenkommt, fängt man langsam, aber sicher an durchzudrehen.

Doch eins nach dem anderen.

Als Erstes erledigte ich an diesem alles verändernden Tag den Großeinkauf, der einmal in der Woche bei uns anstand. Wer pubertierende Kinder zu Hause hat, der weiß, was die wegmampfen, Jungs noch schlimmer als Mädchen. Es war eigentlich nicht möglich, Hannes und Paul sattzukriegen. Magerquark schaffte ich tonnenweise ins Haus, denn wie alle Jungs in dem Alter gingen auch meine regelmäßig in die Muckibude – ein Begriff, den ich in ihrer Anwesenheit niemals benutzen würde, da mir sonst wieder Boomer-Wortschatz vorgeworfen werden würde. Und ja, es war meinen Kindern völlig egal, dass ich mit der Boomer-Generation so rein gar nichts mehr zu tun hatte, sondern ein klassisches Pillenknick-Kind war.

Abgesehen vom Magerquark und einigen anderen Grundnahrungsmitteln, die wir immer brauchten, irrte ich ein bisschen orientierungslos durch den Supermarkt. Heute Nacht hatte ich noch alles glasklar vor Augen gesehen und genau gewusst, was uns fehlte und was ich nachkaufen musste, aber auf wundersame Weise waren diese Informationen in meinem Gehirn gelöscht worden. Als ich die Waren aufs Kassenband legte, fanden sich dann auch vier Tuben Tomatenmark darunter, und ich fragte mich, was ich damit geplant hatte zu kochen. Tomatensuppe? Nicht auszuschließen.

Nachdem ich zwei große Ikea-Taschen voller Lebensmittel ins Haus geschleppt hatte, ignorierte ich meinen schmerzenden Rücken und machte mich an den Hausputz. Ich zog die Betten der Kinder ab und schwor mir, den Jungs nie wieder schwarze Bettwäsche aufzuziehen, saugte, feudelte mich einmal durchs komplette Haus und packte dann meine Sachen zusammen, um mich auf den Weg zu meinen Schwiegereltern zu machen.

Marlies und Werner waren eigentlich ein ganz reizendes, sehr altes Ehepaar. Jörn war ein Nachkömmling, seine beiden Brüder längst im Rentenalter, und die Eltern gingen steil auf die neunzig zu. Werner hatte zeit seines Berufslebens als Textilingenieur für einen großen Damenoberbekleidungshersteller gearbeitet und seine Frau dadurch über Jahrzehnte mit Unmengen von Kleidern versorgt.

Marlies hatte in den Achtzigerjahren noch eine späte Karriere bei Tenetdor hingelegt, einem Kosmetikhersteller, der vor allen Dingen für seine Nagellacke bekannt war und seine Waren über das Tupperware-Prinzip verkaufte. Marlies organisierte Kosmetikpartys, auf denen sie Schminktipps gab und den Kundinnen bei einem Glas M&M-Sekt die Nägel lackierte. Im Prinzip war sie eine Beauty-Influencerin der analogen Zeit gewesen. Ihre Leidenschaft für Kosmetik und Kleidung hatte sie sich bewahrt, auch wenn sie aufgrund der nachlassenden Sehkraft Lid- und Lippenkonturstift heute leider nicht mehr besonders zielsicher platzieren konnte. Ihre leuchtend rot gefärbten Haare waren nach der schweren Brustkrebserkrankung, die sie vor fünfzehn Jahren hatte durchstehen müssen, zum Glück wieder gut nachgewachsen. Ganz die Alte war sie nach der Erkrankung allerdings nicht wieder geworden. Chemo und Medikamente hatten die Knochen geschwächt, und sie war bei Weitem nicht mehr so gut zu Fuß wie früher. Aber dafür meistens guter Dinge. Durch die eingeschränkte Beweglichkeit hatte sie ein paar Kilo zugenommen und weiter an Leichtfüßigkeit verloren. Sie sollte eigentlich jeden Tag ihren Blutdruck messen, aber nachdem sie sich bei Tchibo eine Blutdruckmessmanschette gekauft hatte, hatte sie diese nur zweimal benutzt. »Ist einfach lästig, wenn der Arm so eingeschnürt wird.« Damit war das Thema erledigt, jedenfalls für Marlies, für ihren Blutdruck noch lange nicht, der regelmäßig an die Zweihunderter-Marke klopfte und mit Herzinfarkt oder Schlaganfall drohte.

Obwohl ich einen Schlüssel hatte, klingelte ich wie immer.

»Hast du an das Tomatenmark gedacht?«, begrüßte mich Werner, als er mir die Tür aufmachte. Die wenigen Haare, die er noch hatte, lagen strähnig auf der Glatze, und sein Hemd war von Flecken übersäht.

»Ja.« Ich unterdrückte ein Seufzen. »Aber ich hab es zu Hause liegen gelassen.«

»Tja.« Werner zuckte mit den Schultern. »Du sagst ja immer, wir müssen uns gesünder ernähren. Wenn du dann die passenden Zutaten nicht mitbringst, kann ich es auch nicht ändern.«

»Eine Tube Tomatenmark macht noch keine gesunde Ernährung.«

»Ist aber ein Anfang.«

Auch Werner hatte gesundheitlich ein paar Federn gelassen. Als überzeugter Genussmensch kam sein Altersdiabetes nicht überraschend, war aber nicht weniger lästig. Immer wieder vergaß er, pünktlich sein Insulin zu spritzen, weshalb er immer häufiger durcheinander war und dann auch körperlich schnell abbaute. An seinen Ernährungsplan hielt er sich natürlich nicht, wer könne denn so viel Gemüse und Salat essen, er sei ja schließlich kein Kaninchen, so sein Credo.

Werner war nicht übermäßig dick, aber zwanzig Kilo zu viel waren es dann doch, die er wie einen verschluckten Ball konzentriert am Bauch trug. Doch er hatte kein Problem damit, und wenn sein Diabetes das hatte, dann musste der eben gucken, wie er damit klarkam.

»Hast du heute deine Gymnastik gemacht?«, fragte ich und hängte meine Jacke an die überfüllte Garderobe.

»Nein.« Er drehte sich zum Treppenhaus. »Marlies?«, rief er laut hoch. »Sie hat das Tomatenmark vergessen!«

»Wird auch nicht jünger!«, rief meine Schwiegermutter von oben.

»Können wir uns wieder nicht an den Diätplan halten.« Werner grinste. Bedauernd sah er mich an. »Dann bringt die Gymnastik auch nichts.«

Sport lehnte Werner genauso ab wie eine Diät. Wozu auch? Er war davon überzeugt, sich ausreichend zu bewegen. In erster Linie ging er mehrmals in der Woche zur Bushaltestelle, um von da aus zur Rennbahn in Köln-Weidenpesch zu fahren – und zu wetten. Was Jörn und ich zunächst als kleine Wettleidenschaft abgetan hatten, hatte sich mit der Zeit zu einem ernsten Problem ausgewachsen. Nicht für Werner, auch nicht für seinen Diabetes, aber für uns, die wir immer öfter seine Wettschulden begleichen mussten. Der fünfstellige Bereich war längst erreicht, und da Jörns Brüder beide nur über eine kleine Rente verfügten, war von Anfang an klar gewesen, dass wir für Werners Spielschulden aufkommen würden – meine Schwiegereltern selbst konnten es jedenfalls nicht. Und Jörn schaffte es nicht, ein ernstes Wort mit seinem Vater zu reden, vielleicht auch, weil er fürchtete, ihm dann den letzten Spaß in seinem Leben zu nehmen. Vielleicht war das auch so, und solange es uns finanziell nicht wirklich störte, wettete Werner eben weiter.

Wenn er es mit seiner Insulindosis allerdings nicht so genau nahm, bevor er sich auf den Weg nach Weidenpesch machte, konnte sein Heimweg schon mal ganz schön abenteuerlich werden. Positiv formuliert. Der Notarzt kam in letzter Zeit jedenfalls immer häufiger zum Einsatz.

Schwerfällig kam meine Schwiegermutter die Treppe herunter. Auch sie wurde überraschenderweise nicht jünger, obwohl sie davon überzeugt war, immer jünger auszusehen – das war das Schöne an einer Alterssehschwäche. Auch die Falten wurden unsichtbar.

»Wie siehst du denn aus?«, sagte sie zur Begrüßung. »Entweder ist die Bluse unvorteilhaft, oder du stehst ganz schön im Futter.«

»Ich freue mich auch, dich zu sehen«, sagte ich und atmete tief durch.

»Dein Busen! Was ist mit deinem Busen passiert?« Marlies musterte meine Brust, als begutachtete sie ein Hühnchen.

»Was ist denn mit ihrem Busen?« In kleinen Trippelschritten kam Werner aus dem Wohnzimmer zurück in den Flur und starrte mir neugierig aufs Dekolleté.

»Der ist größer geworden«, stellte Marlies fachmännisch fest. »Ist im Alter häufig so.«

Im Alter? Ich konnte es nicht glauben. Meine siebenundachtzigjährige Schwiegermutter war *im Alter*! Aber doch nicht ich!

Wobei sie mit meinem Busen durchaus recht hatte. Aus irgendwelchen Gründen passten mir meine alten BHs kaum noch. Vielleicht hatte ich wirklich zugenommen?

»Ich wollte etwas mit euch besprechen.« Ich bemühte mich um eine besonders positive Stimme.

»Wir wollen keinen Pflegedienst.«

So verwirrt sie manchmal auch waren, so perfekt funktionierte immer noch ihr Gespür für heikle Themen.

Meine Schwiegereltern waren davon überzeugt, sehr gut alleine zurechtzukommen. Im Kühlschrank fanden sich nur noch abgelaufene Lebensmittel, beim Brot wurden die schimmeligen Kanten abgeschnitten, beim Käse sowieso. Der Geruch im Bad war, sagen wir, *gewöhnungsbedürftig*. Und in die Duschbadewanne kamen sie nach Einschätzung meiner Nase auch nicht mehr allzu häufig.

Es gab schon seit längerer Zeit einen klaren Handlungsbedarf, zumal die Sorge bei Jörn und mir wuchs, dass die beiden irgendwann in der Badewanne stürzen könnten oder vergaßen, den Herd auszuschalten, und dadurch das Haus in Brand setzten. Allen war klar, dass sich etwas ändern musste. Außer Marlies und Werner.

Bisher hatte ich immer mit Engelszungen und einer unglaublichen Geduld auf die beiden eingeredet, aber das war heute anders.

»Es geht hier aber nicht ums Wollen, Herrgott noch mal!« Ich fuhr direkt aus der Haut. »Ihr braucht Hilfe, das müsst ihr doch einsehen!«

»Wir kommen sehr gut alleine zurecht.« Marlies klang pikiert. Sie strich sich ihre rosafarbene Bluse glatt, auf deren Mitte ein großer Kaffeefleck prangte.

»Kommt ihr nicht! Ihr verwahrlost langsam, aber sicher!« Ich ging zum Fenster und riss es auf. »Wann wurde hier überhaupt das letzte Mal gelüftet?«

»Nachdem mir auf dem Sofa das Malheur passiert ist.« Werner grinste schief. »Aber man riecht eigentlich nichts mehr.«

»*Du* riechst vielleicht nichts mehr.« Ich versuchte, mich zu beruhigen. »Ich mach uns einen Kaffee, und dann besprechen wir alles, okay?«

Eine halbe Stunde später verließ ich stocksauer das Haus und setzte mich wieder ins Auto. Es gab niemanden, der sturer war als meine Schwiegermutter. Werner hatte das Reden ganz seiner Frau überlassen, und sobald ich einen höchst sinnvollen Vorschlag in Richtung Pflegedienst machte, erntete ich giftige

Bemerkungen, die entweder auf mein Aussehen abzielten (»*Wir* verwahrlosen? Hast *du* mal in den Spiegel geguckt?«) oder auf meine geistige Verfassung (»Ich glaube eher, *du* brauchst Hilfe!«) oder auf den Zustand meiner Ehe (»*Ich* helfe Werner mit allem, das machen Eheleute so. Scheint *dir* wohl fremd zu sein …«). Und obwohl Marlies das alles sehr freundlich hervorgebracht hatte, saß jede Spitze zielsicher und genau und bohrte sich in fruchtbaren, da nervlich labilen Boden.

Warum setzte ich mich mit den beiden eigentlich auseinander? Warum übernahm das nicht Jörn?

Irgendwie war ich in die Schwiegereltern-Betreuung so reingerutscht. Marlies hatte sich gerade von ihrer Krebserkrankung erholt, ich war in Elternzeit, und Jörn hatte dank einem Karrieresprung noch mehr zu tun als vorher. Mit einem krabbelnden Zwillingspaar und einem Neugeborenen an der Brust war ich für jede Hilfe dankbar. Und Marlies und Werner waren froh, sich nicht mehr mit schlimmen Krankheiten beschäftigen zu müssen, sondern sich stattdessen um ihre Enkelkinder kümmern zu können. Jeden Freitag war ich mit den Kindern bei ihnen, konnte in Ruhe einkaufen oder zum Friseur oder ins Bett gehen, während die beiden sich um sie kümmerten. Als die Kinder größer wurden, hatte sich dieser Freitag bereits fest etabliert. Es wäre mir wie Verrat vorgekommen, wenn ich die zwei nun hängen gelassen hätte, ausgerechnet jetzt, da sie wirklich Unterstützung brauchten.

Ich versuchte, mich wieder auf den Verkehr zu konzentrieren, als mein Handy klingelte. Eva, meine beste Freundin. Ich drückte auf die Freisprechanlage. »Hi. Sei mir nicht böse, aber ich bin überhaupt nicht in Plauderlaune.« Bei jeder anderen Person wäre so eine Begrüßung ein Affront gewesen, aber nicht bei Eva. Zum einen kannte ich sie länger als Jörn, und zum anderen wussten alle inklusive Eva, dass sie eigentlich immer nur zum Quatschen anrief. Einen wirklichen Grund für ein Telefonat hatte sie praktisch nie.

Erstaunlicherweise schien sie nicht zu reagieren. Am anderen Ende war nur ein Atmen zu hören.

»Du bist das doch, Eva, oder? Oder bist du dran, Konrad? Oskar?« Ihre beiden Söhne waren etwas jünger als meine, elf und dreizehn, da konnte man sich beim Daddeln mit Mamas Handy schon mal verdrücken.

»Nein … ich bin's …« Ein Schluchzen war zu hören.

»Ach du Scheiße, Eva, heulst du? Warte.« Ich schnitt einen Porsche, dessen Fahrer sofort wild gestikulierend in meine Richtung schimpfte, und fuhr an den Straßenrand, machte das Warnlicht an und den Motor aus. »Jetzt hast du meine volle Aufmerksamkeit. Was ist passiert? Ist was mit Torge?«

Eva und Torge waren seit der Schule zusammen und führten das, was ich als eine vorbildliche Ehe bezeichnen würde.

»Nein …«

»Was mit den Kindern?«

»…«

Mir rutschte das Herz in die Hose. Ein Unfall? Eine schlimme Krankheit? Ich musste mich räuspern. »Oh Gott, Evchen, was ist passiert? Wie geht es ihnen?«

»Es geht ihnen gut … Oskar, Konrad, Torge … alles super.«

Also Eva selbst. »Du weißt, dass du mir alles sagen kannst. Was ist passiert, Liebes?«

»Ich …« Sie schluchzte erneut laut auf. »Ich hab seit einer ganzen Weile meine Tage nicht mehr bekommen«, begann sie schließlich. »Ich werde in ein paar Monaten fünfzig, da ist das ja nicht so ungewöhnlich. Also habe ich mir nichts dabei gedacht. Werden wohl die Wechseljahre sein …«

»Ist doch nicht so schlimm«, versuchte ich nichtsahnend zu trösten. Eva war ein bisschen älter als ich und daher schon immer mit allen möglichen körperlichen Veränderungen etwas eher dran gewesen.

»Aber dann war mir morgens dauernd übel …« Sie schluchzte

erneut auf, und langsam stieg in mir eine düstere Ahnung auf. Das konnte doch nicht wirklich sein, oder? Mein Puls beschleunigte sich, geschuldet der Mischung aus Schreck und Überraschung, die sich in mir ausbreitete.

»Du bist doch nicht … du bist … schwanger?«

Am anderen Ende der Leitung war nun ein lautes Schluchzen zu hören, aus dem ich zwischendurch eine Art von *Ja* entnehmen konnte.

Ich atmete ein paarmal tief durch, um meinen Puls wieder auf Normalniveau zu bringen. »Du bist ernsthaft schwanger?«

Wieder nur ein zustimmendes Schluchzen.

Mein Schreckgefühl wich einer großen Verblüffung. »Das ist ja ein Ding. Habt ihr nicht verhütet?«

»Es war so schwierig, Konrad und Oskar zu kriegen. Was sollte ich da jetzt noch verhüten? Ich hab fast ein halbes Jahrhundert auf dem Buckel! Und dann werde ich einfach schwanger! In einem Alter, in dem andere Oma werden!«

Ich musste schmunzeln. »Sooo viele Omis gibt es in unserem Alter nun auch nicht.«

»Trotzdem. Du weißt, was ich meine. Das Thema Baby und Windelwechseln ist so weit weg, wie es nur sein kann! Ich will doch jetzt nicht wieder mit schlaflosen Nächten und dicken Brüsten anfangen!«

Willkommen in meinem Leben, dachte ich nur, sagte aber lieber etwas Beruhigendes und Aufbauendes zu ihr, das eher in die Richtung ging, dass sie das schon alles schaffen werde.

»Wie weit bist du denn?«

»Einundzwanzigste Woche …«

Jetzt war ich für einen Moment sprachlos. »Du bist im fünften Monat, ohne es zu merken?« Von solchen Fällen las man sonst höchstens in der Boulevardpresse, und dann waren die Frauen meistens noch Teenager. »Aber … dein Bauch?«

»Ja … natürlich ist der immer größer geworden. Aber geht

uns das nicht allen so? In unserem Alter?« Wieder schluchzte sie.

Damit hatte sie auch wieder recht. »Ich komme so schnell wie möglich vorbei, okay?«

»Wir fahren heute mit den Kindern zu meinen Eltern.«

»Dann treffen wir uns nächste Woche und sprechen in Ruhe über alles. Weiß Torge schon Bescheid?«

»Ja. Der Idiot freut sich.«

»Ich glaube, das ist die richtige Einstellung. Kopf hoch, Süße.«

Natürlich ist »Kopf hoch« nicht die normale Glückwunschformel für jemanden, der ein Kind erwartet. Aber wenn Sie in derselben Altersklasse sind wie Eva und ich, dann werden Sie das verstehen. Es gibt einen Grund, warum die Natur uns hormonell begrenzt hat: Schwangerschaften können enorm anstrengend sein. Und selbst wenn Sie das Glück haben, völlig easy da durchzumarschieren, dann ist spätestens die Säuglingszeit, vorsichtig formuliert, herausfordernd.

Wenn man noch jung und kinderlos ist, ahnt man das alles höchstens und ist ansonsten in gespannter und freudiger Erwartung. Eva wusste das allerdings und stand somit gelinde gesagt unter Schock. Während meine Hormone auf dem Rückmarsch waren, drehten die meiner besten Freundin noch mal voll auf. Ob mir das lieber gewesen wäre? Definitiv nein. Das war der Grund, warum wir damals immer Kondome in der Nachttischschublade hatten. Auch wenn eine Packung für ein Jahr reichte, bestand ich im Fall der Fälle auf den Einsatz der Dinger, da kaum etwas für mich mehr abgeschlossen war als die Familienplanung.

In Gedanken bei Eva fuhr ich nach Hause, kochte anderthalb Kilo Nudeln, schmiss dazu ein paar Hühnerbrüste in die Pfanne, schnibbelte etwas Salat, den ich vermutlich wieder alleine essen durfte, und wartete auf die Ankunft der hungrigen Pubertiere.

Das Gute an Teenagern war: Sie sprachen in der Regel nur, wenn man sie etwas fragte. Wenn ich nicht das normale »Wie war es in der Schule«-Fragen-Programm abspulte, sagte keiner etwas, und alle schaufelten nur in sich hinein. Das kam mir heute gerade recht.

»Sofort weg damit!«, sagte ich streng, als Hannes sein piependes Handy aus der Hosentasche zog. Was Handys beim Essen betraf, verstand ich keinen Spaß.

Offenbar war mein Tonfall recht aggressiv, jedenfalls fiel Hannes das gute Stück vor Schreck aus der Hand. Sofort nahm ich es an mich und legte es auf die Arbeitsplatte.

»Mann, bist du aggro«, murmelte Hannes.

»Ja, tut mir leid. Ich hab gerade erfahren … also, Eva kriegt ein Kind.«

»Was für ne Eva?«, fragte Paul mit vollem Mund.

»Sofies Patentante natürlich.«

Meiner Tochter fiel fast die Gabel aus der Hand. »Die ist doch uralt!«

»Sie ist noch nicht mal fünfzig!«

»Ich sag doch: uralt.« Sofie schüttelte sich. »Dass die überhaupt noch Sex haben. Bah …«

»Also bitte, ja!« Ich sah Sofie streng an. »Ich möchte nicht, dass du so über Eva redest!«

»Sorry, aber die Vorstellung ist nun mal ekelhaft. In dem Alter …« Wieder schüttelte sie sich demonstrativ, und ihre Brüder lachten.

»Witzig, dass ausgerechnet die das sagt, die kein Typ anrühren will«, meinte Hannes kichernd.

Sofies Gesichtsfarbe wurde dunkler. »Halt bloß dein Maul.«

»Ich frag mich, woher das Gerücht kommt, dass Zwillinge sich so gut verstehen«, analysierte Paul relativ nüchtern die Situation. »Von euch kann es nicht kommen.«

»Das gilt für eineiige Zwillinge«, warf ich ein.

»Und vielleicht grundsätzlich eher für Menschen, die nicht mit zwei völlig verblödeten Geschwistern aufwachsen müssen«, ätzte Sofie.

»Oh, dann habe ich es ja richtig schwer«, konterte Paul gut gelaunt.

»Also *ich* habe in Deutsch jedenfalls keine Fünf geschrieben.« Sofie grinste übers ganze Gesicht. Sie hatte sichtlich ihre Freude daran, wie Paul in Panik geriet.

Erstaunt sah ich meinen Jüngsten an.

»Ich wollte dir das noch sagen, Mama ...«

»Du hast die Arbeit ja auch erst seit drei Tagen wieder«, stichelte Sofie weiter. »Da gab es noch keine Gelegenheit.«

»Du hast eine Fünf?«, fragte ich ungläubig nach. Paul hatte noch nie Probleme in der Schule gehabt.

»Gedichtinterpretation. Das braucht kein Mensch! Jambus, Metrum, wozu soll ich so was lernen?«

Ich hatte Verständnis für Pauls Sichtweise, sah das selbst vielleicht nicht viel anders, konnte das aber jetzt unmöglich eingestehen.

»Es ist mir erst mal egal, ob dir das Thema liegt oder nicht«, sagte ich. »Was mir nicht egal ist, ist, dass du mir eine Fünf tagelang verschweigst.«

»Ich wollte es dir noch sagen ...«

»Hast du aber nicht.«

»Weil die Bitch mir zuvorgekommen ist!«, regte sich Paul auf.

»Nenn deine Schwester nicht Bitch!«

»Wieso? Ich stehe dazu, eine Bitch zu sein!« Sofie warf ihre langen Haare über die Schulter, die von ihren nächtlich getragenen Zöpfen in Wellen lagen, und ich wusste für einen Moment nicht mehr, was ich sagen sollte.

»Diese Familie ist so irre ...«, murmelte Hannes leise, während er sich noch ein paar Nudeln auftat.

»Hier ist überhaupt niemand irre!« Jetzt war ich laut geworden. »Eine Fünf ist nicht schön, aber kein Weltuntergang.«

Paul stand auf und umarmte mich. »Danke, Mama. Tut mir leid, dass ich nichts gesagt habe.«

Ich sah, wie er seiner Schwester einen triumphierenden Blick zuwarf.

»Petzen ist auch nicht schön, aber auch kein Weltuntergang«, sagte ich in Sofies Richtung. »Bitte beides in Zukunft unterlassen.«

Paul nickte, während Sofie ein Nicken nur andeutete. Ich fragte mich, wann meine kleine schüchterne Tochter so cool geworden war. Manchmal, wenn sie sich unbeobachtet fühlte und vor dem Spiegel stand, konnte ich sehen, wie viele Unsicherheiten in diesem siebzehnjährigen Teenager noch steckten, aber die meiste Zeit verbarg sie das nahezu perfekt.

»Wir müssen Eva jetzt helfen«, sagte ich bestimmt. »Sie gehört praktisch zur Familie, und es ist klar, dass wir sie unterstützen müssen.«

»Wie denn?« Hannes hob hilflos die Hände. »Soll ich da etwa Babysitten?«

»Zum Beispiel.«

»Das arme Baby!« Sofie konnte es nicht lassen.

Während ich den Tisch abräumte, gerieten die Kinder über die nächste Nichtigkeit in Streit. Mit einem Ohr glaubte ich mitzubekommen, dass es um die Nutzung der Playstation ging, an die Sofie nun plötzlich auch wollte, obwohl sie eigentlich gar nicht spielte. Aber sie habe das Recht zu spielen, betonte sie immer wieder und brachte ihre Brüder damit auf die Palme. Das Thema eignete sich offenbar recht gut dafür, um sich lautstark anzuschreien, weshalb Hannes das erneute Piepen seines Handys überhörte. Die Nachricht tauchte auf seinem Display auf, und ob ich es wollte oder nicht, sie fiel mir nun mal ins Auge. Offenbar stammte sie von einem Freddy.

Zehn Uhr Sommerwind, Letzter hinten rechts. 10 *für dich* sind 100 *für mich.*

Sommerwind – das war die Schrebergartenanlage am Rand unseres Viertels. Die gepflegte Kleingartensiedlung markierte so etwas Ähnliches wie die Stadtgrenze, jedenfalls wurde es dahinter schlagartig ländlicher. Ein Bauernhof grenzte an die Siedlung, fünfhundert Meter weiter der nächste. Riesige Rapsfelder breiteten sich dazwischen aus, und je nach Jahreszeit lag immer eine Note Gülle in der Luft, die auf die Felder versprüht wurde.

Hannes hatte sich also mit jemandem in dieser Anlage verabredet. Und wer war dieser Freddy? Ich hatte noch nie von einem Kumpel mit diesem Namen gehört. Aber vermutlich kannte ich auch nicht alle Freunde meines Sohnes.

»Ich brauche mehr Taschengeld«, riss Sofie mich aus meinen Gedanken. »Alle anderen kriegen viel mehr als ich.«

»Die Diskussion hatten wir schon tausendmal«, wehrte ich ab. »Du bekommst genau das, was offiziell empfohlen wird.«

»Von wem? Der Bundeszentrale für spießige Eltern?«

»Spar dir deine frechen Kommentare!«, sagte ich streng.

»Tja, musst du wohl weniger saufen und rauchen.« Hannes grinste breit.

»Wenigstens gebe ich mein Geld nicht fürs Kiffen aus!«

Sofort wurde ich wieder hellhörig.

10 für dich sind 100 für mich.

»Ich kiffe nicht!« Nun war auch Hannes laut geworden.

»Deine Jungs kiffen doch alle!«, sagte Sofie schnippisch.

Besorgt sah ich Hannes an. »Stimmt das?«

»Sofie redet Scheiße«, regte sich Hannes auf. »So wie immer.«

»Kifft ihr?«, hakte ich nach.

Hannes rollte die Augen. »Mom, bitte!«

»Bitte nicht *Mom*!« Ich hasste es, wenn er mich so nannte.

»Na schön, *Mama*, ich kiffe nicht. Okay?«

»Wer's glaubt …«, sagte Sofie leise, woraufhin Hannes ihr einen Schlag gegen den Hinterkopf gab.

Ein ungutes Gefühl machte sich in mir breit. Richtig glaubwürdig fand ich die Aussage meines Sohnes nicht. Ich wollte mir die Nachricht von diesem Freddy gerade noch mal genau durchlesen, da schnappte sich Hannes sein Handy und verschwand lautstark schimpfend aus der Küche.

10 für dich – waren damit zehn Gramm gemeint? Für hundert Euro? Möglich. Und wenn ja, wovon? Ich konnte mir die Frage selbst beantworten. Wenn zehn Gramm hundert Euro kosteten, konnte es sich dabei nur um Drogen handeln. Ich wusste nicht, wo der handelsübliche Marihuana-Preis im Moment lag, aber zehn Gramm für hundert Euro kamen mir realistisch vor.

Hatte Hannes wirklich ein Date mit einem Drogendealer? Ich wollte das nicht glauben, aber es sah ganz danach aus.

Mein Herz schlug deutlich schneller, und ein Hauch von Panik breitete sich in mir aus. Diese irre Müdigkeit, derentwegen er morgens kaum aus dem Bett kam. Sein aggressives Verhalten, das er immer häufiger an den Tag legte. War das gar nicht die Pubertät? Sondern seinem Drogenkonsum geschuldet? Und um welchen Konsum ging es hier? Ein bisschen Gras, ein bisschen Kiffen? Aber selbst das konnte ich mir nun wahrlich nicht schönreden. Das Marihuana von heute hatte schließlich nichts mehr mit dem aus meiner Jugend zu tun, und die Psychiatrien waren voll mit Patienten, die aufgrund ihres Cannabiskonsums Angstpsychosen oder andere schwerwiegende psychische Erkrankungen entwickelt hatten. Die Nachrichten berichteten dauernd davon.

War Hannes kurz davor, richtig abzurutschen? Ein Junkie mit Nadel im Arm? Und Crackpfeife zwischen den Lippen?

Ich war mir nicht sicher, ob ich mich in diesem Moment in etwas hineinsteigerte, aber eines war mir sonnenklar:

Das durfte ich nicht zulassen. Und das würde ich auch nicht. Niemals.

Progesteron sorgt dafür, dass wir gelassen sind und gut schlafen können. Progesteronmangel hält uns dagegen nächtelang wach und macht uns dünnhäutig, nervös und verursacht Kopfschmerzen. Und plötzlich wird Mama zur Furie.

2

Den ganzen Nachmittag stand ich unter Strom. Ich versuchte, mir so wenig wie möglich anmerken zu lassen, was allerdings fast nicht möglich war. Immer wieder horchte ich in den ersten Stock hinein, um mich zu vergewissern, dass Hannes noch da war und nicht heimlich das Haus verlassen hatte.

Ich versuchte, Jörn zu erreichen, Mailbox. Ich überlegte, Eva anzurufen, entschied mich aber dagegen. Sie hatte nun wirklich andere Sorgen und saß vermutlich gerade bei ihren Eltern, um ihnen die Neuigkeiten zu erzählen.

Während ich auf das Display starrte und überlegte, ob ich sonst noch jemanden mit meinem Verdacht behelligen konnte, klingelte mein Handy.

Pablo, mein Chef. »Hast du Zeit für eine Videokonferenz? Krisensitzung.«

»Du dürftest mich freitags eigentlich gar nicht erreichen!«

»Hab ich jetzt aber.«

»Und wenn ich gerade auf den Malediven bin?«

Für einen Moment herrschte Stille.

»Ich würde dich nicht anrufen, wenn es nicht wirklich dringend wäre. Das weißt du ganz genau.«

»Schön.« Ich antwortete immer mit *schön*, wenn ich nicht mehr wusste, was ich sagen sollte.

»Kannst du die Kamera anmachen?«

Ich seufzte. »Na *schön*.«

Pablo war reizend, ich mochte ihn sehr und konnte ihm praktisch keinen Gefallen ausschlagen. Er war deutlich jünger als ich und hatte als Innenarchitekt mit Schwerpunkt Küchendesign das Studio vor vielen Jahren zusammen mit seinem Partner übernommen, von dem er allerdings inzwischen getrennt war. Jedenfalls war keine Rede mehr von ihm. Pablo hatte irgendwann tief bewegt erklärt, dass Tobi jetzt *raus* sei, und das war's. Keiner von uns hatte sich danach zu fragen getraut, was genau passiert war. Ging uns ja auch im Prinzip nichts an.

Jedenfalls war Pablo unseres Wissens seitdem Single und arbeitete praktisch rund um die Uhr für sein Unternehmen.

Ich setzte mich an mein Laptop und wählte mich in die Videokonferenz ein. Bis auf meine Wenigkeit waren alle anderen im Küchenstudio.

»Hallo Mick!«

Mein Kollege hob grüßend die Hand in Richtung Kamera. Mick zählte zum alten Eisen, hatte schon für die Vorbesitzer des Studios gearbeitet und konnte einen Küchenschrank innerhalb von Sekunden zusammenbauen.

»Hi Liv!« Franzi beugte sich über Micks Schulter und winkte in die Kamera. Sie war gerade mal dreißig und neben der Küchen-, voll mit der eigenen Familienplanung beschäftigt oder, besser gesagt, mit dem ewigen Abwägen, ob jetzt oder später. Bei Gelegenheit musste ich ihr unbedingt von Eva erzählen und dass sich gewisse Dinge im Leben einfach nicht planen ließen.

»Warum eine Krisensitzung?«, fragte ich.

»Wir haben ein Problem. Die Wugners …«, fing Pablo mit theatralischer Stimme an. Meine Kollegen saßen mit einem Pott Kaffee in der Hand in einer der Ausstellungsküchen, wie ich erkennen konnte.

»Schon wieder neue Sonderwünsche?«, fragte ich.

Die Wugners waren die kompliziertesten Kunden, die ich seit Jahren hatte. Vielmehr Frau Wugner, mit Herrn Wugner hatte ich noch gar nicht gesprochen. Sie war extrem sprunghaft, änderte ihre Meinung von einem Tag auf den anderen, wollte alles nur vom Feinsten haben und erwies sich bei praktischen Ratschlägen als komplett beratungsresistent. Ich überlegte kurz, wann ich ihre letzten Sonderwünsche per E-Mail beantwortet hatte, als Pablo mich aus den Gedanken riss. »Neue mundgeblasene Fliesen aus Costa Rica wären kein Problem, das würden wir locker hinkriegen.« Er seufzte. »Es ist viel schlimmer. Schädlingsbefall.«

»In der Villa?«, fragte ich sinnloserweise nach.

Pablo nickte.

»Kakerlaken?«, fragte Mick.

»Mäuse.«

»Das ist fast noch beschissener«, meinte Mick. »Die verursachen größere Schäden.«

Pablo nickte besorgt. »Das Ausmaß ist jetzt schon sehr groß. In der Küche wurden die neuen Rohre angeknabbert, Leitungen durchgebissen, selbst in den Lüftungsschächten wurde ein Nest entdeckt.«

»Ist das nicht die Sache des Architekten?«, fragte ich.

»Alle leitenden Gewerke sind von den Wugners mit der Beseitigung des Problems beauftragt worden«, erklärte Pablo. »Leider scheinen die größten Nester und damit auch die größten Schäden in der Küche zu liegen. Deshalb können wir uns leider nicht aus der Sache rausziehen.«

»Und wo kommen die Viecher her?«, fragte Franzi.

»Das würden wir natürlich auch gerne wissen. Das Gebäude ist in Rheinnähe, kann gut sein, dass die Biester in dem Viertel einfach zu Hause sind.« Pablo strich sich mit der Hand über die glänzende Glatze.

Es entstand eine lebhafte Diskussion über den Migrationshintergrund der Mäuse, was dazu führte, dass jeder seine persönlichen Erfahrungen mit den Tieren zum Besten gab.

»Ist auch wurscht, wo die herkommen«, unterbrach Pablo das

nicht sonderlich zielführende Gespräch. »Wichtig ist, dass sie verschwinden und nicht wiederauftauchen.«

»Ist das nicht der Job eines Kammerjägers?«, fragte ich.

»Ja, vielleicht. Aber erst mal guckst du bitte, welche Zugänge wir in der Küche verschließen können. Schächte? Abflüsse? Was kann man machen? Das Ganze ist schließlich ein Neubau. Es muss doch einen Grund geben, warum die Mistviecher sich da so wohlfühlen. Es ist wichtig, dass du da noch heute vorbeifährst, Liv.«

Ich knetete die Hände und schwieg.

»Noch Fragen, oder ist alles klar?«, hakte Pablo nach.

Ich zögerte. »Können Mick oder Franzi das nicht übernehmen?«

»Es sind deine Kunden«, sagte Pablo. »Du hast die Küche geplant.«

»Aber ich habe echt keine Zeit.«

»Sorry, ich würde ja einspringen«, sagte Mick. »Aber ich hab gleich selbst noch einen Termin auf einer Baustelle in Junkersdorf.«

»Ich hab auch Termine, tut mir leid, Liv«, sagte Franzi.

Ich sah Pablos fragendes Gesicht auf dem Bildschirm. »Also?«

Ich druckste herum. Ich war nicht der Typ, der Nein sagen konnte. Das konnte ich noch nie, weder im Job noch in der Familie. Normalerweise zerteilte ich mich in mehrere Stücke, um es allen recht machen zu können. Aber diesmal passierte etwas Erstaunliches.

»Nein.« Hatte ich das wirklich gesagt? »Ich kann heute nicht mehr bei den Wugners vorbeifahren, tut mir leid.«

»Ich weiß, dass es dein freier Tag ist, aber es ist wirklich wichtig, Liv!«

»Es geht nicht. Morgen früh fahre ich sofort hin. Versprochen. Obwohl Wochenende ist.« Meine Hand ging in Richtung Laptop-Bildschirm, was Pablo nicht verborgen blieb.

»Liv!«

»Sorry, dringende familiäre Verpflichtungen!« Das war nicht gelogen.

Pablo seufzte laut und theatralisch und rief noch: »Aber morgen wirklich!« Da hatte ich den Laptop schon geschlossen.

»Was hast du denn bitte für familiäre Verpflichtungen? Das war doch voll gelogen.« Sofie war ins Wohnzimmer gekommen. Sie trug so hohe Hacken, dass sie in der Tür den Kopf einziehen musste, eine hautenge Kunstlederhose und dazu ein bauchfreies Oberteil.

»So gehst du nicht raus!«

Meine Tochter rollte die Augen. »Jetzt sei doch nicht wieder so spießig!«

»Ich bin nicht spießig, ich achte auf deine Gesundheit. Bei den Temperaturen hast du morgen eine Nierenbeckenentzündung.«

»Jaja.« Sofie zog einen Taschenspiegel hervor und zog sich die Lippen nach. Dann betrachtete sie ihr geschminktes Gesicht von allen Seiten. Ihr Blick war kritisch und das Gegenteil von wohlwollend. Wenigstens sah sie sich selbst genauso an wie mich.

»Ich meine es ernst. Zieh dir was über! Wir haben November!«

Mit einem aufgesetzt zuckersüßen Lächeln nahm sie ihre dünne, kurze Jeansjacke vom Stuhl und stöckelte Richtung Haustür.

»Wenn du krank wirst, pfleg ich dich nicht!«, rief ich ihr nach.

»Und ich dich nicht, wenn du alt bist!«, rief sie zurück. »Also: *noch* älter«, fügte sie giftig hinzu und zog die Tür hinter sich zu.

Kinder geben einem so viel. Den Satz haben Sie auch schon zigmal gehört, oder? Und ja, natürlich stimmt er. Aber wie wir alle wissen, trifft er eben beim besten Willen nicht immer zu. Wer bedingungslose Liebe möchte, ist mit einem Hund aus dem Tierheim auf Dauer jedenfalls besser beraten. Das nur am Rande erwähnt für all diejenigen, die wie meine Kollegin Franzi noch überlegen. Alle anderen, die sich in einer ähnlichen Lebensphase befinden wie ich, wissen ja ohnehin, wovon ich spreche. Und an die, denen es so geht wie Eva: Kopf hoch.

Die Haustür ging auf, und Jörn kam herein, drückte mir im Vorbeigehen einen Kuss auf den Mund und sprang die Treppe hoch.

»Heute ist Derby.«

»Und?«

»FC gegen Leverkusen.« Mit diesen Worten war er im Schlafzimmer verschwunden.

Ich hörte die Toilettenspülung, und Paul kam aus dem Gäste-WC. »Ich bin bei Max.«

»Noch stehst du vor mir.«

»Wir machen ne LAN-Party.«

»Schön.« Fand ich eigentlich nicht, aber eine Diskussion brachte jetzt nichts. »Wann bist du wieder da?«

»Zwölf?«

»Du bist fünfzehn!«

»Max wohnt um die Ecke. Zwölf?«

Ich seufzte und nickte.

Paul war gerade aus der Tür, als Jörn die Treppe wieder herunterkam. Er hatte seinen Anzug gegen ein FC-Trikot getauscht und natürlich auch seinen FC-Schal umgelegt.

»Warte nicht auf mich, wird spät.«

»Wo guckst du denn?«

»Im *Walthers*. Die Jungs kommen auch.«

Die Jungs waren seine drei besten Kumpels seit der Uni: Thomas, Enno und Suky. Alle Hardcore-FC-Fans.

»Tschö!«, rief ich noch, aber da war Jörn schon weg.

Ich horchte ins obere Stockwerk. Hannes schien im Bad zu sein und sich ebenfalls für den Abend fertig zu machen. Mir fiel der Spruch *Kleine Kinder, kleine Sorgen, große Kinder, große Sorgen* ein. Auch wenn ich nicht fand, dass er uneingeschränkt stimmte – unvergessen der Winter vor vierzehn Jahren, als alle

Kinder gleichzeitig das Norovirus hatten –, aber die Bedrohungen, die auf Jugendliche lauerten, waren doch manchmal beängstigend. Die Vorstellung, so wie Eva bald beides gleichzeitig zu haben, Kleinekinder- und Großekindersorgen zu ein und demselben Zeitpunkt, kam einem Horrorszenario gleich.

Wie haben deine Eltern reagiert?, tippte ich in mein Handy und schickte ihr die Nachricht.

Die Antwort kam innerhalb von Sekunden.

Alle freuen sich wie verrückt. Nur ich nicht.

Ich wollte gerade wieder eine »Kopf hoch, wird schon«-Antwort abschicken, löschte die dann aber wieder. Solche Floskeln brauchte kein Mensch.

Wisst ihr schon, was es wird?

Die Antwort war ein »Daumen runter«-Emoji. Kurz darauf kam noch: Ultraschall nächste Woche.

Ich hörte Hannes auf der Treppe, schickte Eva noch ein Kuss-Emoji und räumte demonstrativ unauffällig die Kommode auf. Hannes schnappte sich seine Umhängetasche, die früher als klassisches Herrentäschchen höchstens von peinlichen Urlaubern getragen wurde, kontrollierte im Spiegel seine Frisur und zog sich seine Jacke an.

»Ich bin dann mal weg.« Es kam mir so vor, als würde er das betont beiläufig sagen.

»Was hast du denn vor?«, fragte ich mindestens genauso beiläufig.

»Die anderen treffen, bisschen rumhängen, nichts besonders. Später noch in Club.«

»In einen.«

»Was?«

»Schon gut.«

Und weg war er. Sofort zog ich mir auch die Jacke an. Durchs Fenster sah ich noch, wie Hannes sich auf sein Rad schwang und die Straße hinunterfuhr.

Blitzschnell verschwand ich nach draußen, schnappte mir mein eigenes Rad, setzte meinen Helm auf und fuhr los. Natürlich ohne Licht, damit er mich nicht sofort sehen konnte, falls er sich mal umdrehen sollte. Dabei kam ich mir schon fast ein bisschen kriminell vor, hatte ich meinen Kindern doch jahrelang eingebläut, in der Dunkelheit auf keinen Fall ohne Licht zu fahren. Aber wie hieß es so schön? Besondere Umstände verlangten besondere Maßnahmen. Ich ahnte, dass es hier noch Steigerungspotenzial geben würde, verdrängte den Gedanken aber schnell.

Wir wohnten in einer eher bürgerlichen Gegend, Einfamilienhäuser mit Garten, am Stadtrand von Köln gelegen. Am Rand unseres Wohngebiets gab es eine Schrebergartensiedlung für all die Innenstädter, die am Wochenende mal rauswollten. Die Klientel der Schrebergartenbesitzer hatte sich in den letzten Jahren völlig verändert, weg vom spießigen Rentner hin zum hippen Webdesigner. Während der klassische Kleingartenbetreiber früher für sein unermüdliches Einwecken belächelt wurde, war er heute zum Selbstversorger der *Urban-Gardening*-Kultur aufgestiegen, und die Generation Y riss sich um die wenigen begehrten Flächen. Im *Kölner Stadtanzeiger* hatte ich neulich gelesen, dass es jetzt sogar WLAN in den Schrebergärten gab. Sonst war alles beim Alten geblieben, es galten dieselben Grünbeschneidungsregeln und Vorschriften in Sachen Nutzanbau wie seit Jahrzehnten schon. Aber man konnte im Netz surfen, während man auf dem Campingklo hockte.

Hannes trat ordentlich in die Pedale, und ich hatte Mühe, ihn nicht aus den Augen zu verlieren. Es war stockdunkel, Straßenlaternen gab es hier abseits der Siedlung nicht mehr, und ich hatte nicht den Schimmer einer Ahnung, ob vor mir auf der Straße

Schlaglöcher waren oder Äste lagen. Ehrlich gesagt eierte ich wie eine Besoffene durch die Gegend und wurde immer wieder durchgeschüttelt. Mehrmals war ich kurz davor, über den Lenker zu gehen.

Zweifel stiegen in mir auf. Hannes war siebzehn. War es da wirklich so schlimm, wenn er mal ein bisschen Gras rauchte?

»Darum geht es doch gar nicht!«, zischte ich mir selbst zu. Hannes wollte offensichtlich nicht nur einen Joint rauchen, er war auf Einkaufstour, zehn Gramm waren keine Kleinigkeit. Womöglich wollte er das Zeug selbst weiterverkaufen? Das wäre dann eindeutig der erste Schritt in Richtung kriminelle Karriere. Und wenn nicht, bestand immer noch die Gefahr, dass er sich gnadenlos überdosierte. Nein, einfach zu Hause sitzen zu bleiben und darauf zu warten und zu hoffen, dass er heute Nacht heil nach Hause kam, war definitiv keine Option.

Ich fokussierte mich auf den Rücken meines Sohnes und stieg erst in die Bremsen, als er vor der Schrebergartenanlage anhielt. Schnell versteckte ich mich hinter einer Litfaßsäule und beobachtete, wie Hannes sein Rad durch das Tor über den Weg schob. Die Anlage lag an einem kleinen Hang, und da mir das Fahren in der Dunkelheit zu anstrengend erschien, schloss ich mein Rad ab und folgte ihm zu Fuß.

Die Gärten waren verlassen, kein Wunder, wer ging schon an einem dunklen Novemberabend in seinen Schrebergarten. Es wunderte mich, dass das Tor nicht abgeschlossen war. Ob dieser Freddy es für Hannes offen gelassen hatte? War er womöglich schon am Treffpunkt? Und wenn ja, war das dann besser für mich, als wenn er nach meinem Sohn eintreffen würde?

Ich hatte keine Ahnung. Meine kriminalistische Erfahrung bestand bisher aus *Aktenzeichen XY*-Gucken, und alles, was ich da in den letzten Jahren gesehen hatte, war so gruselig gewesen, dass mir allein der Gedanke daran einen Schauer den Rücken herunterlaufen ließ.

Hannes schien genau zu wissen, wohin er musste. Zielstrebig und mit großen Schritten lief er den Hauptweg entlang und bog an dessen Ende rechts ab. Schnell und so leise, wie es auf dem Kiesboden nur möglich war, eilte ich hinterher. Hannes lehnte sein Rad an einen Zaun und betrat die letzte Parzelle, vor der ein Schild mit der Aufschrift *Neue Besitzer gesucht* angebracht war.

Die dichten Wolken verzogen sich und ließen den Mond am Himmel sichtbar werden. Dadurch fiel etwas Licht auf das Grundstück. Es war unheimlich. Plötzlich konnte ich überall Schatten sehen, die sich dank der vorbeiziehenden Wolken immer wieder veränderten. Auf einer Bank vor der Schrebergartenhütte saß ein nicht besonders großer, aber dafür ganz schön bulliger Kerl. Breitbeinig, als hätte er eine Kuhglocke im Schritt baumeln, und mit einer Kippe im Mund grinste er meinen Sohn an. Neben ihm stand eine Sporttasche.

Ich schlich mich näher heran, um zu verstehen, was der Typ zu Hannes sagte.

»Erst die Kohle«, hörte ich ihn auf Kölsch sagen.

»Woher weiß ich, dass du mich nicht abzockst?« Hannes' Stimme war etwas zittrig und bei Weitem nicht so abgeklärt wie die des anderen.

Zum Glück!, ging es mir durch den Kopf. Vielleicht war das ein Zeichen, dass er so etwas nicht schon zigmal gemacht hatte. Vielleicht war es aber auch nur seinem jugendlichen Alter geschuldet. Die wenigsten Siebzehnjährigen traten in Gegenwart von Schwerkriminellen vermutlich besonders cool auf.

Der bullige Typ stand auf und baute sich vor meinem Sohn auf. Er war kleiner als Hannes, aber dank seiner Masse wirkte er übermächtig. »Pass mal auf, Kleiner. Wir machen das hier nach *meinen* Spielregeln, klar? Ich will sehen, ob du die Kohle hast, sonst gebe ich dir gar nichts. Dann kannst du schön wieder nach Hause zu deiner Mama gehen.«

»Das braucht er nicht. Mama ist schon hier.«

Weiß der Teufel, was mich geritten hatte, aber ich war kurzerhand aus meinem Versteck getreten und hatte mich zu den beiden geschlichen. Mit in die Hüften gestemmten Armen stand ich nun neben Hannes.

»Was willst du denn hier?« Meinem Sohn entglitten die Gesichtszüge.

»Halt den Mund, Muckel.«

Sofort brach der bullige Typ in ein gehässiges Lachen aus. »Muckel? Ernsthaft? Wie geil ist die Alte denn bitte? Und warum trägt sie einen Helm?«

Ich ignorierte den Kerl, nahm allerdings den Helm ab und sah Hannes mit zusammengekniffenen Augen an. »Was. Machst. Du. Hier.«

»Mum …«

»Nenn mich nicht Mum!!«

»Meine Güte, Mama, es ist nicht so, wie du denkst«, stotterte Hannes. »Wir wollten nachher im Club ein bisschen Party …«

»Du gehst auf der Stelle nach Hause!« Meine Stimme war so kalt, dass mein Atem fast gefror, obwohl es mit zehn Grad für einen Novemberabend noch recht warm war.

»Du wirst dir von deiner Mutti doch wohl nichts mehr vorschreiben lassen!«, sagte der Typ höhnisch und grinste breit.

»Und du nennst mich nicht Mutti, Freundchen.«

»Ich bin nicht dein Freundchen«, giftete er zurück.

»Wichser.«

»Fotze.«

»Wie bitte?« Wenn ich eins hasste, dann dieses Wort. Ich atmete tief durch und drehte mich noch mal zu Hannes. »Du fährst jetzt nach Hause, und zwar sofort.«

»Mom …«

»Wie war das?«

»Mama, es ist Freitag …«

»SOFORT!« So laut hatte ich meinen Sohn schon lange nicht mehr angebrüllt.

Mit zusammengekniffenen Lippen schwang Hannes sich auf sein Fahrrad und verschwand in der Dunkelheit.

Angewidert sah der bullige Typ mich an. »Du gönnst deinem Sohn kein bisschen Spaß, was?«

Mein Herz schlug mir bis zum Hals. Ich hatte keine Ahnung, wie ich mit einem Kriminellen sprechen sollte. Da er keine zehn Jahre älter als Hannes war, entschied ich mich, meinen Tonfall nicht zu ändern.

»Das hat nichts mit Spaß zu tun«, sagte ich mit strenger pädagogischer Stimme.

»Das hat nur was mit Spaß zu tun. Aber das kann so eine verknitterte alte Fotze wohl nicht mehr kapieren.«

Das verhasste Wort sprach er voller Genuss aus. Er wusste offenbar genau, wie sehr mich das auf die Palme brachte. Überheblich grinste er mich an und spie direkt vor meinen Füßen auf den Boden.

Ich spürte, wie sich mein Herzklopfen veränderte. Es wurde unkontrollierter, als würde ich innerlich kochen. Was ich definitiv tat. Die Angst, die ich anfangs noch gefühlt hatte, war einer einzigen übermäßigen Wut gewichen. Mir wurde heiß, und ich merkte, wie ich die Kontrolle über mich und meine Gefühle verlor.

»Wenn ich dieses Wort noch einmal höre, dann …«

»Dann was, Muttchen? Was willst du denn dann machen?« Seine Stimme war voller Spott. »Mir vielleicht den Poppes versohlen?«

Ich zog mein Handy aus der Tasche. »Ich rufe jetzt die Polizei«, sagte ich mit bebender Stimme.

Ich konnte gar nicht so schnell reagieren, wie er mir das Handy aus der Hand geschlagen hatte, das im hohen Bogen auf die Wiese fiel.

»Und du meinst, ich warte hier brav, bis die Bullen da sind?« Er beugte sich zu mir, sodass ich seinen stinkigen Atem riechen konnte. »Du bist nicht nur eine *alte* Fotze, sondern auch noch eine *saudumme*«, zischte er mir zu. »Geh doch ins Altenheim, vielleicht hast du da noch ein bisschen Spaß, anstatt deinem Sohn die Party zu versauen.« Er grinste gehässig und drehte sich zur Bank, um die Tasche mit den Drogen zu nehmen. »Und jetzt verpiss dich. Ich muss noch ein paar andere Kids mit dem Zeug versorgen.«

Sie kennen das bestimmt. Ich bin mir sicher, dass es auch bei Ihnen irgendetwas gibt, was Sie total triggert, zur Weißglut bringt und ausrasten lässt. Zugegebenermaßen hatte ich mich da früher besser im Griff, als meine Hormone noch in der Spur waren. Aber an diesem Abend war ich so dünnhäutig wie ein pubertierender Teenager. Kontrollverlust vom Allerfeinsten.

Ich weiß nicht, was es im Endeffekt bei mir war, das ich mich zu dieser Übersprunghandlung *hinreißen ließ. Dieses Schimpfwort, das ich hasste wie die Pest und meinen Kindern aufs Strengste verboten hatte, oder die altersdiskriminierenden Sprüche, die dieser widerliche Typ mit so viel Inbrunst von sich gegeben hatte. Oder die Tatsache, dass er seine verdammten Drogen nun an andere Kinder verkaufen wollte.*

Oder vielleicht einfach der alte Hammer, der neben mir auf der verrosteten Werkbank lag.

Ohne groß zu überlegen, griff ich nach dem Hammer und schlug ihn dem Kerl reflexhaft auf den Hinterkopf. Die Wirkung überraschte mich. Sein Schädel brach krachend ein, und der vordere Teil des Hammers steckte plötzlich ganz schön tief fest. Als hätte man ihm den Stecker gezogen, sackte Freddy augenblicklich vor meinen Füßen zusammen und knallte auf den Boden. In Sekundenschnelle breitete sich eine große Blutlache unter ihm aus. Ich konnte gar nicht so schnell zur Seite springen, wie meine Hose mit Blut besudelt wurde. In Schockstarre blickte ich auf die rote Flüssigkeit, und erstaunlicherweise ging mir erst mal nur eine Frage durch den Kopf: Wann hatte ich eigentlich das letzte Mal meine Periode?

Schnell verdrängte ich den Gedanken wieder. Zweifelsohne hatte ich jetzt andere Probleme.

»Scheiße«, murmelte ich tonlos.

Zuerst wollte ich mich zu ihm runterbeugen, um seine Atmung zu überprüfen. Dann sah ich seine aufgerissenen Augen, die tot ins Nichts starrten.

»Hallo?«, sagte ich vorsichtig zu Freddy und stupste ihn mit der Fußspitze in die Seite. Doch da tat sich nichts mehr.

Hatte ich den Kerl umgebracht? Ich?! In meinem ganzen Leben hatte ich meinen Kindern noch nicht mal einen Klaps auf den Hintern gegeben. Wenn ich vor mir auf dem Weg eine Schnecke sah, hob ich sie grundsätzlich vorsichtig an ihrem Haus an und trug sie ins sichere Gras, damit sie nicht plattgetrampelt wurde. Mit Ausnahme von Mücken fing ich jedes Insekt in unseren vier Wänden mit einem Glas ein und brachte es in den Garten. Auf der Domplatte hatte ich sogar mal eine Schlägerei zwischen zwei Besoffenen geschlichtet, indem ich beiden einen Kaffee to go spendiert hatte. Auch wenn ich keine Kandidatin für den Friedensnobelpreis war, so war ich mit Sicherheit das Gegenteil von gewaltaffin.

Und jetzt so was.

Ich versuchte, mich zu sammeln. Ich konnte Freddy noch zehnmal anstupsen, das würde an seinem Zustand auch nichts mehr ändern. Jetzt ging es um Schadensbegrenzung, auch wenn der Schaden zugegebenermaßen enorm war. Was sollte ich tun?

Fingerabdrücke, ging es mir durch den Kopf, der Hammer dürfte voll davon sein, so viel hatte ich aus dem Fernsehen gelernt.

Ich zögerte kurz. Es bedurfte einer gewissen Überwindungskraft, um das zu tun, was ich nun tun musste. Augen zu und durch, dachte ich mir und zog den Hammer mit einer ruckartigen Bewegung aus dem Schädel des Toten.

Was mir nicht bewusst war: Es handelte sich leider um einen Zimmermannshammer mit einer gebogenen Spitze. Das war mir natürlich nicht aufgefallen, als ich reflexhaft nach ihm gegriffen hatte. Durch das schwunghafte Herausziehen riss ich nun ein etwa handtellergroßes Stück Schädeldecke mit heraus, und irgendetwas Glibberiges spritzte mir ins Gesicht. Ich wischte es von meiner Stirn und blickte auf meinen Finger, an dem nun ein weißes Stück …

Ich will nicht ins Detail gehen. Sie können sich ohnehin denken, dass es ein Stück Hirnmasse von diesem hirnlosen Idioten war. Über etwaige Widerbelebungsmaßnahmen brauchte ich mir spätestens jetzt keine Gedanken mehr zu machen.

Wenn Sie sich jetzt fragen, warum ich nicht sofort die Polizei und den Notarzt gerufen habe, dann waren Sie selbst offensichtlich noch nicht in so einer Situation. Was definitiv gut für Sie ist, verstehen Sie mich da bitte nicht falsch!

Aber ich war in der Situation und zu dem Zeitpunkt nun wirklich nicht mehr in der Lage, auch nur einen vernünftigen Gedanken zu fassen. Stichwort: Progesteronmangel, von dem ich damals natürlich noch nichts ahnte. Wobei ich vermutlich auch mit einem funktionierenden Hormonhaushalt ganz schön neben der Spur gewesen wäre, wenn mir ein Stück fremder Hirnmasse im Gesicht geklebt hätte. Ich konnte einfach nicht fassen, was ich getan hatte, und dachte nur noch daran, dass ich meinen Sohn aus diesem ganzen Desaster heraushalten musste und dass er automatisch in die Sache hineingezogen werden würde, wenn die Polizei den Kerl finden sollte.

Und überhaupt, was sollte bitte aus meinen Kindern werden, wenn ihre Mutter für Jahre in den Knast musste? Sie wären schwer traumatisiert, würden womöglich erst recht auf die schiefe Bahn geraten, zum Gespött in der Schule und bei ihren Freunden werden – das konnte ich ihnen nicht antun. Und der arme Jörn würde seine Frau und Seelenverwandte verlieren. Nein, Polizei und Notarzt hätten in dieser Situation weder mir noch dem toten Freddy weitergeholfen. Ich musste das Problem anders lösen.

Ich atmete tief durch und versuchte, meine Möglichkeiten abzuwägen, während ich den Hammer von Fingerabdrücken, Blut- und Hirnspuren befreite.

Eine Erd- oder Feuerbestattung schied im Moment aus. So was musste vorbereitet werden, das konnte ich nicht spontan durchziehen. Seebestattung? Ich war mit dem Fahrrad hier, abtransportieren und in den Rhein werfen konnte ich ihn also auch nicht.

Egal, welche Form der Bestattung ich für Freddy auch wählen würde, an diesem Abend konnte ich nichts davon durchführen. Alles brauchte einen Vorlauf, ich brauchte Schaufel oder Spaten, Transportmittel oder Benzin. Doch all das stand im Widerspruch zu der blutigen Leiche vor meinen Füßen, die keine langwierigen Vorbereitungen zuließ. Die würde nicht unbemerkt hier liegen bleiben, bis ich alles penibel geplant hatte.

Mein Blick fiel auf den großen Komposthaufen, der hinter dem Schrebergartenhäuschen war. Das Schild am Gartentor. Die Parzelle sollte verkauft werden – kein Mensch kaufte im November einen Schrebergarten. Also würde ich das am nächsten Tag kurzerhand angehen und den verdammten Dealer so lange unter dem Komposthaufen verstecken. Wenn der Garten erst mal mir gehörte, würde ich genug Zeit haben, mir in aller Ruhe zu überlegen, wie ich die Leiche endgültig loswerden konnte. Ja, das war das einzig Richtige. Ich musste Zeit gewinnen, und so konnte ich sie mir verschaffen.

»Dann wollen wir mal«, murmelte ich und schnappte mir Freddys Füße.

Es war eine ganz schöne Quälerei, den schweren Typen zum Komposthaufen zu schleppen. Ich zerrte und zog und brauchte bestimmt eine halbe Stunde, um die wenigen Meter zurückzulegen. Der Komposthaufen war recht groß und bestand zu einem guten Teil nur aus Laub, ein Grab müsste also gut zu schaufeln sein. Zum Glück fand ich eine Schaufel und musste nicht mit bloßen Händen ausreichend Platz für Freddy schaffen. Trotzdem war es schon weit nach Mitternacht, als ich die Kuhle fertig hatte. Mühsam zog ich den Körper in die faulenden Öko-Abfälle, zu denen er irgendwann auch werden würde, und deckte ihn sorgfältig damit ab. Mein Rücken machte mich intensiv darauf aufmerksam, dass er für solche Arbeiten eigentlich nicht geschaffen war. Ich ignorierte sein Ächzen und Stöhnen. Was blieb mir auch anderes übrig.

Als von Freddy nichts mehr zu sehen war, schnappte ich mir eine Gießkanne, holte Wasser aus der Regentonne und kippte bestimmt zwanzigmal den Inhalt über der Blutlache aus, die ich vor der Hütte verursacht hatte, bis fast alles in den Beeten versickert war.

Bevor ich die Tasche mit den Drogen ebenfalls im Kompost vergrub, warf ich einen Blick hinein. Zahllose Plastiktütchen, in einigen befand sich eindeutig Gras, in anderen ein weißes Pulver, in wieder anderen Tabletten, die einen leichten Blaustich hatten. Ich verschloss die Tasche und buddelte sie ein. Einzig und allein das Handy des Kerls behielt ich, damit es nicht irgendwann zu klingeln begann und am nächsten Tag andere Schrebergartenbesucher aufschrecken würde. Mein eigenes fand ich zum Glück relativ schnell auf der Wiese wieder.

Jetzt tat mir jeder Knochen weh. Immer noch besser als keiner, dachte ich, warf einen letzten Blick auf Freddys Grab und radelte mit schlechtem Gewissen nach Hause.

Die Bezeichnung *schlechtes Gewissen* war eigentlich ein ziemlicher Euphemismus. Ein schlechtes Gewissen hatte ich, wenn ich einen Eisbecher mit Sirup und Sahne bestellte, und dieses Gefühl ließ sich nun wahrlich nicht mit dem vergleichen, was ich jetzt verspürte, nachdem ich einen Menschen umgebracht hatte. Ich war durcheinander und verwirrt – obwohl, das war ich in letzter Zeit ja sowieso dauernd. Nein, ich war komplett durch den Wind.

Was hatte ich getan? Ich hatte ein Leben ausgelöscht. Das war schlimm und durch nichts zu entschuldigen, und ich hatte keine Ahnung, wie ich jemals damit fertigwerden sollte.

Andererseits ... Wie viele Leben hatte der verdammte Dealer eigentlich auf dem Gewissen? Ich wusste es nicht, aber ich wusste, dass Drogen zu einem immer größeren Problem in unserer Gesellschaft wurden. Hannes war noch nicht mal volljährig! Es war einfach das Allerletzte, sich an pubertierende Jugendliche ranzumachen und denen Drogen anzudrehen. Womöglich zählten noch viel jüngere Kinder zu seinen Kunden?

Als ich zu Hause ankam, wartete im Flur ein leichenblasser Hannes auf mich. Er saß auf den Treppenstufen und sah aus wie ein Häufchen Elend.

»Wo warst du denn so lange? Ich habe die ganze Zeit auf dich gewartet!«, sagte er mit zittriger Stimme.

»Warum? Hast du mir noch was zu sagen?« Ich bemühte mich um eine möglichst strenge Stimme.

»Kannst du das alles bitte Papa verschweigen?« Seine Augen schwammen in Tränen. »Es tut mir echt leid, Mama. Und es war eine Ausnahme, ehrlich, ich hab das vorher noch nie getan.«

Natürlich war das gelogen. So zielstrebig, wie Hannes zum Schrebergarten gegangen war, hatte er das mindestens schon einmal zuvor gemacht.

»Vielleicht gehen wir besser zu einer Drogenberatungsstelle.«

»Ich hab kein Drogenproblem, Mama. Echt nicht. Wir wollten nur die Party ein bisschen …« Er verstummte.

»Ein bisschen was?«

Hannes raufte sich die Haare. »Ich weiß auch nicht. Einfach ein bisschen Spaß haben. Es war eine Scheißidee.«

Ich sah, wie ihm die Tränen über die Wange liefen, und war kurz davor, ihn in den Arm zu nehmen. Aber das schien mir aus pädagogischer Sicht in diesem Moment nicht sinnvoll.

»Wenn ich dich noch einmal mit Drogen erwische«, sagte ich leise und drohend, »dann zeige ich dich an.«

»Was?« Hannes wurde noch blasser. »Du würdest mich ausliefern?«

»Ausliefern! Ich würde dich vor dir selbst schützen!«

»Ich mache das nie wieder, Mama, versprochen. Du kannst dich auf mich verlassen.«

»Das will ich hoffen. Zu niemandem ein Wort!« Ich sah ihn noch mal streng an, und als er nickte, fügte ich hinzu: »Jetzt ab auf dein Zimmer!«

»Ja.« Hannes warf kurz einen irritierten Blick auf meine verschmutzte Kleidung. »Was ist passiert? Hat Freddy dir was getan?« Seine Stimme war jetzt ganz leise und besorgt.

»Nein. Es gab eine Auseinandersetzung, und dann hat sich dein Freddy feige aus dem Staub gemacht. Ich will, dass du seine Nummer löschst und alle Nachrichten, die ihr euch geschrieben habt. Klar? Dieser Typ existiert nicht mehr, verstanden?«

»Ja.« Hannes sprang auf und lief die Treppe hoch, wahrscheinlich froh darüber, einigermaßen glimpflich davongekommen zu sein.

Jörn war zum Glück noch nicht zu Hause. Paul und Sofie waren ebenfalls noch bei ihren Verabredungen, sodass ich Zeit hatte, Freddys Spuren von meinem Körper zu entfernen. Also ins Bad, die schmutzigen Sachen in den Wäschekorb und ab unter die heiße Dusche. Ich schrubbte meine Kopfhaut und meinen

Körper, und es war mir egal, ob meine Oberarme dabei wackelten oder nicht. Über was für Nichtigkeiten man sich doch aufregen konnte, wenn das Leben noch in Ordnung war.

Als ich aus dem Bad kam, hörte ich, wie sich jemand in der Gästetoilette übergab. Inzwischen kannte ich die Kotzgeräusche meiner Kinder ganz gut, seit der ersten Magen-Darm-Grippe im Kleinkindalter hatte sich der Duktus kaum verändert.

»Sofie?«, rief ich durchs Treppenhaus. »Alles in Ordnung?«

Ich hörte sie würgen. »Ja, alles super. Aber ich glaube, der Rotwein war schlecht ...«

»Klar.« Ich konnte mich jetzt nicht darüber aufregen, dass meine fast volljährige Tochter einen über den Durst getrunken hatte. »Brauchst du Hilfe?«

»Nein.« Wieder die bekannten Geräusche.

Ich hörte die Haustür.

»Iiiih!« Paul war also auch zu Hause. »Sofie kotzt!«

»Ich weiß«, rief ich runter. »Der Rotwein war schlecht.«

»Is klar.« Mein Jüngster lachte hyänenhaft auf.

»Und du bist zu spät!«, warf ich ihm an den Kopf.

»Aber nicht viel! Und ich bin nüchtern!«, antwortete er triumphierend.

»Du bist fünfzehn ...«, hörte ich Sofie zwischen zwei Kotzanfällen sagen.

Ich entschloss mich, doch kurz nach ihr zu schauen. Leichenblass kam sie aus der Gästetoilette und schlug schwach die Tür hinter sich zu.

»Hast du was genommen?«, fragte ich skeptisch. Ich war ja durchaus sensibilisiert für das Thema.

»Nee. Aber ich hab nichts gegessen, und nach dem dritten Glas Rotwein ...«

»Drei Gläser Rotwein auf nüchternem Magen? Kind!«

»Ich weiß, Mama, glaub mir, ich weiß ...«

Sofie schleppte sich leidend die Treppe hoch. Kichernd lief

Paul hinter ihr her und verschwand in seinem Zimmer, nachdem er seiner Schwester noch ein paar Sprüche zu den Kotzflecken auf ihrem Shirt mitgegeben hatte. Und auch ich wollte jetzt nur noch ins Bett.

Als ich endlich in meinen Kissen lag und das Licht ausschaltete, war ich nicht in der Lage, die Augen auch nur für eine Minute zu schließen. Aber das kannte ich ja schon. Ich starrte die Decke an und hoffte, dass mich die Müdigkeit irgendwann übermannen würde. Tat sie nicht. Stattdessen kreisten meine Gedanken pausenlos um die schrecklichen Ereignisse dieses Abends.

Zwei Stunden später kam Jörn nach Hause, und ich war immer noch wach. Er bemühte sich hörbar, so leise wie nur möglich zu sein, aber als er im Bad war, vernahm ich plötzlich einen erstaunten Laut.

Kerzengerade saß ich im Bett. Verdammt. Ich hatte meine blutverschmierte Jeans einfach so in den Wäschekorb geschmissen. Und sie vor allen Dingen einfach so da liegen gelassen, anstatt sie in die Waschmaschine zu werfen.

Ich hörte Schritte und legte mich schnell wieder hin. Mit besorgter Miene kam Jörn ins Schlafzimmer.

»Liv?«

Ich atmete laut und gleichmäßig. Schien meinen Mann nicht sonderlich zu interessieren.

»Liv!«

»Hm?« Ich tat so, als wäre ich gerade aus einem tiefen Schlaf gerissen worden. »Was denn?«

»Ist alles in Ordnung?«

Ich täuschte ein lautes Gähnen vor. »Warum denn nicht?«

»Nun …« Er zögerte. »Deine Hose …«

Ich hoffte, dass es dunkel genug war, damit er die Panik in meinem Gesicht nicht sehen konnte.

»Was ist damit?«, fragte ich betont müde.

»Sie ist voller Blut.«

»Ich weiß.« Das stimmte, war aber sicherlich nicht die Antwort, die er erwartet hatte.

»Was … was ist denn passiert?«

Ich täuschte erneut ein Gähnen vor, in erster Linie, um Zeit zu gewinnen und nach einer guten Ausrede zu suchen. »Ich hab im Moment besonders stark meine Periode.«

Spitzenausrede. Hatte im Sportunterricht in der siebten das letzte Mal funktioniert.

Trotz der Dunkelheit konnte ich das Staunen in Jörns Gesicht förmlich vor mir sehen.

»Aber …«

Ruckartig setzte ich mich auf. »Was? Hast du ein Problem damit, wenn ich meine Periode habe?«, fragte ich völlig übertrieben aggressiv und total sinnbefreit.

»Warum sollte ich ein Problem mit deiner Periode haben?« Jörn war zu Recht verwirrt. »Habe ich natürlich nicht. Ich hab mich nur gewundert, weil die Hose so verschmutzt ist.«

»Über so was kann sich auch nur ein Mann wundern!«, regte ich mich auf. »Manchmal kann so ne Regelblutung eben ganz schön heftig sein, falls du das noch nicht wusstest!«

Er zögerte. »Aber … das Blut ist an den Knöcheln.«

Für einen Moment wusste ich nicht mehr, was ich sagen sollte. Es gab dafür schließlich keine Erklärung, jedenfalls keine, die ich mit ihm teilen konnte. Deshalb entschied ich mich für das Einzige, das mir in dieser Situation sinnvoll erschien. Angriff.

»Was weißt du schon über Regelblutungen?!«, brachte ich noch aggressiver und wütender hervor. Dann ließ ich mich wieder in meine Kissen fallen und rollte mich ein. »Männer haben echt keine Ahnung.«

Ich hörte, wie Jörn ein Seufzen unterdrückte. »Sorry, da hast du natürlich recht.« Er legte sich neben mich und drückte mir einen Kuss auf die Stirn. Wahrscheinlich hielt er meine Laune für periodenbedingt, was mich gleich wieder total auf die Palme brachte. »Schlaf schön, Livi.«

Ich gab nur einen grunzenden Ton von mir und täuschte vor, wieder zu schlafen, obwohl ich mit aufgerissenen Augen in die Dunkelheit starrte.

Während Jörn wie immer nach zwei Minuten schnarchte, blieb ich wie immer wach.

Ich hatte etwas Furchtbares getan, von dem ich nie gedacht hätte, dass ich so etwas tun könnte. Aber ich hatte auch meinen Sohn beschützt, und dieser Gedanke war das Einzige, das mich daran hinderte, an mir und meiner psychischen Verfassung vollkommen zu verzweifeln.

Was war nur mit mir los? Hatte ich wirklich jemanden umgebracht?

Das Schlafhormon Progesteron sinkt,
das Harmoniehormon Östrogen fällt ab,
und als wenn das alles noch nicht schlimm genug
wäre, schwindet auch noch das Testosteron –
und damit unsere Libido. Großartige Aussichten.

3

Am nächsten Morgen war ich noch mehr das Gegenteil von ausgeschlafen als sonst. Beim Blick in den Spiegel zuckte ich zusammen. Hatte ich früher nach einer schlaflosen Nacht dunkle Augenränder, so hatten sich jetzt zusätzlich merkwürdige Wölbungen unterhalb der Ränder gebildet. Dicke Schwellungen, als hätte ich mit viel Alkohol durchgefeiert, was ja nun definitiv nicht der Fall gewesen war.

Schlagartig überkam mich die Erkenntnis, dass ich in die geschwollenen Augen einer Totschlägerin blickte. Oder war doch nur alles ein übler Traum gewesen? Ich brauchte nicht lange nachzudenken, um die Traumtheorie leider ausschließen zu können.

Ich schnappte mir Jörns Hämorridensalbe, eine der wenigen Indizien, dass auch er älter wurde, und schmierte sie mir unter die Augen. Vor Jahren hatte ich gelesen, dass Kate Moss das immer machte, wenn sie eine Nacht nur mit Wodka und Kokain verbracht hatte und am nächsten Tag vor der Kamera stehen musste. Und tatsächlich war es dem abschwellenden Stoff in der Salbe vollkommen gleichgültig, wo er seine Wirkung entfalten konnte. Er ließ einfach alles abschwellen, auf das er gerieben wurde, sodass ich nach einer knappen halben Stunde wenigstens nicht mehr ganz so verquollen aussah.

Innerlich war ich das aber noch. Wahrscheinlich steckten es nur die wenigsten gut weg, wenn sie jemanden den Schädel eingeschlagen hatten, ich tat es jedenfalls nicht. Aber es gab nun mal Dinge im Leben, die man nicht rückgängig machen konnte, und die Sache mit Freddy zählte definitiv dazu.

Ich versuchte mir einzureden, dass Typen wie er keine Familienväter, treu sorgende Ehemänner oder fürsorgliche Söhne waren, dass sein Tod niemandem das Herz brechen würde, dafür aber viele Menschen vor Schlimmerem bewahrt hatte, und dass er selbst schon jede Menge Seelen auf dem Gewissen haben dürfte.

Ich weiß, was Sie jetzt denken, und Sie haben damit auch vollkommen recht: Ich wollte mir die Sache schönreden. Na ja, schönreden ist vielleicht nicht das richtige Wort, denn de facto gab es natürlich absolut nichts, was ich mir schönreden konnte. Aber das Gehirn sucht in so einem Moment einfach krampfhaft nach einer Exit-Strategie, damit das schlechte Gewissen einen nicht umbringt – oder zur Polizei rennen und alles gestehen lässt. Womit nun auch niemandem geholfen wäre. Ganz im Gegenteil.

Anstatt zur nächsten Wache wollte ich vor dem Frühstück zur Schrebergartensiedlung radeln, um die kleine Parzelle zu kaufen und mich dann in Ruhe um alle weiteren Schritte kümmern zu können.

»Ich geh Brötchen holen«, sagte ich zu Jörn, der in der Küche einen Kaffee trank.

»Wir haben noch Toast, der reicht mir völlig«, meinte mein Mann.

»Ist doch Wochenende.« Ich schnappte mir meine Schlüssel.

»Aber die Kinder schlafen eh noch«, sagte Jörn. »Ich kann uns ja French Toast machen. Wenn du mir zeigst, wie es geht.«

»Wenn du mir zeigst, wie es geht« war nichts anderes als ein Synonym von »Ich guck dir zu, wie du es machst«. Noch nicht mal bei meinen Kindern ließ ich das noch durchgehen.

Ich blickte Jörn strafend an und schüttelte entschieden den Kopf. »Ich hole Brötchen. Ich muss eh noch ein paar Sachen besorgen.«

Zum Beispiel eine Schrebergartenparzelle samt Leiche, fügte ich in Gedanken hinzu und verschwand aus dem Haus.

Der Kauf eines Schrebergartens ist normalerweise nichts, was man mal eben so beim Brötchenholen erledigt. Auch bei uns zu Hause war es eigentlich so üblich, Investitionen miteinander zu besprechen, besonders wenn sie im vierstelligen Bereich lagen. Aus nachvollziehbaren Gründen hatte ich das in diesem Fall aber nicht getan. Und da Geld zum Glück nicht zu unseren Problemen zählte, hielt ich das für verantwortbar.

Ich fuhr mit meinem Rad dieselbe Strecke, die ich auch gestern Abend gefahren war. Zu dem Zeitpunkt war meine Welt noch einigermaßen in Ordnung gewesen. Sie hatte bereits leichte Risse gehabt, da ich ja von der Sorge getrieben war, Hannes könnte etwas mit Drogen zu tun haben. Aber dass innerhalb von ein paar Augenblicken aus kleinen Rissen solch gewaltige Erdspalten werden konnten, damit hätte ich niemals gerechnet. Nun musste ich alles dafür tun, damit die Kruste nicht auseinanderbrach.

Ich sog den frischen Fahrtwind tief in die Lungen. Es würde nicht mehr lange dauern, dann würde ich mit allem abschließen können, was ich angerichtet hatte, versuchte ich mich zu beruhigen. Dann war der Schrebergarten meiner, und ich hatte genug Zeit, um den toten Dealer aus dem Komposthaufen zu bergen und irgendwo so zu entsorgen, dass man ihn nie wieder finden würde. Wo immer das auch sein sollte. Vielleicht würde ich mir dann einen Therapeuten suchen, um mit ihm das Geschehene aufzuarbeiten. Ich könnte behaupten, dass der Mord ein immer wiederkehrender Albtraum sei, der mich plagte, und mir dann seine schlauen Tipps anhören, um alles vergessen zu können.

Aber so weit war es noch nicht.

Und bisher hatte ich noch nicht die geringste Idee, wie ich Freddy wirklich endgültig loswerden konnte. Die therapeutische Aufarbeitung musste definitiv noch warten. Aber wenn die Parzelle erst mal mir gehörte, dann hätte ich viel weniger Druck. Und mit weniger Druck konnte man besser denken – oder war es umgekehrt? Hatte ich meinen Kindern nicht immer gesagt, dass man ein bisschen Druck brauchte, um zu Höchstleistungen getrieben zu werden? Galt für Klassenarbeiten dasselbe wie für Leichenentsorgungen?

Um es kurz zu machen: Ja.

Und so schoss mein Puls explosionsartig in die Höhe, als ich die junge Familie sah, die mit dem Schrebergartenverwalter in *meiner* Parzelle stand. Mutter, Vater, ein vielleicht siebenjähriger Junge und ein höchstens fünfjähriges Mädchen. Und ein offenbar unfassbar neugieriger Labrador, der die ganze Zeit am Komposthaufen rumschnüffelte, während die Kinder auf der Wiese tollten und ihre Eltern mit dem Verwalter sprachen.

Ich war mir jedenfalls sicher, dass es sich um den Verwalter handelte, auch wenn ich ihn noch nie zuvor gesehen hatte. Er trug eine braune Cordhose und ein kariertes Flanellhemd, darüber eine praktische Weste, die extra Brusttaschen für Werkzeug aufwies und dementsprechend mit Schraubenziehern und Ähnlichem bestückt war. In der einen Hand hielt er irgendwelche Unterlagen, in der anderen einen dicken Schlüsselbund. Die weißen Haare hatte er sorgfältig über die Glatze gekämmt.

Eindeutig der Verwalter – der gerade offensichtlich mit Kaufinteressenten sprach!

Die erste Höchstleistung, zu der mein Gehirn in dieser unerwarteten Stresssituation getrieben wurde, war ehrlich gesagt noch nicht nobelpreisverdächtig. Unvermittelt und lauthals ließ es mich

»Halt! Stopp! Ich kaufe diesen Schrebergarten!« schreien, worauf sich sämtliche Zwei- und Vierbeiner auf dem Grundstück mit erstaunten Mienen zu mir umdrehten.

»Wer ist das?«, fragte der junge Mann den Verwalter, der mit den Schultern zuckte.

»Sie können mich auch selbst fragen«, sagte ich atemlos, nachdem ich in übertrieben schnellem Tempo angerannt kam. Aus dem Augenwinkel sah ich, wie der Labrador mit einer Pfote vorsichtig im Kompost zu wühlen begann. »Ich stehe seit Jahren auf der Warteliste für den Garten, und Sie, Herr …« Ich zeigte mit dem Finger auf den Verwalter, von dem ich keine Ahnung hatte, wie er hieß.

»Kriemer.«

»Genau, Herr Kriemer. Bei Ihnen hatte ich mein Kaufinteresse schon vor langer Zeit angemeldet.«

»Also, Liebelein«, begann Herr Kriemer im tiefsten Kölsch und mit einer etwas zu jovialen Stimme, die ihn irgendwie schmierig wirken ließ. »Eine Parzelle kann man gar nicht kaufen, sondern nur pachten.«

»Das weiß ich natürlich«, behauptete ich.

»Soso.« Er musterte mich und schnalzte dann aus unerfindlichen Gründen mit der Zunge. »Aber ich weiß nichts von Ihrem Interesse an dem Grundstück. Wie ist Ihr Name?«

»Liv Steinhammer«, antwortete ich. »Aber das sagt Ihnen vermutlich nichts.«

»Ich dachte, das sollte es?«

»Ich bin eine Bekannte Ihrer Frau.« Keine Ahnung, was mich in dem Moment geritten hatte, aber wenigstens trug der Mann einen Ehering, wie ich mit einem Blick erleichtert feststellte. »Mit ihr habe ich alles besprochen.«

»Meine Frau ist seit einem Jahr tot.« Herr Kriemer sah mich stirnrunzelnd an.

»Ich weiß. Ich *war* eine Bekannte Ihrer Frau. Sie hat mir damals zugesagt, dass wir die Parzelle bekommen. Ihre Frau hatte so ein großes Herz.«

»Vor allen Dingen ein krankes«, murmelte Herr Kriemer. »Sonst wäre sie jetzt noch bei uns.«

»Ich weiß«, wiederholte ich mich und sah Herrn Kriemer mitfühlend an, jedenfalls hoffte ich, dass ich das tat.

Die junge Frau mischte sich nun sichtlich genervt in das Gespräch ein. »Es war keine Rede davon, dass es noch einen weiteren Interessenten gibt. Wir sind bereit, die Abschlagszahlung von fünftausend Euro zu zahlen, auch wenn das wirklich happig ist.«

Der Labrador bellte aufgeregt.

»Sie wissen, dass Sie damit deutlich über dem Marktpreis liegen«, sagte der junge Mann. »Und wir sind trotzdem bereit, das zu zahlen.«

»Damit unsere Kinder die Möglichkeit haben, wenigstens ein paar Stunden in der Woche an der frischen Luft zu spielen«, sagte seine Frau mit einer gehörigen Portion Pathos.

»Deshalb sollten wir jetzt den Vertrag unterschreiben, so wie wir es besprochen haben«, fügte ihr Mann mit Nachdruck hinzu.

»Ich zahle zehntausend«, platzte es aus mir heraus. »Und Sie sollten Ihren Hund rufen, hier nisten Vögel!«

Der Mann sah sich irritiert nach seinem Hund um. »Auf dem Kompost? Im November?«

»Ja, der Klimawandel ist leider allgegenwärtig«, entgegnete ich, woraufhin mir die Frau einen Blick zuwarf, mit dem man sonst höchstens eine Wahnsinnige bedenken würde.

Ich wandte mich wieder Herrn Kriemer zu, während der Mann nach seinem Hund pfiff, der aber nicht die geringste Lust hatte, darauf zu reagieren.

»Zehntausend also. Ich hatte Ihrer Frau versprochen, mich Ihnen gegenüber großzügig zu erweisen.«

»Aber die Abschlagszahlung geht doch gar nicht an mich«,

sagte Kriemer, dessen Stirn inzwischen eine einzige Runzel war, »sondern an den Vorbesitzer.«

»Das weiß ich natürlich auch«, redete ich mich um Kopf und Kragen. »Fünf für den Vorbesitzer, fünf für Sie.«

Der Hund bellte immer aufgeregter und zog dadurch das Interesse der beiden Kinder auf sich. Langsam kamen sie dem Komposthaufen näher, wobei sie sich zum Glück dauernd schubsen und ärgern mussten, weshalb sich ihr Tempo von Schritt zu Schritt verringerte. Der Hund kläffte dafür immer lauter.

»Sei ruhig, Leo!«, rief sein Herrchen, was das Tier erwartungsgemäß nicht interessierte. »Habe ich das gerade richtig verstanden?« Der Mann sah nun ziemlich wütend aus. »Sie wollen Herrn Kriemer bestechen?«

»Ich weiß nicht, wie Sie darauf kommen.«

»Sie haben ihm gerade fünftausend Euro Schmiergeld geboten!«, regte sich die Frau auf.

»Wir leben in Köln.«

»Es ist trotzdem Bestechung!«

»Nein, ist es nicht«, entgegnete ich. »Ich löse lediglich das Versprechen ein, das ich einer sterbenden Frau gegeben habe. Monatelang habe ich sie an ihrem Krankenbett besucht, und wir haben alles ausführlich besprochen. Es war Frau Kriemer ein Anliegen, dass ihrem Mann nach ihrem Tod etwas Gutes widerfährt. Sie wollen doch nicht den letzten Wunsch einer Sterbenden missachten?«

Herr Kriemer sah mich mit offenem Mund an. Dann klappte er ihn zu und nickte. »Okay.« Er reichte mir die Hand. »Abgemacht.«

Ich griff zu und schüttelte sie, während ich dem jungen Familienvater einen entschuldigenden Blick zuwarf. »Ein Versprechen auf dem Sterbebett. Tut mir leid.«

Der Mann war für einen Moment wie eingefroren, während das Gesicht seiner Frau rot anlief.

»Jetzt sag doch was!«, keifte sie und stieß ihn in die Seite. »Das können wir uns nicht gefallen lassen! Das kann die doch nicht einfach so machen!«

»Von einfach so kann in dem Fall wohl nicht die Rede sein«, erwiderte ich freundlich.

»Lass uns gehen, das hat keinen Zweck«, murmelte der Mann resigniert.

»Aber der Garten ist ideal für uns!«

»Wir finden schon noch was anderes.«

Seine Frau schüttelte nur noch mürrisch den Kopf und stapfte Richtung Ausgang, während ihr Mann erneut mit seinem Hund schimpfte, der immer noch im Kompost buddelte.

»Hör jetzt endlich auf, Leo! Hier! Hiiiiiier!«

Doch Leo hörte nicht auf. Er schien irgendetwas entdeckt zu haben. Das war nicht gut, gar nicht gut, und machte mich verdammt nervös.

»Die Vögel stehen unter Artenschutz!«, rief ich. »Wenn Ihr Hund die tötet, können Sie richtig Ärger bekommen!«

»Jaja. Leo!« Jetzt war die Stimme des Mannes so drohend, dass sie Wirkung zeigte. Mit einem Schuh im Maul kam Leo schwanzwedelnd auf sein Herrchen zu.

»Aus! Was hast du denn da gefunden? Aus!« Der Mann legte den Hund an die Leine und forderte ihn mit Nachdruck auf, den Schuh fallen zu lassen, was dieser schließlich tat. »Artenschutz, brütende Vögel im November, was für ein Schwachsinn. Müll liegt da, nichts als Müll. Sie sind doch total gestört«, motzte er mich an.

»Es gibt keinen Grund, unhöflich zu werden.«

»Doch. Aber ist jetzt auch egal.« Mit einem Handzeichen signalisierte er seinen Kindern zu gehen. Schlecht gelaunt verließ die Familie das Grundstück.

Ich bemühte mich, Herrn Kriemer so gewinnend wir nur möglich anzulächeln, während er mich erneut von oben bis unten musterte. »Sie kannten also meine Bea«, sagte er nachdenklich.

»Eine ganz wunderbare Frau.«

»Ja. Das war sie.« Er drehte den Ehering an seinem Finger hin und her. »Ich kann mich nicht erinnern, dass sie jemals von Ihnen gesprochen hat.«

»Es ging ihr schon nicht mehr so gut, als wir uns angefreundet haben«, behauptete ich. »Wir haben uns beim Arzt im Wartezimmer kennengelernt. Da hatte sie leider schon ihre Diagnose.«

Er sah mich mit hochgezogenen Augenbrauen an. »Meine Frau ist bei einem Verkehrsunfall ums Leben gekommen. Sie hatte einen Herzinfarkt.«

Ich räusperte mich nervös. »Tut mir leid«, sagte ich mit brüchiger Stimme und wich seinem Blick aus.

Eine gefühlte Unendlichkeit sah er mich stumm an. »Ich kann die fünftausend wirklich gut gebrauchen«, sagte er dann und grinste schief. »Können Sie mir die noch heute vorbeibringen? In bar?«

»Ja, klar, gar kein Problem.«

»Walter-Flex-Straße 98.« Ohne ein weiteres Wort drehte er sich um und verließ den Schrebergarten.

»Ja, danke, prima, ich freu mich!«, rief ich ihm hinterher, aber da war er schon um die nächste Ecke verschwunden.

Ich schnappte nach Luft wie ein Fisch, der ans Ufer gespült worden war. Mein Körper schien nach der ganzen Anspannung dringend Sauerstoff zu benötigen, um irgendwie wieder auf Normalbetrieb zu kommen. Ich hatte das Gefühl, haarscharf an einer Katastrophe vorbeigesegelt zu sein, was Blödsinn war, weil die Katastrophe ja gestern Abend passiert war und ich mich mitten in der schlimmsten vorstellbaren Misere befand. Aber ich war nicht aufgeflogen, ich war immer noch hier, und Freddy war immer noch unter dem Kompost. Ich musste mich beruhigen.

»Okay, okay, okay. Alles läuft nach Plan«, versuchte ich mir einzureden. »Du hast es fast geschafft.«

Nachdem sich meine Herzfrequenz einigermaßen eingespielt

hatte, schnappte ich mir den Schuh, den der Hund aus dem Komposthaufen gebuddelt hatte, ignorierte die Blutflecke darauf und brachte ihn zu seinem toten Besitzer zurück.

Freddys Fuß lugte ein kleines Stückchen aus dem Haufen heraus, und mir fiel als Erstes das Loch in seiner Socke auf.

Du musst diese Mutterattitüden mal ablegen, schimpfte ich mich selbst. Wer anderen den Kopf einschlagen konnte, der sollte nun wahrlich kein Problem mit löchrigen Socken haben.

Freddys großer Zeh war gut durch das Loch zu sehen. Er hatte sich bereits bläulich verfärbt, und ich wollte mir gar nicht vorstellen, wie der Rest von ihm wohl aussah.

Für einen Augenblick dachte ich, dass der Kompost tatsächlich eine Option sein könnte. Zwischen den Öko-Abfällen musste es doch von Würmern und Käfern nur so wimmeln, über eine Leiche dürften die sich hier tausendmal schneller hermachen als in einem herkömmlichen Grab. Vielleicht musste ich Freddy gar nicht woanders hinbringen? Konnte die Natur das hier nicht genauso gut regeln?

Eine dicke Krähe ignorierte mich und landete auf dem Kompost, ungefähr auf der Höhe, auf der Freddys Kopf sein musste. Offensichtlich hatte sie etwas gewittert, jedenfalls begann sie, lebhaft mit dem Schnabel zu picken.

Freddy schien bei allen Viechern beliebt zu sein, was ich nur seinem Geruch zuschreiben konnte, den die Tiere vermutlich bereits sehr gut wahrnehmen konnten. Es war daher nur eine Frage der Zeit, bis er auch für die menschliche Nase erkennbar werden würde.

Die Krähe hatte irgendetwas von Freddy erwischt und flog damit fort. War das ein Auge gewesen, das sie da im Schnabel gehabt hatte? Ich wollte es gar nicht so genau wissen. Hauptsache sie fraß es auf und ließ es nicht irgendwo fallen. Ein einzelnes Auge auf dem Bürgersteig könnte den ein oder anderen Passanten womöglich beunruhigen.

Eines führte mir die kleine Episode mit der Krähe jedenfalls sehr deutlich vor Augen: Freddy konnte unter gar keinen Umständen auf Dauer hier im Kompost bleiben.

Vorsichtig stülpte ich den Schuh wieder über seinen Fuß und bedeckte alles mit einer größeren Menge Laub. Dann nahm ich die alte, löchrige Plastikplane, die verknittert in der Ecke lag, und zog sie über den Haufen. Die Enden beschwerte ich mit dicken Backsteinen, die unter der Plane gelegen hatten. So war Freddys vorerst letzte Ruhestätte wenigstens etwas geschützter. Jedenfalls solange das Wetter sich hielt. Sollte ein Herbststurm kommen, würde sich die Situation hier schlagartig ändern.

Ich sah auf die Uhr. Verdammt. Die Sparkasse machte in einer halben Stunde zu. Wenn ich Herrn Kriemer heute noch die fünftausend Euro bringen wollte, musste ich mich ganz schön beeilen.

Sie finden es verwerflich, dass ich Herrn Kriemer bestochen habe? Weil ich der jungen Großstadtfamilie damit ein Stück Natur geklaut habe? Hübscher Vorwurf, sicherlich nicht ganz unberechtigt, aber was hätte ich Ihrer Meinung nach denn tun sollen? Eben.

Aber falls bei Ihnen der Eindruck entstanden ist, ich würde zu diesen typischen Wohlstandsmuttis gehören, die mit dem SUV zum Bio-Bäcker fahren und glauben, mit Geld könnten sie sich alles kaufen, dann kann ich sie beruhigen. So eine bin ich nicht. Ich lehne SUVs entschieden ab. Umwelt und so, Sie wissen schon.

»Du hast statt Brötchen einen Schrebergarten gekauft?« Jörn sah mich ungläubig an.

»Na ja, *statt* ist hier sicherlich nicht das richtige Wort. Aber es war eine gute Gelegenheit, da habe ich spontan zugegriffen.«

»Eine gute Gelegenheit?« Jörns Augen wurden immer größer. »Unser Garten ist fünfhundert Quadratmeter groß. Wofür brauchen wir einen Schrebergarten?«

»Obst, Gemüse, wir sollten viel mehr selbst anbauen.« Ich wich seinem Blick aus.

»Ich hatte keine Ahnung, dass du unter die Gemüsebauern gehen willst.«

»Es ist so wichtig, dass man sich heute selbst versorgen kann«, versuchte ich so überzeugend wie möglich zu sagen. »Die Zeiten werden immer unsicherer.«

Jörn seufzte. »Ich weiß nicht. Zehntausend Euro. Das ist wirklich viel Geld. Unsere Rücklagen sind durch die Eskapaden meines Vaters ganz schön geschrumpft.«

»Du musst mit ihm sprechen.«

»Ich weiß. Habe ich ja schon versucht. Aber es ist nicht so einfach. Und wir haben ihnen versprochen, sie finanziell nicht hängen zu lassen.«

»Tun wir doch auch nicht.« Ich strich ihm besänftigend über die Schulter. »Natürlich unterstützen wir die beiden weiterhin, ist doch klar. Kein Problem. Dein Bonus kommt auch bald. Ist ja nicht so, als würden wir kurz vor der Insolvenz stehen.«

Er nickte. »Gut, na schön. Da hast du natürlich recht. Und was das Selbstanbauen angeht, ist das gar keine schlechte Idee. Das wäre ein schönes Hobby für meine Eltern, dann geht Papa vielleicht nicht mehr so oft auf die Rennbahn. In so einem Schrebergarten können sie rumwerkeln und haben was zu tun.«

Allzu viel sollten sie da im Moment allerdings noch nicht rumwerkeln, dachte ich, sagte jedoch: »Schön, dass du das auch so siehst.«

»Aber in Zukunft besprechen wir alle wichtigen Entscheidungen bitte vorher, ja? So haben wir das doch sonst auch immer gemacht.«

Sonst war ja auch noch kein Toter im Spiel. »Ja, klar, tut mir leid. Das machen wir natürlich.«

»Gut.« Er drückte mir einen Kuss auf die Stirn. »Dann guck ich mal, was wir noch zum Frühstück haben.«

Mein Handy brummte. Cathy Wugner, die anstrengende neureiche Kundin, der ich gestern die E-Mail mit der Bearbeitung ihrer Sonderwünsche geschickt hatte … nicht. Mein Puls war schon wieder auf hundertachtzig. Ich hatte diese bescheuerte E-Mail vergessen! Wie konnte mir das nur passieren? Ich hatte sie in der Nacht zuvor doch zigmal im Kopf formuliert, hatte mich um jedes Problem gekümmert und für alles tolle Lösungsansätze aufgezeigt. Wie hatte ich es nur vergessen können, sie der dummen Tusse zu schicken?

Als ich den Anruf annahm, sah ich noch, dass Pablo viermal versucht hatte, mich zu erreichen, und ich ahnte, dass ich noch irgendetwas vergessen hatte.

»Frau Wugner, einen wunderschönen guten Tag wünsche ich Ihnen!« Manche Menschen flöten ins Telefon, wenn sie gut Wetter machen wollten. Ich spielte im Moment die Panflöte.

»Sie wollten mir gestern Morgen eine Mail schicken!« Die Frau war sauer, das war nicht zu überhören. »Kriege ich nun den rosa Marmor?«

Ein Kochblock aus rosa Marmor. Kann sich irgendjemand, der gerade diese Zeilen liest, etwas Hässlicheres für seine Küche vorstellen?

»Selbstverständlich, Frau Wugner. Und selbstverständlich hatte ich Ihnen die Bestätigung auch per E-Mail geschickt«, log ich. »Wahrscheinlich ist sie mal wieder in den Weiten des World Wide Webs verschwunden.«

»Wo soll die sein? Na, ist mir auch wurscht. Außerdem hat man mir gestern gesagt, dass Sie heute Morgen um neun Uhr auf der Baustelle sein wollten, um sich um das Mäuseproblem zu kümmern. Haben Sie mal auf die Uhr geschaut?«

Natürlich. Den Vor-Ort-Termin hatte mein Gehirn auch gelöscht. Deshalb vermutlich Pablos Anrufe.

»Oh, neun Uhr muss ein Missverständnis gewesen sein.« Ich hatte Pablo keine konkrete Uhrzeit genannt, da war ich mir recht sicher. »Morgen früh« konnte ja nun alles bedeuten.

»Wir haben gleich Mittag.« Cathy Wugners Stimme war eisig geworden. »Und die Drecksmäuse feiern hier Party. Wann sind Sie endlich da?«

»Ich bin auf dem Weg. Laut Navi müsste ich in zwanzig Minuten bei Ihnen sein.«

»Ich hoffe, dass Sie dann eine Lösung für alle Probleme haben! Ich will in meinem neuen Zuhause keine Maus mehr sehen – nie wieder!«

»Schön«, sagte ich unsinnigerweise, legte auf und schnappte mir meine Jacke, aus der in dem Moment der Umschlag von der Sparkasse herausfiel, in denen die abgehobenen fünftausend Euro waren. Jede Menge Hundert-Euro-Scheine segelten langsam zu Boden. Ich ignorierte Jörns Blick und sammelte das Geld schnell wieder ein. »Ich muss noch mal los.«

»Brötchen holen? Für ein paar Tausend Euro?«

Ich lachte künstlich auf. »Bringe ich auch mit. Aber das Geld ist für den Schrebergarten. Muss ich gleich noch vorbeibringen, wenn ich von meinem Termin zurück bin.«

Sofie war von mir unbemerkt die Treppe heruntergekommen. Ihre Haare sahen so aus, als hätte sie die Finger in die Steckdose gehalten, und unter den Augen waren so dunkle Ringe, wie ich sie früher gehabt hatte, bevor sie zu Schwellungen mutierten.

»Wir haben jetzt einen Schrebergarten?« Mit zwei Fingern massierte sie sich die Schläfen.

»Ja. Mama hat spontan zugegriffen.«

»Können wir da heute Abend Party machen?«

Ich zog eine Augenbraue hoch. »Fragt die Frau, die letzte Nacht göbelnd über der Schüssel gehangen hat?«

»Mir geht es schon wieder ganz gut.«

»Sieht man. Doch um deine Frage zu beantworten: nein, könnt

ihr nicht«, sagte ich. »Du bleibst heute Abend sowieso besser zu Hause.«

»Träum weiter. Wozu haben wir denn einen Schrebergarten, wenn wir ihn nicht nutzen dürfen?« Sofie nahm eine Wasserflasche aus dem Kühlschrank und trank sie fast auf ex leer.

»Ihr dürft ihn ja mal nutzen, aber eben nicht heute. Ich muss da erst noch einiges … klären.«

»Mama hat den Garten noch gar nicht bezahlt.« Jörn wies auf den Umschlag mit den Geldscheinen, den ich noch in der Hand hielt.

»So was zahlt man heute bar?« Sofie war sichtlich verwundert.

Hannes kam verschlafen die Treppe herunter. »Was zahlt man bar?«

»Mama hat einen Schrebergarten gekauft.« Sofie verzog spöttisch das Gesicht. »Aber WIR dürfen natürlich nicht rein. Wahrscheinlich will Mama sich da selbst verwirklichen. Midlife-Crisis oder so.«

»Äh – ja. Jetzt muss ich zu meiner Kundin. Etwas Mitgefühl bitte.«

Ich hatte nicht das geringste Interesse, diese Unterhaltung weiterzuführen, und ging zügig zur Tür. Hannes eilte mir nach.

»Willst du jetzt alle Locations aufkaufen, wo ich mal Scheiße gebaut habe?«, raunte er mir zu.

»Vielleicht. Wenn das dazu führt, dass du mit dem Mist aufhörst, warum nicht?«

Ich sah meinen Sohn nur selten sprachlos, aber diesmal hatte es geklappt.

Als ich im Auto saß, brauchte ich einen Moment, um mich zu sammeln. Was machte ich da eigentlich gerade? Ich hatte fünftausend Euro *cash inne Täsch,* um damit einen Mann zu schmieren, der mir im Gegenzug einen Schrebergarten verkaufen wollte, in dem ein Toter lag, den ich umgebracht hatte. Mir brach der

Schweiß aus, und diesmal fand ich, dass das eine völlig normale Reaktion meines Körpers war, den Umständen durchaus angemessen. Wem wäre in dieser Situation nicht der Schweiß ausgebrochen.

Mein Handy piepte, und mit Blick auf das Display sah ich, dass es eine SMS von Frau Wugner war.

20 Minuten sind um.

Ich drückte aufs Gas.

Ist Ihnen schon mal aufgefallen, dass alle vermögenden Menschen sich mehr oder weniger dasselbe Haus bauen? Eine aufgeblasene Version des alten Bauhausstils. Zwei oder drei weiße, sich nach oben verjüngende Vierecke, die aufeinandergestapelt werden. Sie glauben gar nicht, in wie viele Klötze dieser Art ich in den letzten Jahren Küchen eingebaut habe.

Bisher hat mich das allerdings nie gestört, geschweige denn genervt. Warum hat sich das jetzt geändert? Neid kann es nicht sein, unser Haus haben wir vor dreizehn Jahren schließlich in genau demselben Stil gebaut, nur nicht so riesig. Ist es das, was mir auf den Geist geht? Das wir genauso einfallslos sind wie alle anderen? Nur leider deutlich weniger vermögend? Ich weiß es nicht. Mir geht jedenfalls ungeheuer viel auf den Geist, viel mehr als früher, und ich frage mich, wo meine Gelassenheit geblieben ist. Wahrscheinlich da, wo auch mein Tiefschlaf und meine Libido sind. In einem unerreichbaren Raum.

Ich parkte meinen Wagen vor den riesigen gestapelten Vierecken von Cathy Wugner und ihrem Mann. Das Haus war praktisch fertig, die Handwerker nur noch mit dem Innenausbau beschäftigt. *Nur.* Ich hatte den Eindruck, dass die Innenarbeiten noch mal aufwendiger waren als der Bau der Villa. Die Showtreppe in der Eingangshalle wurde gerade mit weißem Marmor ausgestattet, und eine Handvoll Elektriker kümmerte sich um das Sicherheitssystem, das die Villa in einen Hochsicherheitstrakt verwandeln sollte. Viele Leitungen mussten allerdings neu verlegt werden, da sie von den Mäusen zerstört worden waren. Das hatte wohl auch weitere Facharbeiter aufgehalten, die die diversen Lichtinstallationen montieren wollten. Zwei Innenarchitektinnen kamen mir mit einem Stapel Stoffproben entgegen, die allesamt angeknabbert und vermutlich für die Vorhänge oder Polsterbezüge gedacht gewesen waren. Beide Frauen sahen so aus, als hätten sie eine akute Heuschnupfenattacke erlitten. Das Wochenende schien hier niemanden von der Arbeit abzuhalten, und ich ahnte, was der Grund dafür war.

Eine Maus lief mir fast über die Füße und verschwand in der nächsten Ecke. Ich ignorierte meinen Impuls, einen der Arbeiter auf den kleinen Nager hinzuweisen, und schenkte meine Aufmerksamkeit lieber meiner Kundin, die plötzlich vor mir stand.

Cathy Wugner musterte mich schlecht gelaunt, schien das aber für die angemessene Art der Begrüßung zu halten.

»Na endlich.«

»Guten Tag, Frau Wugner. Das sieht ja schon herrlich aus hier!«

»Sie meinen die verdammten Ratten?«

»Nein. Außerdem sind es Mäuse. Winzige kleine Feldmäuschen. Eigentlich niedlich.«

»Sie reden scheiße.«

Da hatte sie recht. »Sorry, ich wollte das Problem nicht verharmlosen.«

»Das würde ich Ihnen auch nicht raten. Kommen Sie.«

Auf ihren hochhackigen Schuhen stolzierte sie durch die Eingangshalle in Richtung Küche. Der Minirock, der ihren überaus knackigen Po nur knapp bedeckte, rutschte dabei ein kleines Stückchen hoch, sodass sie ihn immer wieder nach unten ziehen musste. Ihr enges Oberteil, die Unmengen von Make-up und ihre wallende blonde Mähne, kombiniert mit dem provozierenden Gang, hätten eigentlich alle Handwerkerblicke auf sich ziehen müssen. Aber zu meiner Überraschung sah ihr keiner der Männer nach. Entweder waren sie den aufreizenden Anblick schon gewohnt, oder sie hatten bereits einen von Cathy Wugners Wutausbrüchen mitbekommen und wollten jeden Blickkontakt mit der temperamentvollen Frau vermeiden. Ich tippte auf Letzteres und vermutete, dass auch das heuschnupfenähnliche Äußere der Innenarchitektinnen den Launen von Cathy Wugner geschuldet war. Mir war ihre letzte Schimpftirade noch allzu gut in Erinnerung, in der sie mich lautstark heruntergeputzt hatte, nur weil ich ihr eine Alternative zum rosa Marmor vorgeschlagen hatte. Und an dem Tag war sie eigentlich ganz gut gelaunt gewesen, jedenfalls hatten da keine Mäuse ihren Weg gekreuzt. Heute war das offensichtlich anders.

»Verdammte Drecksviecher!« Cathy Wugner machte einen Satz zur Seite, als ein Mäuschen an ihr vorbeihetzte. »Das sind hier ja Zustände wie im Ghetto!«

Sie kreischte auf, als das Tier einen unüberlegten Haken schlug und zwischen ihren Beinen einen Ausweg suchte. Hektisch versuchte Cathy Wugner, die arme Maus mit mehreren Fußtritten und dem gezielten Einsatz ihrer hohen Absätze zu ermorden. Und auch wenn ich sicherlich die Letzte sein sollte, die solche Übersprunghandlungen verurteilen durfte, fand ich es moralisch höchst verwerflich, dass die blöde Ziege dieses unschuldige und an sich harmlose Tierchen so brutal zu töten versuchte. Die arme Maus war in Panik und machte sich an der Fußleiste ganz klein. Als Frau Wugner erneut, und diesmal ziemlich gezielt, zutreten wollte, schubste ich sie mit Schwung zur Seite, sodass sie auf ihrem knackigen Hinterteil landete.

»Ey! Was soll denn das?«, brüllte es aus ihr heraus.

Die Maus raste davon und brachte sich in Sicherheit.

»Entschuldigen Sie.« Ich half Cathy Wugner wieder auf die Beine, was bei den hohen Absätzen gar nicht so einfach war. »Mir ist kurz schwindelig geworden, und ich hatte das Gleichgewicht verloren. Sie haben sich hoffentlich nicht wehgetan?«

»Schwindelig geworden? Sie haben mich volle Lotte weggedrückt!«

»Tut mir leid, mein Kreislauf.«

In dem Moment kam Pablo im Laufschritt und mit besorgter Miene angelaufen. »Alles okay? Ich habe Sie schreien gehört?«

»Jaja, mir geht es gut.« Cathy Wugner klopfte sich den Staub von den knappen Klamotten.

»Was machst du denn hier?«, fragte ich meinen Chef.

»Nun, du bist ja ein bisschen überfällig«, begann Pablo. »Telefonisch außerdem schwierig zu erreichen, und Frau Wugner hatte ziemlichen *Redebedarf*.«

»Ich bin so was von genervt!« Cathy Wugners Stimmlage war tinnitusverdächtig. »Nichts läuft so, wie es soll!«

»Wir hängen nur ein bisschen hinter dem Zeitplan«, meinte Pablo mit sonorer Stimme.

»Jetzt schon acht Wochen! Das ist ja wohl kein bisschen! Und noch sehe ich weit und breit kein Ende!«, entgegnete Cathy Wugner aufgebracht. »Was gedenken Sie, gegen die Mäuseplage zu tun?«

Pablo blieb erstaunlich ruhig, regelrecht gelassen. »Ich habe mir alle kritischen Stellen angeschaut und spreche gleich mit den Handwerkern. Wahrscheinlich können wir direkt was bearbeiten, sprich dicht machen. Einige Rohre und Leitungen werden aber vermutlich neu gelegt werden müssen, davor werden wir versuchen, die Tiere mit allen Mitteln aus dem Haus zu jagen.«

»Dann stehen Sie hier doch nicht so dämlich rum! Jetzt machen Sie endlich!«

Trotz des unverschämten Tonfalls von Frau Wugner blieb Pablo immer noch sehr freundlich, ja fast charmant. Wie machte er das nur? Ich wusste, dass er die Wugner mindestens genauso hasste wie ich, aber er hatte sich deutlich besser im Griff. Er war so wie ich früher.

»Ich werde sofort alles in die Wege leiten«, sagte er betont freundlich, nickte ihr lächelnd zu und ging geschmeidig aus dem Raum. Es war toll, wie überzeugend Pablo die Fassade bewahrte.

»Was für ein Kacktag!« Cathy Wugners laute Stimme riss mich aus den Gedanken.

»Ja. So was kommt vor«, bemühte ich mich um einen verständnisvollen Ton, ganz dem Vorbild meines Chefs folgend.

Cathy Wugner zog eine Augenbraue hoch. »Sie sind nicht ganz unschuldig daran!«

So etwas hatte ich befürchtet, obwohl ich der Meinung war, dass eigentlich die Mäuse die Hauptschuld an der temporären Verstimmung meiner Kundin trugen.

Die betrat energisch die leere Küche, in deren Mitte sie sich etwas lustlos im Kreis drehte. »Genau hier soll der Küchenblock stehen.«

Eine völlig schwachsinnige Idee. Der Küchenblock wäre dann in der Mitte des gut fünfzig Quadratmeter großen Raumes, meterweit von Kühlschrank, Spüle und allen anderen wichtigen Gerätschaften entfernt. Selbst jemand, der über keinerlei Raumgefühl verfügte, würde niemals einen so bescheuerten Vorschlag machen. Aber erneut bemühte ich mich um eine möglichst diplomatische Antwort. »Ist das nicht ein bisschen weit weg von den Arbeitsflächen?«

»Ist mir egal. Ich koche sowieso nicht.« Cathy Wugner stützte den Arm in die Hüfte und sah mich mit einem gespielten Schlafzimmerblick an, mit dem sie mich eindeutig provozieren wollte. »Aber wissen Sie, was ich in dieser Küche machen werde?«

»Nein. Verraten Sie es mir gerne.«

»Ich werde mich von meinem Mann gewaltig durchvögeln lassen.«

Der abrupte Themenwechsel kam überraschend. Was wollte die Frau mir damit sagen? Ich hielt es für angebracht, ihre Bemerkung für einen Scherz zu halten, und bemühte mich um ein amüsiert wirkendes Lachen, worauf mir Cathy Wugner sofort einen bösen Blick zuwarf.

»Okay, verstehe«, sagte ich schnell. Frau Wugner schien die Bemerkung ernst zu meinen. Auch wenn sie vermutlich fünfundzwanzig Jahre jünger war als ich und daher über eine funktionierende Libido verfügen dürfte, machte ich mir in dem Moment Sorgen um ihren Testosteronspiegel. Möglicherweise litt sie an einer krankhaften Überproduktion? »Geht es Ihnen gut?«, fragte ich leicht besorgt.

»Es ginge mir besser, wenn mein Tag anders begonnen hätte.«

»Klar«, sagte ich, ohne eine Miene zu verziehen, und fragte mich, ob sich die Bemerkung auf mein verspätetes Kommen bezog oder womöglich auf ihr fehlendes Kommen. Immerhin hatte sie im Moment keinen Küchenblock und daher vielleicht keine Gelegenheit, den Geschlechtsakt zu vollziehen?

»Jedenfalls soll der Küchenblock in die Mitte. Mein Mann liebt es, wenn ich mich über den Küchenblock beuge und er mich ...«

Ich täuschte einen sehr lauten Hustenanfall vor. Wieso dachte diese Frau, dass mich das interessieren könnte?

»Und er ist ausdauernd, sehr ausdauernd, wenn Sie verstehen.«

Auch wenn das Ganze durchaus eine gewisse Komik hatte, ging mir das alles eindeutig zu weit, ob nun Provokation oder ernstgemeinter Schwachsinn. Ich hustete noch lauter, was nur zur Folge hatte, dass Cathy Wugner meinen Hustenanfall abwartete, bevor sie weitersprach.

»Ich möchte, dass Sie unsere Vorlieben bei der Planung berücksichtigen.«

»Kein Problem«, brachte ich röchelnd hervor, ohne eine Ahnung zu haben, wie man so eine Information berücksichtigen sollte. »Soll ich bestimmte Haltegriffe am Küchenblock anbringen lassen?«

Cathy Wugner verzog das Gesicht. »Natürlich nicht. Das wird hier ja kein Swingerclub. Was sollen denn dann unsere Gäste denken? Nein, aber der Küchenblock muss massiv sein, denn …«

»Okay.« Ich wollte wahrlich keine weiteren Details hören. »Ich lasse ihn aus Beton gießen. Dann können Sie da auch mit zehn Personen drauf rumspringen.«

Sie sah mich genervt an. »Ich habe doch gerade gesagt, dass wir keine Swinger sind.«

»Klar. War ja auch nur so 'n Beispiel von mir.« Wie konnte ich dieses Sexthema bloß beenden? »Haben Sie schon überlegt, wo die Sitzecke sein soll?«

»Es wäre schön, wenn wir große Küchensofas bekommen könnten, damit …«

»Das ist überhaupt kein Problem«, unterbrach ich sie und machte mir eine Notiz.

»Ich hoffe, die Mäuse sind bald auch kein Problem mehr.«

»Davon gehe ich aus. Ich bespreche das gleich noch mal alles mit meinem Chef.«

Zum Glück bekam Frau Wugner einen Anruf, und unser Termin hatte kurzfristig ein Ende gefunden.

Ihr Auftritt ließ mich irritiert zurück. Fast hätte ich Mitleid mit der jungen Frau gehabt. Das konnte kein gutes Ende nehmen, wenn man sich so über seine Sexualität definierte. Was würde eine Frau wie sie tun, wenn ihre Libido eines Tages schwächer würde? Oder die ihres Mannes?

Selbst für jemanden wie mich, die ihr Leben lang in der Küche andere Dinge getan hatte als Cathy Wugner, war die schwächer werdende Libido manchmal verstörend. Jörn ständig abzuweisen machte mir auch keinen Spaß, aber mich ihm zuliebe zu überwinden eben auch nicht. Hinzu kamen die Veränderungen an meinem Körper, die ich auch noch nicht so richtig akzeptieren konnte. Wie eine Frau Wugner mit Winkeärmchen und Hängebrüstchen fertigwerden wollte, war mir schleierhaft.

Zum Glück waren das nun wahrlich nicht meine Probleme. War ja nicht so, als hätte ich keine eigenen.

Dieses Libido-Thema ist immer noch ein Tabu, habe ich recht? Oder sprechen Sie zu Hause offen mit Ihrem Mann darüber, warum Sie weniger Lust haben als mit zwanzig? Dachte ich mir doch.

Wenn Sie mich fragen, ist unsere Gesellschaft komplett übersexualisiert. An jeder Ecke, ob in der analogen oder digitalen Welt, lauern halb- oder ganz nackte Menschen in sexy Posen. Fünfzigjährige Frauen wie Heidi Klum wollen uns weismachen, dass sie eine ähnliche Küchenroutine haben wie Frau Wugner, was mir allein schon aufgrund des Arbeitspensums einer Frau Klum sehr unwahrscheinlich vorkommt. Dennoch fühlt sie sich, wie übrigens fast jeder Promi, offenbar gezwungen, ihr wahnsinnig gutes Sexleben mit der Öffentlichkeit zu teilen. Sex ist einfach überall.

Haben wir deshalb solche Probleme, über mangelnde Lust zu sprechen? Ich weiß es nicht genau. Oder ist es nicht vielmehr so, dass derjenige, dem die Libido flöten geht, im Prinzip gar kein Problem damit hat? Ganz nach dem Motto: Was ich nicht im Kopf habe, belastet mich auch nicht? Kommt das Problem vielleicht erst mit dem Partner, der unbedingt da weitermachen will, wo er als Jugendlicher angefangen hat?

Danke, ich weiß auch, dass es absurd ist, sich darüber einen Kopf zu machen, während ein toter Dealer unter dem eigenen Kompost verwest. Aber ich habe ja schon erwähnt, dass es mir schwerfiel, meine Gedanken fokussiert zu halten.

Als ich zu Hause war, hatte ich immer noch nichts gegessen, obwohl es inzwischen Nachmittag war. Jörn begrüßte mich an der Haustür, zog mich an sich und küsste mich, wie es einer Cathy Wugner gefallen hätte.

»Die Kinder sind alle unterwegs …«, flüsterte er mir ins Ohr.

Ich befreite mich aus seiner Umarmung. »Schön. Ich brauche jetzt einen Kaffee und ein Brötchen.« Ich hatte schon wieder die Brötchen vergessen. »Oder eine Scheibe trockenes Brot«, fügte ich ermattet hinzu.

In meiner Tasche piepte es.

So schnell gab Jörn nicht auf. Er folgte mir in die Küche wie ein Hund seinem Frauchen und schlang mir kurz darauf die Arme um die Hüften.

»Wie wäre es, wenn wir hier und jetzt eine kurze …«

»Hier in der Küche?« Mir war sofort klar, dass meine Stimme etwas zu aufgebracht klang. »Was haben nur alle Leute mit Küchensex?«

»Was?« Jörns Gesicht war ein einziges Fragezeichen. »Ich kann mich nicht daran erinnern, wann wir das letzte Mal Sex in der Küche hatten.«

»Es ist doch auch totaler Kokolores, dass immer alle in der Küche vögeln müssen!«

Jörn ließ die Arme sinken. »Immer, alle … wenn das nicht übertrieben ist, dann weiß ich es auch nicht. Wir können auch ins Schlafzimmer?«

»Danke. Aber mir steht jetzt echt nicht der Sinn nach Sex.« Ich drückte auf den Knopf unserer Jura-Maschine und schaffte es, noch in letzter Sekunde eine Tasse darunterzustellen, bevor der Kaffee herausplätscherte.

Wieder piepte es in meiner Tasche.

»Wie immer also«, murmelte Jörn enttäuscht. Doch dann nickte er verstehend. »Sorry, ich hatte vergessen, dass du deine Tage hast.«

»Wie kommst du denn darauf?«, entfuhr es mir leider etwas zu schnell. Dann kam mir die blutverschmierte Hose in den Sinn. »Ach so, stimmt ja.«

»Wie kann man das denn vergessen?«

»Du bist ein Mann, das verstehst du nicht.« Ich lächelte ihn entschuldigend an. »Das war nur ein Spaß. Ich hab momentan einfach was anderes im Kopf.«

»Was denn?«

»Die Sache mit …«, fast hätte ich Freddy gesagt, »… Eva lässt mich einfach nicht los.«

»Die beiden haben auf jeden Fall noch Sex«, stellte Jörn mit neidvoller Stimme fest. Wieder piepte es. »Warum piept dein Handy eigentlich die ganze Zeit?«

»Keine Ahnung. Irgendjemand schickt mir offenbar Nachrichten. Was weiß denn ich.«

»Irgendein … *Lover*?«

»Spinnst du?«

Jörn zuckte mit den Schultern. »Vielleicht ist das ja der Grund, warum du nicht mehr mit mir schlafen willst.«

»Was redest du denn da?« Drehte sich heute eigentlich bei allen dauernd alles nur noch um Sex?

»Schon gut.« Er tätschelte mir etwas väterlich die Wange. »Ich gehe joggen.«

»Besser ist es.«

Jörn verschwand nach oben, um sich umzuziehen. Ich kramte mein Handy aus der Tasche und stellte erstaunt fest, dass ich keine einzige Nachricht bekommen hatte. Im selben Augenblick piepte es erneut.

Freddy … ging es mir durch den Kopf, und mir fiel auf, dass ich den toten Dealer in Gedanken schon so vertraut beim Namen nannte, als wäre er tatsächlich mein Lover. Ich wühlte in meiner Tasche und fand das Dealer-Handy schließlich ganz unten zwischen Kaugummis und alten Kassenzetteln.

Zwölf neue Nachrichten. Das war alles, was ich auf dem Display lesen konnte. Für weitere Informationen wollte das Handy Freddys Fingerabdruck haben.

Ich dachte nach. War es wichtig für mich, den Inhalt der Nachrichten zu kennen? Nun, es konnte wichtig sein. Es konnte etwas mit Hannes zu tun haben, dann war es höchst wichtig.

Mein Herz schlug schneller. Natürlich gab es eine Möglichkeit, Freddys Fingerabdruck auf das Display zu kriegen. Aber besonders schön war sie nicht.

Okay, dachte ich mir und atmete tief durch. Ich musste Herrn Kriemer ja ohnehin noch das Geld bringen.

»Ich muss noch mal los!«, rief ich ins Treppenhaus.

»Brötchen holen?« Jörns Stimme hatte eindeutig einen spöttischen Unterton.

»Nein, was Leckeres zum Abendbrot!«, rief ich zurück und hoffte sehr, dass ich das diesmal nicht vergessen würde.

Zur Sicherheit fuhr ich als Erstes in den Supermarkt, kaufte Bratwurst und Kartoffelsalat vom Frische-Buffet und radelte weiter zur Schrebergartensiedlung.

Herrn Kriemers Wohnung lag direkt neben der Anlage. Ich lächelte etwas unsicher, als ich ihm den Umschlag mit den fünftausend Euro überreichte.

»Für Sie. Wie versprochen.«

Herr Kriemer warf mir einen vielsagenden Blick zu, sagte aber nichts, nahm den Umschlag und überreichte mir die Schlüssel.

»Dann auf gute Gartennachbarschaft«, murmelte er und machte sich ans Scheinezählen.

»Sie werden die Entscheidung nicht bereuen.« Ich strahlte ihn demonstrativ an und hoffte, dass ich mit dieser Aussage recht behalten würde. Mit einer Leiche im Kompost konnte eine gute Nachbarschaft ja auch ziemlich schnell kippen.

»Die anderen fünf müssen Sie an die Vorbesitzer überweisen.« Er reichte mir einen Zettel mit den Kontaktdaten.

»Mach ich.« Wenn ich es nicht vergessen sollte. »Danke.«

Ich eilte zu meinem neu erworbenen Grundstück, hielt kurz inne und nutzte das gute WLAN, um die Online-Überweisung für die Vorbesitzer zu tätigen, atmete tief durch und zog dann beherzt die Plane vom Kompost, um darin mit bloßen Händen zu wühlen.

»Bah«, entfuhr es mir unfairerweise, als ich Freddys Hand in meiner hatte. Sie fühlte sich ekelhaft an, so kalt und feucht und irgendwie unecht. Tot eben.

Ich nahm seinen Daumen und drückte ihn aufs Display. Sofort schaltete es das Handy frei.

Inzwischen waren weitere Nachrichten eingetrudelt. Ein gewisser Hugo wirkte ziemlich schlecht gelaunt und wollte wissen, wo sein Geld vom Drogenverkauf bliebe. Von Mal zu Mal lasen sich seine Nachrichten aggressiver. Die anderen stammten von einer Iza, die besorgt fragte, warum Freddy sich nicht bei ihr meldete. Alle endeten mit einem Herzchen-Emoji. Offenbar war sie seine Freundin.

Ich musste erneut tief durchatmen. Das schlechte Gewissen angesichts der Tatsache, dass ich Freddy den Schädel eingeschlagen hatte, war ohnehin schon ziemlich ausgeprägt. Aber dass es entgegen meiner Annahme offensichtlich doch jemanden gab, der diesen Kerl liebte, gab mir den Rest.

Ich sackte neben dem halb verbuddelten Freddy zusammen und heulte wie ein Schlosshund. Vielleicht war diese Frau schwanger? Oder sie hatte schon einen Haufen Kinder von dem Mistkerl? Oder beides, so wie Eva? Vielleicht sollte das mit Hannes sein letzter Deal gewesen sein, und danach wollte er sich als treu sorgender Familienvater um seine Liebsten kümmern? Tiere in Not retten? Kinder in Afrika?

Ein weiteres Piepen riss mich aus meinen Gedanken.

die crackies am neumarkt warten auch.

Die Nachricht war von Hugo. Und sie beruhigte mich ein wenig. So ein wahnsinnig guter Mensch schien Freddy dann nun doch nicht gewesen zu sein.

Schon wieder piepte es. Iza.

wie immer morgen im game over? 10 Uhr?

War das ein Café? Oder eine Kneipe? Wahrscheinlich, dachte ich und tippte kurzerhand: ja.

Östrogen ist auch für die berühmt-berüchtigte Stutenbissigkeit verantwortlich. Die Wissenschaft vermutet hinter diesem durch Hormonschwankungen entstandenen Verhaltensmuster eine evolutionäre Strategie im Kampf um die attraktivsten Partner oder potenziellen Väter. Schwindet das Östrogen, verschwindet auch die bissige Stute.

Wenigstens etwas.

4

Die Nacht war mal wieder recht schlafarm gewesen, was mich angesichts der Umstände, in denen ich mich aktuell befand, nicht weiter verwunderte. Außerdem war ich am Abend leider mit Würstchen und Kartoffelsalat vorm Fernseher eingenickt, und dieser Powernap, der seinen Namen eigentlich nicht verdiente, hatte mich endgültig um den Nachtschlaf gebracht.

Nachdem ich im Internet die Bar *game over* gefunden hatte, wollte ich mich am Morgen möglichst unauffällig aus dem Haus stehlen. Das gestaltete sich schwieriger als gedacht, da Jörn klammheimlich ein opulentes Sonntagsfrühstück vorbereitet hatte.

»Ich hab Brötchen geholt«, begrüßte er mich und fügte grinsend hinzu: »Ist gar nicht so schwierig.«

»Oh, das ist lieb. Ich hab leider nicht viel Zeit …«

»Es ist Sonntag, Livi, Zeit für ein kurzes Frühstück wirst du da ja wohl haben.« Er stellte mir einen frisch gebrühten Kaffee hin und setzte sich.

»Ich muss noch zu dieser anstrengenden Kundin …«

Mein schlechtes Gewissen. Jörn gab sich solche Mühe, ein echter Vorzeigeehemann zu sein, und ich benahm mich, als wäre ich auf der Flucht vor ihm.

Dementsprechend vorwurfsvoll sah er auf. »Dann muss die vielleicht mal ein paar Minuten warten. Ich hab das Gefühl, wir sehen uns nur noch zwischen Tür und Angel. Wir müssen uns doch auch mal unterhalten!«

»Klar.« Verstohlen blickte ich auf die Küchenuhr. Ich hatte noch eine Stunde Zeit, wenn ich pünktlich um zehn in dieser Bar sein wollte. Auch wenn es vom Kölner Süden bis zum Eigelstein eine Weltreise war, konnte ich es schaffen, selbst wenn ich jetzt eine Viertelstunde mit meinem Mann frühstücken würde. Sonntags war der Verkehr in der Regel harmlos, selbst in einer Stadt wie Köln, die verkehrstechnisch völlig aufgeschmissen war.

Also setzte ich mich und nahm einen Schluck von meinem Kaffee, machte etwas zu laut »Mmmm«, als wäre es der erste Milchkaffee meines Lebens, und lobte die Röstaromen, was irgendwie absurd war. Jörn sah mich schweigend an, und ich bekam das Gefühl, dass er mir etwas sagen wollte.

»Du wolltest dich unterhalten?« Es war mehr eine Aussage als eine Frage von mir. »Ist irgendwas passiert? Gibt es Probleme?«

»Was heißt schon Probleme.« Jörn schnitt ein Brötchen auf und beschmierte es ausführlich mit Butter. Immer wieder fuhr er mit dem Messer hin und her, als wollte er auch den letzten Krümel damit bestreichen.

»Noch mehr Butter?«, fragte ich scherzhaft.

Er grinste kurz. Dann legte er das Messer zur Seite und seufzte. »Ich hab das Gefühl, dass ein paar Herausforderungen auf uns zukommen.«

Noch mehr Herausforderungen? Ich für meinen Fall hatte das Gefühl, durchaus ausgelastet zu sein.

»Was meinst du? Irgendwas von den Kindern, wovon ich nichts weiß?« So wie du von Hannes' Drogen-Eskapaden? »Gibt es blaue Briefe?«

Jörn schüttelte den Kopf. »Ich befürchte, es ist komplizierter. Ich hab mir mal unsere Kontoauszüge angeschaut. Aktuell sind wir leider ganz schön in den Miesen …«

Werner. Natürlich. Jetzt begriff ich, worüber er reden wollte. Am Wochenende waren Pferderennen. Wahrscheinlich hatte mein Schwiegervater gestern mal wieder alles gegeben – und alles verloren. Und Jörn hatte die Spielschulden seines Vaters beglichen, so wie er es immer tat – anstatt mit ihm über diese Problematik zu sprechen, die offensichtlich größer wurde.

»Wenn man sich einen gewissen Lebensstandard erhalten möchte, muss man ihn sich auch leisten können«, begann ich möglichst vorsichtig, das heikle Thema zu konkretisieren. Ich wusste ja, wie schwer es meinem Mann fiel, darüber zu sprechen. Was ich durchaus nachvollziehen konnte. Er hatte zwar einerseits ein gutes Verhältnis zu seinen Eltern, andererseits kam er nur schlecht damit klar, dass sie älter wurden. Und dass sie inzwischen steinalt waren, ignorierte er einfach, genau wie Werners Wettleidenschaft, die mit zunehmender Vergreisung immer mehr ausuferte.

Jörn machte ein betrübtes Gesicht. »Ja, ich weiß. Man muss sich sein Leben erlauben können.«

Vorsichtig versuchte ich es weiter. »Und wenn kein Geld mehr reinkommt, muss man seinen Lebensstil eben ändern. Dann geht eben nicht mehr alles.«

»Das geht ja auch vielen so.«

»Absolut. Mit dem Problem steht im Moment keiner alleine da, das betrifft sehr viele. Ich verstehe auch, dass es nicht einfach ist, sich von lieb gewonnenen Angewohnheiten zu trennen und zu erkennen, dass gewisse Dinge der Vergangenheit angehören …«

»Nein, das ist es ganz gewiss nicht.«

»Und sicherlich darf man auch den gesundheitlichen Aspekt nicht vergessen.«

Jörn zog irritiert die Stirn kraus. »Was denn für ein gesundheitlicher Aspekt?«

»Na ja, das ist ja im Prinzip eine Sucht, eine Krankheit, wie jede andere Sucht auch.« Ich fand, es war Zeit, endlich Tacheles zu reden. Wenn nicht bald etwas passierte, würde Werner noch Haus und Hof verspielen, inklusive unserem.

»Was meinst du mit Sucht?«

Jetzt kam mir Jörn für einen Augenblick etwas blöde vor. Was alles unter eine Spielsucht fiel, könnte er schon wissen.

»Wetten! Pferdewetten, Sportwetten, das ist doch nichts anderes als Glücksspiel. Und Glücksspiel kann abhängig machen«, erklärte ich ihm. »Genauso wie Alkohol oder Drogen. Mit demselben Suchtdruck und denselben Entzugserscheinungen.«

»Ah!« Jörn hatte es verstanden. »Du meinst meinen Vater?«

Was war das denn für eine Frage? »Ja, sicher. Davon reden wir doch die ganze Zeit. Aber es hilft nichts, wenn nur wir darüber sprechen. Du musst das ihm alles sagen, und zwar dringend! Werner muss verstehen, dass es so nicht weitergehen kann.«

Jörn kaute nachdenklich auf seiner Unterlippe. Ich unterdrückte ein Seufzen. Offenbar konnte er sich immer noch nicht dazu durchringen, dieses problematische Thema bei seinem Vater anzusprechen.

Ich legte ihm eine Hand auf den Arm. »Ich weiß, dass dir das schwerfällt. Aber es geht nicht anders. Du musst ihm sagen, dass wir nicht mehr für alle seine Schulden aufkommen können. Wie viel hat er denn gestern verzockt?«

Jörn zuckte deprimiert mit den Schultern.

»Und heute geht er wieder auf die Rennbahn?«

Wieder nur ein Schulterzucken.

»Klär das, okay?«

Er nickte zögerlich und wirkte wie ein Häufchen Elend. Für einen Moment überlegte ich, diese Iza einfach zu vergessen und mich um meinen deprimierten Mann zu kümmern. Aber das war leider keine Option. Diese Frau suchte nach Freddy, und wenn sie ihn finden sollte, würde ich mich die nächsten fünfzehn Jahre überhaupt nicht mehr um meinen Mann, sondern nur um meine Zelle kümmern können.

»Wir reden später noch mal, okay?«, sagte ich und stand auf.

»Hm. Klar«, antwortete er gedankenverloren.

»Bis später«, sagte ich und hoffte, dass er nicht genauer nachfragen würde, warum ich an einem Sonntag zu einer Kundin musste. Zum Glück schien er so über seinen Vater zu grübeln, dass er nichts mehr sagte.

Vielleicht war es auch gar nicht schlecht, wenn er mal für eine Weile in Ruhe über die Problematik nachdenken konnte, ohne dass ich ihn ständig darauf hinweisen musste. Ich habe diese Frauen schon immer als unangenehm empfunden, die sich genötigt fühlten, ihren Männern ständig zu sagen, was sie zu tun und zu lassen hatten.

Ah, Sie fühlen sich angesprochen? Nehmen schon die Verteidigungshaltung an? Das verstehe ich gut. Klar kapiert Ihr Mann bestimmte Sachen nur, wenn Sie ihn darauf hinweisen. Das glauben alle Frauen auf der ganzen Welt. Ich persönlich gehe inzwischen allerdings davon aus, dass es keine Frage des Kapierens ist, sondern des Egalseins. Denn jetzt überlegen Sie doch mal, wie gut das mit dem Daraufhinweisen so klappt. Eben.

Nichtsdestotrotz müssen elementare Dinge natürlich angesprochen werden, zu denen ich den unkontrollierten Geldabfluss von unserem Konto zählen würde. Ja, richtig, auch wenn damit Schrebergärten bezahlt werden. Mein Fehler. Und nein, über andere elementare Dinge wie tote Dealer oder Ähnliches möchte ich jetzt nicht diskutieren. Danke.

Schon immer war der Eigelstein die Gegend in Köln gewesen, in der das Rotlicht zu Hause war. In den Siebzigern war es eine der verrufensten Ecken der Stadt, vielleicht sogar ganz Deutschlands, in der sich Zuhältergrößen wie Schäfers Nas einen zweifelhaften Namen gemacht hatten. Zwar hatte auch hier die Gentrifizierung in den letzten Jahren zugeschlagen, und aus ehemals heruntergekommenen Dachgeschossbuden waren exklusive Maisonette-Wohnungen geworden, aber das hatte beim besten Willen nicht alle Mitarbeiter des horizontalen Gewerbes vertrieben.

An diesem Sonntagvormittag waren die meisten Cafés und Frühstücksbars gut gefüllt mit ihrem hippen Publikum. Das *game over* zählte nicht dazu. Räumlichkeit und Gäste waren das genaue Gegenteil von hipp, der Name der Bar schien sehr treffend gewählt worden zu sein. Während die anderen Lokale mit einer Mischung aus Upcycling-Möbeln und Vintage-Chic, mit fair gehandeltem Kaffee und Dinkel-Muffins punkteten, war das *game over* seinen durchgesessenen, jahrzehntealten Holzstühlen treu geblieben, die man noch nicht mal mehr auf dem Flohmarkt verkaufen könnte. Die schwarzen Tische waren ramponiert und zerkratzt, der ganze muffige Laden roch nach Bier und Körperausdünstungen. An der rechten Wand zog sich eine lange Theke durch den Raum, an dessen Ende eine Gestalt auf einem Barhocker saß und mit dem Kopf auf dem Tresen schlief. In dem Bereich davor saßen überwiegend Frauen an den Tischen, tranken Kaffee oder Kölsch und frühstückten. Aus ihrer äußeren Erscheinung schloss ich, dass sie die Nacht durchgearbeitet hatten. Die meisten trugen enge, kurze Röcke und High-Heels, ihre grelle Schminke war verwischt, und die auftoupierten Haare fielen langsam in sich zusammen. Sie sahen genauso aus, wie Kostümbildner Angehörige des horizontalen Gewerbes in einer Vorabendserie ausstaffieren würden. Klischees kamen nun mal nicht von ungefähr.

Ich fühlte mich etwas unwohl, als ich durch den Gastraum ging, fast wie ein Fremdkörper, der ich ja auch irgendwie war. Ein paar Frauen guckten hoch und musterten mich. Eine hielt mich offenbar für eine Streetworkerin, jedenfalls machte sie zu ihrer Tischnachbarin eine Bemerkung in die Richtung. Aber im Großen und Ganzen wurde ich zum Glück kaum beachtet. Zu viel Aufmerksamkeit konnte ich jetzt auch nicht gebrauchen, so nervös, wie ich war.

Es gab nur eine Frau, die alleine an einem Tisch saß und immer wieder auf ihr Handy blickte. Sie wirkte jung, vermutlich war sie keine fünfundzwanzig, sehr schmal, fast zerbrechlich. Die Lippen waren unnatürlich dick, und die künstlichen Wimpern bedeckten die Augen wie ein Vorhang, sobald sie die Lider schloss. Ihre pink lackierten Fingernägel waren so lang, dass sie Schwierigkeiten hatte, auf ihrem Handy zu tippen, und die Finger dabei merkwürdig spreizen musste.

Auch wenn ich es nicht genau wusste, war ich mir ziemlich sicher, dass das Freddys Freundin sein musste. Keine der anderen Frauen schien auf jemanden zu warten.

»Iza?«

Überrascht blickte sie von ihrem Handy auf und warf die langen schwarzen Haare nach hinten. »Ja?«

»Hi, ich bin Liv. Darf ich mich kurz dazusetzen?«

Iza zuckte mit den Schultern. »Meinetwegen.« Sofort blickte sie wieder auf ihr Handy.

»Freddy schickt mich«, sagte ich, ohne genau zu wissen, wohin mich dieser Gesprächseinstieg führen würde. Es wäre schlauer gewesen, wenn ich mir vorher einen Plan gemacht hätte, aber strukturiertes, durchdachtes Vorgehen war im Moment einfach nicht mein Fall. Wann hätte ich das auch machen sollen? Als ich vorm Fernseher eingenickt bin? Ja, vielleicht. Nun, jetzt war es zu spät. Aber immerhin hatte ich Izas Aufmerksamkeit.

»Ah! Du bist Freddys ältere Schwester?«

Wenigstens hielt sie mich nicht für seine Mutter. Trotzdem versetzte es mir einen Stich, dass er eine Schwester hatte. Wieder eine Person mehr, die meinetwegen trauern und traurig sein würde.

»Ich dachte, ihr habt euch zerstritten?« Iza sah mich fragend an.

Was war das für ein Akzent? Osteuropa?

Ich nickte. »Ja. Ich hatte eine ganze Weile keinen Kontakt mehr zu ihm, aber jetzt hat er mich gebeten, mit dir zu sprechen.«

»Und warum?«

Ich sah mich um, als wollte ich sichergehen, dass uns niemand hören konnte. »Er ist abgetaucht.« Das stimmte ja irgendwie.

Iza machte große Augen. »Er will aussteigen?«

»Ja. Das wird natürlich alles nicht einfach, aber wenn wir ihn unterstützen, kann er es schaffen.«

»Ich gebe ihm mehr als die Hälfte von meinem Lohn. Wie soll ich ihn denn noch mehr unterstützen?«

So ein Freund war Freddy also gewesen. Ein verdammter Zuhälterfreund.

»Im Moment ist die beste Unterstützung, wenn wir ihn ein bisschen in Ruhe lassen, damit er sein neues Leben aufbauen kann.«

»Heißt das, ich kann das Geld von letzter Nacht behalten?«

»Definitiv ja. Du hast es doch auch verdient. Ist sowieso eine bescheuerte Idee, ihm so viel davon abzugeben.«

Fand Iza nicht. »So ist das nun mal. Ist ja nicht so, als wenn er nichts dafür macht.«

»Ach ja? Was denn?«

»Wenn ich Probleme mit einem Freier habe, kümmert er sich darum. Kommt zwar nicht so häufig vor, aber wenn, dann wäre er zur Stelle.«

»Weil er permanent an deiner Seite ist, wenn du arbeitest?«, fragte ich zweifelnd.

Iza schwieg. »Anschaffen ist nicht so dein Ding, was?«, sagte sie und lächelte vorsichtig.

Ich erwiderte ihr Lächeln. »Ja, das stimmt. Ist nicht so meine Welt.«

»Ich hätte auch nicht gedacht, dass ich das mal mache.« Iza seufzte.

»Bist du über die Drogen da reingerutscht?« Nach dem, was ich erlebt hatte, schien mir das ein naheliegender Gedanke zu sein.

»Ich nehme keine Drogen.« Das klang überraschend glaubwürdig. »Ich bin auf der Straße angesprochen worden, damals,

als ich noch in Rumänien gelebt habe. Ob ich Lust hätte, als Au-pair-Mädchen in Deutschland zu arbeiten, haben sie mich gefragt. Na ja, und dann hat sich das alles in eine andere Richtung entwickelt, und jetzt mache ich eben das.«

»Freddy zwingt dich dazu?« Ich war aufrichtig entsetzt. Zwangsprostitution und Menschenhandel waren noch mal eine ganz andere Dimension, als freiwillig als Sexarbeiterin unterwegs zu sein.

»Nein, nein, keine Sorge, dein Bruder war immer gut zu mir.« Iza lächelte mich fast tröstend an. »Er zählt definitiv zu den Netten. Sonst wär er doch auch nicht mein Männe.«

»Dein Männe?« Ich konnte nur den Kopf schütteln.

»Also mein Freund halt.«

»Hab ich schon verstanden. Aber was ist das denn für eine Beziehung?«

Sie zuckte desillusioniert mit den Schultern. »Immerhin schlägt er mich nicht.«

»Andere schon?« Ich ahnte Schlimmes.

Aus Izas Gesicht verschwand schlagartig jede Fröhlichkeit. »Freddys Boss ist ziemlich streng.«

»Hugo?«

»Den kennst du auch?« Iza wirkte überrascht. »Ich wusste gar nicht, dass Freddy dich so eingeweiht hat.«

»Nur ein bisschen«, sagte ich ausweichend. »Wie oft schlägt Hugo dich?«

»Nicht oft.« Sie strich die langen, dunklen Haare zur Seite und offenbarte eine blaue Stelle an ihrem rechten Unterkiefer. »Gestern. Er wollte wissen, wo Freddy steckt, und als ich es ihm nicht sagen konnte, hat er versucht, es aus mir herauszuprügeln. Er ist ein richtiger Wichser. Alle Mädchen hassen ihn.«

Ich sah, dass Iza sich um einen taffen Gesichtsausdruck bemühte. Aber ihre aufgespritzte Unterlippe zitterte, jedenfalls soweit es das ganze Hyaluron, oder was immer da auch drin war, zuließ.

Eine Welle des Mitgefühls überkam mich. Diese junge Frau war vermutlich in ärmlichen Verhältnissen aufgewachsen, wurde mit falschen Versprechungen auf ein besseres Leben nach Deutschland gelockt und hier von skrupellosen Typen gnadenlos ausgebeutet.

»Hugo hat gesagt, wenn Freddy heute nicht bei ihm auftaucht und das Geld bringt, muss ich seine Schulden bezahlen.« Izas Stimme war brüchig geworden. Mit feuchten Augen sah sie mich an. »Vielleicht kannst du Freddy sagen, dass er Hugo wenigstens noch die Kohle bringt, bevor er sich endgültig verpieselt? Sonst darf ich das wieder alles ausbaden.«

Ich nickte gedankenverloren. Das Geld für den verdammten Zuhälterboss war mir gleichgültig. Aber eines war mir sehr schnell sehr bewusst geworden: Ich musste dieser Frau helfen. Schließlich war es in erster Linie meine Schuld, dass sie sich in dieser akuten Notsituation befand. Würde Freddy noch leben, dann hätte Iza gestern keine Schläge bekommen und müsste jetzt nicht weitere gewalttätigen Übergriffe fürchten.

»Freddy möchte, dass du auch untertauchst«, sagte ich. »Er hat einen Schrebergarten für dich organisiert, mit einem kleinen Häuschen drauf.« Komplett gelogen war das eigentlich nicht. Ohne Freddy wäre ich jedenfalls niemals zu dem Schrebergarten gekommen.

»Freddy will, dass ich auch aussteige?«

»Ja. Er hat alles ganz toll für dich vorbereitet. Am besten zeige ich dir das gleich.«

Iza zögerte. »Jetzt sofort?«

»Spricht irgendwas dagegen?« Abgesehen von der Leiche natürlich, fügte ich in Gedanken hinzu, aber darum würde ich mich als Nächstes kümmern. Jetzt musste ich Iza erst mal von ihrem brutalen Zuhälterboss wegbringen. »Musst du ein Kind oder eine Katze versorgen?«

»Nein. Aber warum müssen wir sofort los?«

»Weil Freddy Hugo das Geld nicht geben wird«, sagte ich wahrheitsgemäß. »Und weil Hugo dich dann windelweich prügelt.«

Iza war trotz ihres dicken Make-ups blass geworden. »Ist Freddy in Schwierigkeiten?«

»Nein, die hat er hinter sich. Komm, mein Wagen steht gleich um die Ecke.«

Besorgt stand Iza auf, und ich staunte, wie groß sie war. Sie überragte mich bestimmt um zwei Köpfe, was auch ihren enormen Absätzen geschuldet war.

»Können wir kurz bei mir vorbeifahren? Ich brauch noch was anderes zum Anziehen.«

Iza hatte ein kleines Einzimmerappartement in einem Haus, in dem nur Kolleginnen von ihr wohnten. Ein Bordell sei das trotzdem nicht, erklärte sie mir, auch wenn einige der Frauen fast permanent im Homeoffice arbeiteten und das Haus Hugo gehörte.

»Wohnt er auch hier?«

»Nein, aber er ist häufig da. Übernachtet mal bei der einen, mal bei der anderen.«

»Verstehe. Ein Chef, der sich *kümmert.*« Meine Stimme triefte nur so vor Ironie.

Die schien bei Iza nicht anzukommen.

»Ich weiß nicht, ob ich das so sagen würde. Er selbst nennt das Qualitätscheck.«

»Um Himmels willen, das ist ja furchtbar!«

Iza zuckte mit den Schultern. »Alltag.«

Mehr wollte ich darüber nicht hören. »Beeil dich, ja? Ich will nicht, dass er uns hier noch sieht.«

Während ich im Wagen wartete, beobachtete ich die Frauen, die aus dem Haus kamen oder hineingingen. Wie oft musste man im Leben falsch abgebogen sein, um hier zu landen? Oder waren alle Frauen unter Zwang hierhergekommen? Ich hatte gelesen, dass neunzig Prozent aller Sexarbeiterinnen ihren Job nicht freiwillig ausübten. Ob die Not oder ein Zuhälter sie zur Arbeit zwangen, hatte in dem Artikel zwar nicht gestanden, aber ich empfand es so oder so als schrecklich, dass diese Frauen keine andere Alternative für sich sahen. Meistens hatten sie einen schwierigen Start ins Leben gehabt, viel Gewalt, wenig Bildung, aber einen Körper, den Männer wollten. Und zu Hause in der Heimat eine Familie, die auf die finanzielle Unterstützung durch die anschaffende Tochter angewiesen war. Ein Teufelskreis.

Ich sah es als meine moralische Pflicht an, Iza aus diesem Leben rauszuholen. Weil Freddy nicht pünktlich bei seinem Boss aufgetaucht war, hatte sie Schläge kassiert. Wenn Freddy nicht bald auftauchen würde, würde sie erneut Prügel einstecken müssen und man würde ihr auch noch das sauer verdiente Geld abnehmen. Und keiner wusste besser als ich, dass er definitiv nicht mehr auftauchte.

Ich durchwühlte meine Handtasche und zog sein Handy hervor. Man würde weiter nach Freddy suchen. Offenbar war viel zu viel Geld im Spiel, als dass Hugo ihn einfach vergessen konnte. Es war eine Frage der Zeit, bis er sein Handy orten würde, wenn er es nicht längst versucht hatte.

Kurzerhand ließ ich mein Fenster herunter und warf das Zuhälterhandy zielsicher in den Gully.

Sollte jetzt jemand das Handy orten, so würde man als Position dieses von Prostituierten bewohnte Haus angezeigt bekommen. Für einen Zuhälter ein durchaus naheliegender Aufenthaltsort, und ich hoffte, dass sich der Suchende dann erst mal dachte, mit Freddy wäre alles in Ordnung.

Sie kennen das wahrscheinlich, wenn man in Situationen gerät, in die man niemals hat kommen wollen und aus denen es dann keinen Ausweg mehr gibt. Durch die man dann einfach durchmuss. Früher, als die Kinder klein waren, ist einem so was ja häufiger mal passiert. Von Toilettenerlebnissen in Supermärkten über Dinkelkeks-Gespräche auf dem Spielplatz – alles Situationen, in die ich niemals kommen wollte.

Und obwohl die Sache mit Iza und Freddy eindeutig in einer anderen Kategorie spielte als die Auseinandersetzungen mit irgendwelchen bekloppten Müttern, so reagierte ich jetzt doch sehr ähnlich wie früher. Ich fand den Absprung nicht, war wie gefangen in einem Film, aus dem ich nicht aussteigen konnte und den ich jetzt zu Ende drehen musste.

Leider hatte ich das Drehbuch aber nicht bis zum Schluss gelesen und somit keine Ahnung, was noch auf mich zukommen sollte.

Etwas ratlos stand Iza in dem Schrebergartenhäuschen. Der Geruch von alten, feuchten Sachen hing in dem kleinen Raum. Wände und Decke waren mit Holz vertäfelt, vor dem Fenster hing ein rot-weiß karierter Vorhang mit dunklen Flecken. Die Vorbesitzer hatten eine alte Couch und einen Tisch dagelassen, der mit einer dicken Staubschicht bedeckt war. Im hinteren Teil des Raumes gab es eine Art Küchenzeile mit Kochplatte, die über die Steckdose lief. Gläser und etwas Geschirr waren im Schrank zurückgelassen worden. Tote Insekten lagen auf dem Boden, Spinnweben hingen in den Ecken. Immerhin gab es fließendes Wasser und Strom.

Ich meinte Izas Miene anzusehen, dass sie gerade darüber nachdachte, was genau Freddy so Tolles für sie vorbereitet hatte.

»Das dient alles der Tarnung«, bemühte ich mich um eine Erklärung. »Keiner würde je auf die Idee kommen, dass du dich hier versteckst. Freddy war es ganz wichtig, dass alles so authentisch wie möglich aussieht.«

»Authentisch bedeutet scheiße?«

Ich sah sie entschuldigend an. »Ich weiß, dass das eine Umstellung ist. Aber es ist ja auch nur für den Übergang, nur für eine kurze Zeit.«

»Warum bist du dir da so sicher?«

»Weil Freddy gerade eine Wohnung für euch beide sucht. Irgendwo im Ausland. Und so wie ich Freddy kenne, wird er sie schon bald gefunden haben – falls du noch zu ihm ziehen willst.«

»Wo soll ich denn sonst hin?«

»Alternativen gibt es immer«, sagte ich, ohne eine parat zu haben. »Was ist denn mit deiner Familie in Rumänien?«

»Definitiv keine Alternative.«

»Warum?«

»Weils so ist.« Iza presste die Lippen zusammen und wich meinem Blick aus. Ich hatte das Gefühl, dass weitere Fragen nach ihrer Familie definitiv nicht erwünscht waren.

»Hast du dir was Warmes zum Anziehen eingepackt?«, fragte ich deshalb.

Sie schüttelte den Kopf. »Ich hab jetzt nur Sachen, die Freddy gefallen. Er kommt doch bald?«

»Wir haben nicht über Uhrzeiten gesprochen.« Auch nicht gelogen. »Ich bringe dir einen Heizstrahler mit.«

Iza sah sich seufzend um. »In Ordnung. Für ein paar Tage wird es schon gehen. Gibt es ein Bad?«

»Eine Campingtoilette. Hinter der Hütte.«

»Na großartig.«

»Und halt dich vom Komposthaufen fern, da gibt es eine Menge Ungeziefer, mit dem du nichts zu tun haben willst.«

»Das wird ja immer besser.« Iza atmete tief durch.

»Wenigstens bist du hier in Sicherheit. Und Männer musst du auch keine bedienen«, versuchte ich, etwas Aufmunterndes zu sagen.

»Ja, das stimmt. Wäre nur schön, wenn Freddy hier wäre.«

Ist er ja, hätte ich beinahe gesagt, nickte aber stattdessen. »Am besten verlässt du die Hütte erst mal nicht, dann kriegt auch keiner mit, dass du hier bist. Ich bringe dir noch Bettzeug und was zu essen. Du wirst schon sehen, für ein paar Tage kann man es sich hier ganz gemütlich machen. Ach ja, und das WLAN funktioniert ziemlich gut.«

Iza nickte lächelnd. »Danke, Liv.«

»Dafür nicht.«

»Doch. Genau dafür. Auch wenn das hier kein Fünf-Sterne-Hotel ist, weiß ich wirklich zu schätzen, was du für mich tust.«

»Das ist doch nichts.« Ich spürte, wie mir die Schamesröte ins Gesicht stieg.

»Das ist ganz viel«, entgegnete Iza ernst. »Ich habe mich noch nie getraut abzuhauen, und ohne dich hätte ich das auch niemals getan.«

Das stimmte allerdings. Wenn ich ihren Zuhälterfreund nicht erschlagen hätte, stünde sie jetzt immer noch an der Straße.

Und schon meldete sich wieder mein Gewissen, lautstark und noch fordernder, als es ohnehin schon die ganze Zeit an meine innere Tür geklopft hatte, verbunden mit einem hübschen Ausmaß an Scham. Gleichzeitig machten sich fast mütterliche Gefühle in mir breit, die ich einer jungen, mir eigentlich völlig fremden Frau gegenüber noch nie empfunden hatte.

»Mach dir doch mal Gedanken darüber, wie dein Leben in Zukunft aussehen könnte«, sagte ich zu ihr.

»Was meinst du?«

»Na, was du noch machen könntest, um deinen Lebensunterhalt zu bestreiten. Hast du als Mädchen nicht von irgendetwas geträumt?«

Iza dachte nach. »Früher wollte ich immer Schauspielerin werden. Vielleicht könnte ich Pornos …?«

»Nein«, unterbrach ich sie. »Denk doch mal über was nach, wo du nicht deinen Körper verkaufen musst.«

Wieder überlegte Iza ein paar Minuten. »Hat Freddy schon was im Auge für mich?«

»Mensch, Iza!«, regte ich mich auf. »Es geht um dich, um deine Wünsche und deine Vorstellungen! Nicht um die von anderen!

Du musst dich unbedingt von diesem Kerl lösen! Es geht um dein Leben!«

Verständnislos sah sie mich an. »Aber er hat doch meine ganze Flucht vorbereitet.«

»Ja. Schon. Aber trotzdem.« Sie hoffte doch nicht auf ein Happy End mit Hochzeit und so? »Liebst du ihn eigentlich?«

Iza seufzte. »Was heißt schon lieben.«

»Lieben heißt, dass du dir ein Leben ohne ihn nicht vorstellen kannst. Kannst du?«

Izas Stirn legte sich in Falten. »Ich weiß nicht. Er hat mir immer gesagt, was ich tun soll. Und das habe ich dann auch gemacht ...«

»Aus Liebe oder weil er dich unter Druck gesetzt hat?«

Wieder schien sie nachzudenken. »Macht das einen Unterschied?«

Darüber musste ich nun nachdenken. »Vielleicht. Aber ich bin mir nicht sicher. Vielleicht ist auch nur entscheidend, was unterm Strich steht.«

Ich sah Izas Gesichtsausdruck an, dass sie diese Formulierung nicht kannte. »Hm. Jedenfalls war es immer so. Irgendwie fand ich das normal, es war früher ja nicht anders gewesen, obwohl es in unserer Familie nicht viele Männer gab. Wir Frauen haben uns um alles gekümmert, gearbeitet, den Haushalt gemacht und die Kinder großgezogen.«

»Und die Männer?«

»Mein Großvater und mein Onkel sind tot. Mein Vater war meistens arbeitslos, und wenn er mal einen Job hatte, hat er sich nach Feierabend betrunken. Alles andere haben wir Frauen gemacht.«

»Warum?« Das fragte ich mich wirklich. Konnte doch nicht alles an den Hormonen liegen. Ich selbst hatte zwar auch das Gefühl, mich jahrelang für andere aufgerieben zu haben, aber doch nicht, weil irgendwelche Männer das von mir verlangt hatten. Oder hatte ich mich unterbewusst einem patriarchalen gesellschaftlichen Druck gefügt? »Haben die Männer euch gesagt, dass ihr alles machen sollt, oder habt ihr es einfach getan?«

Iza zuckte mit den Schultern. »Ich weiß es nicht. Es war einfach immer so. Ich bin ja nach Deutschland gekommen, um ein anderes Leben zu führen, ein besseres. Hat leider nicht so richtig geklappt.«

»Dann wird es allerhöchste Zeit, dass sich das ändert«, sagte ich entschlossen.

Neben dem Menschen gibt es nur vier Säugetierarten, die in die Wechseljahre kommen – allesamt Wale. Die Wechseljahre sind evolutionsbiologisch betrachtet also ein Rätsel: Warum weiterleben, wenn die Fruchtbarkeit versiegt? Schließlich sind Nachkommen das Ziel allen irdischen Seins – so kann man zumindest die Evolutionstheorie auslegen. Eine Hypothese: der sogenannte Großmuttereffekt. Indem Großmütter ihre Familien unterstützen, tragen sie zum Überleben der Enkel bei und sorgen so für die Verbreitung ihres genetischen Erbes.

Und was ist mit dem Überleben der Schwiegertöchter?!

5

Ich hatte mich auf miese Stimmung eingestellt, als ich am Montagmorgen ins Küchenstudio kam. Zu Hause war sie jedenfalls nicht sonderlich gut gewesen, was sie an Montagen allerdings ohnehin nie war. Die Kinder hatten ausnahmslos eine Art von Jetlag, weil sie am Wochenende viel zu lange auf gewesen waren und dementsprechend lange geschlafen hatten, und selbst mein dauerhaft gut gelaunter Mann hatte sich nur äußerst widerwillig zum Büro begeben.

Nach dem, was ich am Samstag auf der Baustelle erlebt hatte, hätte es mich also nicht überrascht, wenn Pablos Laune auf dem Level meiner Familienmitglieder gewesen wäre. War sie aber nicht.

»Guten Morgen, Liv. Rate mal, wer mir gestern noch vier Sprachnachrichten geschickt hat?«

»Frau Wugner?«

»Jepp. Sie war mit ihrem Mann auf der Baustelle, und der hat eine Mäusefamilie gesichtet. Mama, Papa und zwei Dutzend Kinderchen.« Pablo konnte sich ein Grinsen nicht verkneifen.

»Ich bin froh, dass du noch darüber lachen kannst.«

»Was soll ich denn machen?« Er verzog theatralisch das Gesicht. »Ich kann deshalb ja schlecht den ganzen Tag heulen. Und, ehrlich gesagt, wie die sich aufgeregt hat, war schon wirklich lustig. Hier, hör mal.«

Er spielte die Sprachnachricht ab, und tatsächlich musste ich nun auch lachen. Cathy Wugners Stimme überschlug sich fast, sie zeterte, brüllte und bekam dann einen Hustenanfall, der von Sofies Kotzgeräuschen nicht weit entfernt war.

»Mäuse sind einfach lästig«, sagte Pablo und stellte sein Handy wieder aus. »Wenn du die einmal in der Isolierung hast, kriegst du sie nur schwer wieder raus. Die vermehren sich doch wie die Karnickel.«

»Ich glaube schlimmer.«

»Ja. Das ist eben die Natur. Ich kann da jetzt keine nagergerechten Verhüterlis verteilen.«

»Wir sollten uns trotzdem schlaumachen, ob die uns rechtlich was können«, schlug ich vor.

»Hab ich schon.« Mick war dazugekommen. »Die Fehler können nicht beim Innenausbau entstanden sein. Die Mäuse kommen ja von außen rein. Irgendwo gibt es also ein Leck. Und damit dürften wir nichts zu tun haben.«

»Vermutlich kommen sie über das heruntergezogene Dach beim Wellnessbereich«, vermutete Franzi, die von ihrem Schreibtisch aus zugehört hatte. »Ich hatte etwas Ähnliches früher schon mal. Die Mäuse sind da über eine Kletterrose auf das niedrige Dach und von da aus nach oben gelaufen. Ein offenes Fenster, und sie waren drin.«

»Die Fenster standen tagelang offen. Trockenlüften«, sagte Pablo.

»Eben. Das muss eine Mäusegegend sein, und jetzt sind die Viecher halt leider reingekommen«, fuhr Franzi fort. »Das ist ärgerlich, aber nicht unser Fehler.«

»Vielleicht sehen die Wugners das ja auch so«, sagte Mick. »Obwohl sie sich so aufregen. Jedenfalls ist heute die erste Rechnung von ihnen bezahlt worden.«

Mein Chef atmete erleichtert durch. »Puh. Da bin ich froh. Hattest du die Rechnung an sie oder ihn geschickt?«

»An sie, so wie du gesagt hast«, antwortete Mick.

»Warum ist das wichtig?«, wollte ich wissen.

»Ich hab erst ein Mal mit Herrn Wugner zu tun gehabt«, erklärte Pablo. »Aber ich kann euch sagen: Der ist mal wirklich schwierig.«

»Noch schwieriger als seine reizende Gattin?« Das konnte ich mir kaum vorstellen. »Wie geht das denn?«

»Anders schwierig«, sagte Pablo. »Frau Wugner hat offenbar keinen Bezug zum Geld, ihr Mann dagegen schon. Deshalb gehen alle Rechnungen an sie, damit wir uns weitere unnötige Diskussionen sparen. Reicht ja wohl, was wir sonst an Gequatsche mit ihr an der Backe haben.«

»Da hast du allerdings recht.« Besorgt blickte ich in die Runde. »Glaubt ihr, wir könnten auf den Kosten sitzen bleiben?«

Mick zuckte mit den Schultern, Franzi machte ein abwägendes Gesicht, und Pablo nickte langsam.

»Ich hoffe nicht«, sagte er. »Ganz ausschließen kann ich es allerdings nicht. Deshalb fährst du gleich bitte dahin und schaust nach dem Rechten.«

Ich zögerte. »Ich habe eigentlich vorher noch einen anderen Termin.« Sogar zwei. Dass sie nicht beruflicher Natur waren, verschwieg ich meinem Chef lieber. Ich hatte Iza versprochen, ihr einige Sachen vorbeizubringen, und dann musste ich dringend zu meinen Schwiegereltern, zu denen ich einen Sachverständigen von der Krankenkasse bestellt hatte, zur Einordnung der Pflegestufe. Abgesehen davon, dass meine Schwiegereltern eine Betreuung aus gesundheitlichen Gründen brauchten, hoffte ich auch, dass Werners Wettleidenschaft vielleicht etwas kontrolliert werden konnte, wenn regelmäßig ein Pfleger nach ihm schaute – den ich natürlich mit der Problematik vertraut machen wollte.

»Liv, die Wugners sind unsere wichtigsten Kunden«, sagte Pablo eindringlich. »Bitte kümmere dich um sie!«

»Das mach ich ja auch.«

»Aber nicht wieder Stunden später! Mal ehrlich, schusselige Mitarbeiter machen die Situation vor Ort nun auch nicht gerade besser!«

Das saß. Und traf genau meinen wunden Punkt. Ich war seit einer ganzen Weile nicht mehr ich selbst, vergaß alles und brachte noch mehr durcheinander. Natürlich konnte das meinen Kollegen auf Dauer nicht verborgen bleiben. Hielt Pablo mich vielleicht für nicht ganz unschuldig an dem Schlamassel? War das gerade ein stiller oder vielleicht gar nicht so stiller Vorwurf gewesen? Hätte ich die Mäuseeskalation gar verhindern können, wenn ich schneller beherzt eingegriffen hätte?

Ich behauptete, nur kurz bei einem Lieferanten vorbeifahren zu müssen und mich dann um alles zu kümmern. Mit einem unguten Gefühl fuhr ich zur Schrebergartenkolonie. Im Kofferraum hatte ich Bettzeug und Lebensmittel, und ich musste höllisch aufpassen, dass Herr Kriemer mich nicht sah, sonst hätte er noch blöde Fragen gestellt, warum ich ausgerechnet im November die Hütte heimelig machen wollte. Außerdem hatte ich Iza ein paar Bücher mitgebracht.

»Ich habe noch nie ein Buch ganz gelesen.« Neugierig zog sie einen der Romane aus der Kiste, die ich für sie gepackt hatte.

»Dann wird es höchste Zeit.«

»Um was geht es in dem?« Konzentriert blickte sie auf den Klappentext.

»Der wird dir gefallen. Da geht's um eine Frau, die ihren Mann verlässt und auf eigenen Beinen stehen will.«

»Aha.« Iza wirkte durchaus interessiert.

»Und du kannst hier ja nicht so viel machen«, fuhr ich fort, »da dachte ich mir, ein bisschen Lesen kann durchaus eine Abwechslung sein. Man kann doch schließlich nicht den ganzen Tag nur aufs Handy starren.« Dass man das durchaus konnte, wusste ich von meinen Kindern.

Iza antwortete mir nicht mehr, sondern setzte sich mit dem

Buch auf die alte Couch. Ich hatte ohnehin keine Zeit für weitere literarische Gespräche, musste dringend zu meinen Schwiegereltern, bei denen in einer halben Stunde der Sachverständige auftauchen wollte, und mich dann wieder um meinen Job kümmern. Ich schrieb Frau Wugner eine Nachricht, dass ich in anderthalb Stunden auf der Baustelle sein würde, und machte mich auf den Weg.

Als ich vor Marlies' und Werners Haustür stand und darauf wartete, dass mir einer öffnete, merkte ich sofort, dass etwas anders war. Dieser Geruch … ich wusste nicht, wann es das letzte Mal hier so gerochen hatte. War das Chlorreiniger?

»Ach, Liebes, du hättest doch nicht extra kommen müssen«, begrüßte mich Marlies. Mir fiel fast die Kinnlade runter, als ich meine Schwiegermutter sah. Die Haare in einem frischen Rotton gefärbt, perfekt geschnitten und geföhnt, das Gesicht mit einem mattierenden Make-up geschminkt, Lidschatten und – künstlichen Wimpern?! Es sah fast so aus.

»Marlies, du siehst ja – Werner!«

Mein Schwiegervater kam strahlend zu uns geeilt. Auch wenn er kein Make-up trug, sah er auffallend gut aus. Die Haare gewaschen und ordentlich zur Seite gekämmt, frisch rasiert und parfümiert, in sauberen und gebügelten Klamotten.

»Wir sind längst fertig mit Aufräumen«, sagte er und wirkte erstaunlich auf Zack. »Du kannst ruhig wieder fahren.«

Jetzt fiel es mir auch auf. Die ganze Wohnung war auf Hochglanz geputzt worden. Der Boden pikobello sauber, alles aufgeräumt, kein Staubkorn mehr zu sehen. Überall roch es nach frischem Reinigungsmittel und Alte-Leute-Parfüm.

Marlies und Werner waren aufgekratzt und bester Dinge. Und ich wurde langsam, aber sicher misstrauisch. Ich ahnte, was die zwei vorhatten. Sie wollten verhindern, dass sie eine Pflegestufe bekamen!

Wie hatten sie es geschafft, die Wohnung so auf Vordermann

zu bringen? Und warum waren sie plötzlich so aufgedreht und agil?

»Hannes hat uns geholfen«, erklärte meine Schwiegermutter strahlend, nachdem ich die beiden gefragt hatte, wie sie dieses Wunder vollbracht hatten. »Werner hat ihn angerufen und um Hilfe gebeten, da ist er sofort gekommen.«

»Und wo du gerade von Wunder sprichst«, fügte Werner nicht minder strahlend hinzu, »da hatte Hannes auch was für uns.«

Marlies nickte begeistert. »Wirklich ein Wundermittel! Kein Medikament der Welt hat mich jemals so fit gemacht! Ich fühle mich wieder wie siebzig!«

»Moment, Moment, eins nach dem anderen. Hannes war hier?« Und nicht in der Schule?, fügte ich in Gedanken hinzu.

»Ja. Ein wunderbarer Junge.« Marlies redete in einem ungewöhnlich hohen Tempo. »Kommt ganz nach seinem Vater.«

»Er hat uns beim Aufräumen geholfen und mit diesen tollen Medikamenten versorgt«, fügte Werner hinzu. »Ich könnte Bäume ausreißen! Vielleicht ziehen wir heute Nacht noch um die Häuser und lassen es richtig krachen.«

»Gute Idee!« Marlies kicherte, und Werner stimmte in ihr Kichern mit ein.

»Kann ich das mal sehen?«

Sofort verstummten die beiden. Der schnelle Blick, den sie miteinander tauschten, sagte mir deutlich, dass sie mir das Zeug auf gar keinen Fall zeigen würden.

»Du willst uns das wegnehmen.«

»Das würde ich niemals tun!«

»Doch.« Meine Schwiegermutter verschränkte die Arme vor der Brust. »Kriegst du nicht.«

»Niemals.« Auch mein Schwiegervater wirkte sehr bestimmt.

»Waren das etwa Drogen?«

Marlies machte eine abwehrende Handbewegung. »Pff. Was soll das schon heißen?«

»Wer mit achtzehn Drogen nimmt, ist wahnsinnig, wer mit achtzig keine nimmt, auch!«, sagte Werner und lachte laut los.

Drogen, ging es mir durch den Kopf. Hannes hatte mir versprochen, die Finger davon zu lassen! Und jetzt hatte er seine Großeltern damit vollgepumpt? Das durfte nicht wahr sein!

»Ihr könnt doch nicht einfach irgendein Zeug schlucken, was euer Teenager-Enkel euch mitbringt!«, schimpfte ich. »Ihr könntet einen Herzinfarkt bekommen! Schlaganfall! Ohnmächtig werden und euch alle Knochen brechen! Sterben, versteht ihr? Tod! So was kann euch umbringen!«

Marlies rollte mit den Augen. »Was du wieder hast. In letzter Zeit fährst du so schnell aus der Haut!«

»Dein Nervenkostüm ist wirklich dünn geworden«, pflichtete Werner seiner Frau bei. »Im Gegensatz zu dir.«

Ich schnappte nach Luft. »Wie bitte?«

»Wahrscheinlich bist du in den Wechseljahren«, sagte Marlies lapidar. »Man geht auseinander und ist nicht mehr belastbar.«

»Wechseljahre? Wie kommst du denn darauf?«, empörte ich mich, ohne zu begreifen, warum mich diese Annahme eigentlich so aufregte. Die Menopause war kein Stigma, kein Brandmal und kein verachtenswerter Zustand. Oder doch?

»Na, du siehst langsam aus wie ein Wal, das ist das erste untrügliche Anzeichen«, meinte meine Schwiegermutter und zuckte bedauernd mit den Schultern. »Tja, da musst du durch. Alle Frauen werden in den Wechseljahren dicker. Kann man nichts machen.«

Ich wollte etwas Böses antworten, aber zu meinem Bedauern fiel mir nichts ein. Außerdem klingelte es in dem Moment an der Tür, und als ich sah, in welchem Tempo und wie fidel die beiden zum Eingang eilten, wurde mir klar, dass mir kein Pflegedienst der Welt in der nahen Zukunft etwas Arbeit abnehmen würde.

Was hatte Hannes den beiden bloß gegeben? Und warum?

Und wo ich gerade bei dem Warum war: Warum half er ihnen beim Aufräumen und Putzen? Und – fast noch mysteriöser – wieso konnte er das?!

Meine Laune hatte den Tiefpunkt erreicht, als meine Schwiegermutter Kaffee und Gebäck ins Wohnzimmer trug, betonte, alles selbst gebacken zu haben, um dann dem Mitarbeiter von der Krankenkasse von ihren Yogaübungen zu erzählen, die sie angeblich jeden Morgen mit Werner machen würde. Wir wussten alle, dass das Quatsch war – bis auf den Sachverständigen.

Der Termin lief also genau so ab, wie meine Schwiegereltern das offensichtlich geplant hatten. Topfit, keine Pflegestufe, die beiden kommen doch super alleine klar – so die Meinung des Sachverständigen.

»Weiter so«, sagte der zum Abschied strahlend und schüttelte Marlies und Werner die Hand, während er mir einen vernichtenden Blick zuwarf, als wäre ich die böse Schwiegertochter, die ihre Schwiegereltern loswerden wollte.

»Mach dir um uns keine Sorgen, Liv. Mit Hannes' Wundermittel geht alles viel leichter!« Marlies wirkte geradezu glücklich.

»Und deine Zusatzkilos stehen dir auch gut«, fügte Werner versöhnlich hinzu, wobei er mir ungeniert auf Bauch und Brüste starrte.

»Lässt die Falten weniger werden«, stimmte Marlies ihm zu. »Außerdem ist nichts schlimmer als *von hinten Lyzeum, von vorne Museum*. Das bleibt dir erspart, ist doch auch schön!«

Ich bin mir ziemlich sicher, dass jede von Ihnen schon mal mit dem Thema Gewichtszunahme zu tun hatte. Und natürlich bin auch ich in den Schwangerschaften auseinandergegangen und habe nie wieder mein altes Gewicht zurückbekommen – aber ob Sie es glauben oder nicht, es war mir eigentlich immer relativ egal. Ich gehöre nicht zu den Frauen, die sich im besonderen Maße über ihr Gewicht definieren, fünf Kilo mehr oder weniger haben mich nie sonderlich interessiert. In meinem Kleiderschrank hängen Hosen in Größe 38, 40 und 42, und je nach Verfassung trage ich mal diese und mal jene Größe. Jene in letzter Zeit zugegebenermaßen seltener.

Aber wie mein Körper darauf reagierte, als meine Hormone nicht mehr so wollten wie früher, irritierte mich ehrlich gesagt schon – also auch optisch. Nicht nur, dass meine Brüste explodierten, auch rund um meinen Bauch hatte sich eine merkwürdige Zone gebildet. Es war keine klassische Wampe, eher so eine Art Rettungsring, der sich um meine Taille zog, die schon lange keine mehr war. Ein Träumchen.

Obwohl ich dringend auf die Baustelle der Wugners musste, fuhr ich erst zu Hause vorbei.

»Hannes?«, brüllte ich durchs Treppenhaus.

Offenbar war meine Stimme bedrohlich genug, dass mein Sohn sofort auf dem oberen Absatz auftauchte.

»Ich hab frei, Englisch und Mathe sind ausgefallen, ich schwöre!«, sprudelte es aus ihm heraus.

»Was hast du Oma und Opa gegeben?«, donnerte ich zurück und stampfte die Treppenstufen hoch, packte meinen Sohn am Kragen und sah ihn wütend an. »Du hast mir versprochen, dass du die Finger von Drogen lässt!«

»Mama, hab ich doch auch, ehrlich, entspann dich.« Hannes löste meine Hand von seinem Sweatshirt und drückte sie sanft, so als wollte er mich beruhigen. »Ich habe das Zeug nicht mehr angerührt. Wirklich nicht.«

»Aber du hast es deinen Großeltern gegeben??«

Hannes biss sich auf die Unterlippe. »Ich hatte noch einen kleinen Rest da. Nicht viel, echt nicht.«

»Rest? Was für ein Rest?«

Er seufzte. »Ich habe ihnen eine Ecstasy-Pille gegeben. Und noch zwei dagelassen.«

»Wie bitte?« Ich war kurz davor, meine gewaltfreie Erziehung zu vergessen.

»Das Zeug ist nicht stark, wirklich nur ganz leicht«, stammelte Hannes. »Opa hatte mich angerufen und gebeten, ihnen zu helfen, weil du sie ins Heim abschieben willst.«

»Was?!«

»Ja. Wenn sie nicht alles aufräumen und saubermachen, bis dieser Typ kommt, dann würde der sie gleich mitnehmen.«

»So ein Schwachsinn! Es ging nur um einen Pflegedienst, nicht um ein Heim!«

»Das haben sie mir aber gesagt. Also bin ich hin, um ihnen zu helfen«, sagte Hannes. »Und dann hat Oma mich förmlich angefleht, dass ich ihr irgendetwas gebe, damit sie wieder etwas munterer wird. Wenn Ecstasy eins kann, dann das. Es ist wirklich ganz harmlos!«

»Ecstasy! Harmlos? Sag mal, tickst du noch ganz sauber?« Ich spürte, wie mir vor Wut die Hitze ins Gesicht stieg, diesmal definitiv nicht hormonell bedingt. »Deine Großeltern sind nicht irgendwelche Silver Surfer, die mal ein bisschen was ausprobieren können! Das sind hochbetagte, ach was, uralte Menschen. Die eine hat einen schweren Krebs überstanden, der andere hat Diabetes hoch zehn! Schon ein Schnupfen kann die ins Grab bringen!«

»Dafür wirkten sie vorhin aber noch ganz munter.« Hannes grinste, und in dem Moment rutschte mir tatsächlich die Hand aus. Die Ohrfeige war vielleicht nicht besonders schallend, aber stark genug, um einen Abdruck auf seiner Wange zu hinterlassen.

Erschrocken starrte Hannes mich an und rieb sich über seine schmerzende Wange.

»Nie, verstehst du, NIE wieder wirst du das Zeug anfassen«, brachte ich gepresst hervor. »Weder um es dir in den Mund zu stecken, noch um es irgendjemand anderem zu geben. Und erst recht keinen neunzigjährigen Senioren! Haben wir uns verstanden?«

Hannes stand sichtlich unter Schock. »Ja. Klar. Sorry, Mama.«

»Hausarrest und Taschengeldentzug!«

»Aber Mama!«

»Für einen Monat!«

»Waas?«

»Zwei! Und jetzt geh mir aus den Augen!«

Seufzend drehte Hannes sich um und ging zurück in sein Zimmer. Mein Puls war auf zweihundert, vielleicht noch höher. Ich wusste nicht, wann ich mich das letzte Mal in meinem Leben so aufgeregt hatte.

Die Vorstellung, dass er meine Schwiegereltern mit dem Zeug hätte umbringen können, ließ mich nicht los. Dass die beiden dann tot gewesen wären, war die eine Sache. Die andere war die immense Schuld, mit der mein Sohn dann hätte weiterleben müssen. Wenn eine wusste, wie schwierig das war, dann ja nun ich, und ich war mir fast sicher, dass Hannes damit nicht hätte umgehen können. Und Jörn? Wie hätte er das je verkraften sollen, wenn der eigene Sohn die Eltern umbringt? Gab es womöglich so eine Art Killergen in unserer Familie, das erst bei mir durchbrach und jetzt bei Hannes?

Ich zermarterte mir den Kopf, wie Hannes so etwas nur hatte tun können, und machte mir vor allem selbst Vorwürfe. Vielleicht hatten wir ihn zu wenig über Drogen aufgeklärt, zu wenig vor den Gefahren gewarnt. Wir hatten viel übers Kiffen gesprochen, weil dadurch die jugendlichen Gehirne kaputtgehen konnten. Aber bei allen anderem hatte ich es gar nicht für möglich gehalten, dass Hannes damit je in Kontakt kommen könnte.

Wie naiv ich doch gewesen war.

Ecstasy. Ich hatte keine Ahnung, wie die Droge wirkte und welche Folgen sie haben konnte. Natürlich hatte ich in meiner Jugend mal gekifft, aber mehr hatte ich an Drogenerfahrung nicht zu bieten. Wahrscheinlich hatte ich mir deshalb nicht vorstellen können, dass mein Sohn so etwas mal ausprobiert.

Nervös ging ich in der Küche auf und ab, während ich auf meinem Handy die Droge googelte. Ich las, dass die Wirkung zwischen drei bis zwölf Stunden anhalten konnte, dass sich danach ein Zustand körperlicher Erschöpfung einstellte, der unter Umständen von Schlaf- und Konzentrationsstörungen, Depressionen und Angstzuständen begleitet wurde. Und dass die Konsumenten vor allen Dingen darauf achten mussten, nicht zu dehydrieren.

Na großartig. Meine Schwiegereltern tranken ohnehin zu wenig!

Dann las ich noch, dass eine Ecstasy-Pille zehn Euro kostete.

10 für dich sind 100 für mich.

Ich war immer davon ausgegangen, dass Hannes an dem besagten Abend ein bisschen Gras kaufen wollte. Ich hatte nur einen kurzen Blick in Freddys Tasche geworfen, aber ich erinnerte mich an Pillen, die in kleine Plastikbeutel verpackt gewesen waren. Offensichtlich Ecstasy, das womöglich hundertfach unter dem Komposthaufen lag. Kein Wunder, dass Hugo das nicht einfach so aufgeben wollte.

Aus dem Augenwinkel nahm ich eine Gestalt am Fenster wahr und zuckte erschrocken zusammen. Und dann noch ein zweites Mal, als ich realisierte, dass es mein eigenes Spiegelbild war.

Wie ein Wal, hatte Marlies zu mir gesagt. Und auch wenn die alte Dame zu dem Zeitpunkt voll auf Droge gewesen war, so ganz falsch hatte sie mit der Einschätzung nicht gelegen. Es war allerhöchste Zeit, dass ich mich der Problematik stellte. Die Gewichtszunahme war eine Sache. Aber wenn die Wechseljahre bei mir dazu führten, dass ich Leute umbrachte, meinen Sohn schlug und mit dem Drogenkonsum meiner greisen Schwiegereltern überfordert war, dann bestand Handlungsbedarf. Okay, Letzteres hätte mich in jedem Lebensabschnitt überfordert, aber es war ja nicht nur das Ecstasy, das mich stresste, da gab es noch deutlich banalere Gründe.

Kurzerhand drückte ich auf den Kontakt meiner Gynäkologin.

»Beschwerden oder Vorsorge?«, fragte mich Frau Schubert, die Sprechstundenhilfe, als ich einen Termin vereinbaren wollte.

»Irgendwie beides. Es könnte sein, dass ich in den Wechseljahren bin.«

»Oh«, sagte sie nur und schien in ihrem Computer nach einem passenden Termin zu suchen.

Oh? Im Sinne von: *Oh, Sie Arme hat es auch erwischt*? Oder *Oh, Ihr Stoffwechsel hat den Altersbutton gedrückt*? Oder war diese Frau Schubert vielleicht selbst in den Wechseljahren und wollte mit dem Oh ihre Solidarität ausdrücken?

»Darf ich fragen, wie alt Sie sind?«, fragte ich in den Hörer und versuchte, mich an das Gesicht der Sprechstundenhilfe zu erinnern.

»Dreiunddreißig. Wieso?«

Also keine Wechseljahre. Aber vielleicht kannte sie sich dafür mit einem anderen meiner Probleme aus. »Können Sie mir sagen, wie man am schnellsten einen Ecstasy-Rausch beenden kann?«

Stille in der Leitung. Wusste es die Frau nicht, oder wollte sie es mir nicht sagen?

»Haben Sie Erfahrung mit Ecstasy? Können Sie mir da weiterhelfen?«, insistierte ich.

Ich hörte ein Räuspern. »Drogen sind keine Lösung«, sagte Frau Schubert mit einfühlsamer Stimme. »Die Wechseljahre sind sicherlich lästig, aber kein Grund, sich mit Rauschmitteln zu betäuben.«

»Nein, nein, das ist ein Missverständnis …«

»Können Sie gleich morgen vorbeikommen?« In Frau Schuberts Stimme war ein Unterton von Dringlichkeit nicht zu überhören. Offensichtlich hielt sie mich jetzt für einen Notfall.

»Ja, je eher, desto besser.«

»Gut.« Sie schlug mir eine Uhrzeit vor, und wir beendeten das Gespräch.

Na dufte. Wie sollte ich morgen in die Praxis gehen, wenn alle Angestellten mich jetzt für einen Junkie hielten?

Ich bekam einen Anruf. Pablo.

»Bist du bei den Wugners schon fertig?«

»Ähm – fast. Ich bin gerade noch mitten im Gespräch, ich ruf dich zurück.« Schnell drückte ich das Handy aus und eilte aus dem Haus.

Ich war kein Fan von Hektik und Zeitdruck. Inzwischen stresste mich das deutlich mehr als noch vor ein paar Jahren. Die Verkehrssituation in Köln war bekanntermaßen prekär, eine nervöse und schimpfende Autofahrerin tat da ein Übriges. Ich hatte inzwischen ein ausgeprägtes Auto-Tourette entwickelt. Hinterm Steuer fluchte und motzte ich mit Ausdrücken und Schimpftiraden, die ich normalerweise niemals benutzen würde. Mir gingen Worte über die Lippen, die ich sonst nicht nur nicht benutzte, sondern die ich auch verachtete und für die ich meine Kinder bestrafte, wenn sie sie aussprachen. Doch unter Zeitdruck im innerstädtischen Stau öffneten sich alle Stressventile und ließen alles Ordinäre heraus.

Als ich die Baustelle endlich erreicht hatte, war Cathy Wugner gerade gefahren, wie mir die Arbeiter ausrichteten.

»Die war ganz schön sauer«, meinte einer der Elektriker. »Fühlt sich wohl nicht anständig bekümmert.«

»Und wie ist die Situation an der Nagerfront?«, fragte ich.

»Bescheiden. Ich zeig Ihnen mal was.«

Ich folgte dem Mann bis in die Küche. Vor den Ausbuchtungen für die Einbauschränke blieb er stehen. In der rechten unteren Ecke war die Abdeckung von einem Rohr zu sehen, vorsichtig nahm er sie ab und leuchtete hinein.

»Schauen Sie mal.«

Ich beugte mich nach unten und warf einen Blick in das Rohr.

Bestimmt ein Dutzend verängstigte Augenpaare starrten mich an, und ihre kleinen pelzigen Besitzer drängten sich immer weiter nach hinten, um dem Lichtkegel zu entkommen.

»Den Kabelschacht haben wir erst vor ein paar Tagen angelegt und immer fachmännisch verschlossen. Seitdem wir von den Nagern wissen, achten wir noch mehr darauf, dass alles wirklich dicht ist«, erklärte mir der Handwerker.

»Na ja, so richtig dicht kann es wohl nicht gewesen sein, sonst wären die Biester nicht da, wo sie sind.«

Der Mann schüttelte skeptisch den Kopf. »Nee, wir haben da echt aufgepasst. Wissen Sie, was ich inzwischen glaube?«

»Sie werden es mir sicherlich verraten.«

Er sah sich um, als wollte er sichergehen, dass niemand ihn hörte. »Dass die Wugner selbst was damit zu tun hat.«

»Cathy Wugner?«

Er nickte mit bedeutungsvoller Miene.

»Sie meinen, sie hat die Mäuse selbst auf der Baustelle angesiedelt?« Ein erstaunlicher Verdacht.

»Überlegen Sie doch mal«, sagte der Mann im verschwörerischen Tonfall. »Diese Frau hat nur Extrawünsche. Ständig will sie irgendetwas anders oder neu haben. Sie verursacht enorme Kosten. Wäre es da nicht schön, wenn man hinterher sagen könnte, die Kosten wären beim schlampigen Bau entstanden? Dann kann man sich doch auch weigern, am Ende alles zu bezahlen.«

»Eine Rechnung hat sie bereits beglichen.«

»Eine! Das ist doch nichts. Eine Beruhigungsrechnung, das dicke Ende kommt erst noch. Googeln Sie das mal. Es gibt genug Berichte über Leute, die ihre eigene Baustelle sabotiert haben.«

»Und die damit durchgekommen sind?«, fragte ich.

»Na ja. Berichtet wurde natürlich nur über die, die aufgeflogen sind. Sonst wäre das ja nicht rausgekommen.«

»Stimmt.« Der Mann brachte mich zum Nachdenken. Auch

Pablo hatte schon die Sorge geäußert, dass sie am Ende auf einer Menge Kosten sitzen bleiben könnten. Je länger ich darüber nachdachte, desto wahrscheinlicher kam mir die Theorie vor, dass Cathy Wugner etwas mit der Sache zu tun hatte. Ich würde ihr so ein Verhalten zumindest zutrauen. Sie war täglich auf der Baustelle und dabei permanent schlecht gelaunt. Eigentlich regte sie sich die meiste Zeit nur auf – was ebenfalls zur Theorie des Mannes passen könnte. »Okay, falls Sie recht haben sollten, müssen wir die Frau irgendwie stoppen«, dachte ich laut nach. »Sollen die Innenräume auch videoüberwacht werden?«

»Nein, nur der Außenbereich.«

»Wann wird die Kamera am Eingang einsatzfähig sein?«

Er zuckte mit den Schultern. »Wenn die Kabel nicht dauernd angebissen werden würden, könnte die Anlage längst laufen. Aber so kann ich nur schlecht eine Prognose abgeben.«

»Was ist mit einer Attrappe?«

»Was soll damit sein?«

»Ich wollte damit sagen, wäre es eine Idee, vorläufig eine Attrappe an die Haustür zu hängen?«, konkretisierte ich meine Frage. »Wenn Frau Wugner denkt, dass die Überwachung schon funktioniert, würde sie doch keine weiteren Manipulationen ausführen. Das Risiko, dass sie dann auffliegt, wäre viel zu groß.«

Der Mann nickte lächelnd. »Das ist eine ziemlich gute Idee.«

»Danke.«

»Ich bespreche das gleich mit den Kollegen …«

Ich hielt ihn am Arm zurück. »Nein, nein. Das muss unter uns bleiben. Wenn alle auf der Baustelle darüber Bescheid wissen, wird sich das bis zu Frau Wugner rumsprechen.«

»Alles klar. Aber ich muss es wenigstens dem Kollegen sagen, der die Überwachungsanlage installiert. Der wird das sonst merken.«

»Aber ansonsten zu niemandem ein Wort!«

Er hielt den Daumen hoch und verschwand.

Vielleicht war es eine Idee, um Frau Wugner von weiteren Sabotageversuchen abzuhalten, aber eine Lösung für das Mäuseproblem war es noch lange nicht. Die kleinen Nager würden sich beim Anblick der Kamera-Attrappe jedenfalls kaum zum Auszug bereit machen, da musste jemand anderes ran. Und auch wenn ich wahrlich keine Lust hatte, für das Ende eines weiteren Lebens verantwortlich zu sein, blieb mir keine andere Wahl, und ich drückte den Kontakt des Kammerjägers, der ein schnelles Vorbeikommen versprach.

Ich sah auf die Uhr. Es war allerhöchste Zeit, noch mal bei meinen drogenaffinen Schwiegereltern vorbeizuschauen.

Ich traute meinen Augen nicht, als ich meinen Wagen eine gute halbe Stunde später vor ihrem Haus parkte. Die Musik, ich glaube Elvis, dröhnte nach draußen, und ich konnte durch das Wohnzimmerfenster sehen, wie die beiden tanzten. Sie wirkten fit und bestens gelaunt. Für einen Moment fragte ich mich, ob Hannes womöglich recht gehabt hatte. War es in einem gewissen Alter zu vertreten, Drogen zu nehmen?

Als mir nach mehrmaligem Klingeln niemand öffnete, ging ich mit meinem Ersatzschlüssel hinein. Auch wenn ich mir wie die größte Spielverderberin vorkam, drehte ich als Erstes die Musik leiser, damit die beiden mich überhaupt wahrnahmen.

»Übertreibt es nicht«, sagte ich mahnend.

»Jetzt sei doch nicht so eine Spaßbremse!« Werner drehte die Musik wieder laut. »Uns geht es super!«

Er versuchte, in bester Rock-'n'-Roll-Manier in die Knie zu gehen, kam dabei ins Schwanken und landete lachend auf seinem Hosenboden. Auch Marlies lachte sich kaputt. Sie hatte sich in eines ihrer alten Fünfzigerjahre-Kleider geworfen, die sie haufenweise in den Schränken lagerte, am Rücken aber nicht mehr schließen konnte.

Ich drehte die Musik wieder runter und half Werner auf die Beine. »Hast du dich schon gespritzt?«

»Heroin?« Die beiden prusteten los.

»Enorm witzig«, sagte ich ernst. »Hast du dein Insulin genommen, ja oder nein?«

»Ich weiß es nicht genau«, kicherte Werner und tänzelte weiter mit Marlies durchs Zimmer.

Nachdem ich Werners Blutzucker überprüft hatte, sorgte ich noch dafür, dass sie beide ein großes Glas Wasser tranken, und stellte ihnen etwas zu essen hin.

»Süß, wie besorgt du bist!« Marlies drehte sich im Kreis, wobei sie fast das Gleichgewicht verlor. »Uns geht es so gut wie seit Jahren nicht mehr, und du behandelst uns, als würde das Ende nahen.«

»Erstens naht das Ende mit fast neunzig automatisch«, sagte ich, »und zweitens …«

»Quatsch! Wir machen noch zwanzig Jahre!«, unterbrach Werner mich glucksend.«

»… Und zweitens habt ihr Drogen genommen, versteht ihr? Drogen.«

»Ich hab in den Sechzigern mal gekifft!« Marlies kicherte.

»Davon hast du mir nie was erzählt!«, regte sich Werner künstlich auf. Tänzelnd umfasste er die Hüften seiner Frau. »Vielleicht sollten wir dieses ganzes Freie-Liebe-Zeug auch mal nachholen …«

Werner knabberte an Marlies' faltigem Hals, was aussah, als wollte er die Haut langziehen. Marlies hörte gar nicht mehr auf zu kichern.

Selten war der Zeitpunkt, sich zu verabschieden, eindeutiger. »Kann ich euch auch allein lassen?«

»Willst du etwa zugucken?«, prustete Marlies.

»Alles klar. Ich bin raus.« Schnell schnappte ich mir meine Jacke.

»Grüße an Hannes!«, rief Werner mir hinterher. »Er ist das beste Enkelkind der Welt.«

»Und er soll uns bald mal wieder besuchen kommen«, fügte Marlies quietschfidel hinzu.

»Huch, dein Kleid ist ja auf …«, hörte ich Werner in dem Moment säuseln.

So schnell hatte ich das Haus meiner Schwiegereltern noch nie verlassen.

Als ich im Auto saß und den Wagen auf die Straße lenkte, musste ich dann aber doch laut lachen. Die beiden waren verrückt, das waren sie schon immer gewesen, auch vor zwanzig Jahren, als ich Jörn kennengelernt hatte. Ich nahm den Drogenmissbrauch der beiden immer noch ernst, aber meine größte Sorge hatte sich weitestgehend aufgelöst. Ja, sie waren alt und beim besten Willen auch nicht mehr sonderlich gesund, aber im Moment schien es ihnen prima zu gehen. Seit Jahren hatte ich sie nicht so fit und agil erlebt, und ich hoffte, dass sich dieser Zustand nicht änderte.

Die Stimme in meinem Inneren, die mir sagte, dass das nicht funktionieren würde, ignorierte ich wohlweislich.

Die Menopause und ihre Beschwerden waren bis vor nicht allzu langer Zeit das Stiefkind der Frauenheilkunde. Zum einen waren früher viele Frauen bereits verwitwet, wenn sie in die Wechseljahre kamen, weshalb alle Probleme rund um die Sexualität häufig kein Thema mehr waren. Zum anderen überlebte eine Frau ihre Menopause in früheren Zeiten ohnehin nur um ein paar Jahre, bevor sie dank der geringen Lebenserwartung das Zeitliche segnete. Leichenstarre statt Hitzewallung. Manchmal kein gänzlich unattraktiver Gedanke.

6

Die halbe Nacht hatte ich darüber nachgedacht, wie ich Freddy endgültig loswerden konnte. Ich konnte schließlich nicht warten, bis er mit dem Komposthaufen eins geworden und vollständig verwest war. Aber wohin mit ihm? Und selbst wenn ich einen geeigneten Platz für ihn finden würde, wie sollte ich ihn unbemerkt aus dem Schrebergarten kriegen? Noch hatte ich keine Lösung gefunden, und dummerweise hatte ich heute auch noch ein paar andere Punkte auf meiner Problemagenda abzuhaken.

Ich hatte Pablo Bescheid gesagt, dass ich wegen eines Arzttermins später ins Küchenstudio kommen würde. Bevor ich zu meiner Frauenärztin fuhr, schaute ich aber natürlich erneut bei Marlies und Werner vorbei. Die Sorge, dass die beiden ihren Drogenrausch womöglich nicht ganz so glimpflich überstanden hatten, wie das bei den ansonsten gut siebzig Jahre jüngeren Konsumenten vielleicht der Fall war, ließ mich nicht los. Dass sie nicht unberechtigt war, merkte ich schon, als ich die Haustür aufschloss. Keine Frage, die Party war vorbei und Drogen ganz offensichtlich doch nicht das empfehlenswerte Mittel, um stabil durchs Alter zu kommen. Welch Überraschung.

Meine Schwiegereltern lagen in den Klamotten vom Vortag auf dem Sofa, der Fernseher lief, und sie schliefen, obwohl es bereits neun Uhr war. Der Geruch im Wohnzimmer erinnerte mich an einen Pumakäfig, und für einen Moment war ich mir nicht sicher, ob die beiden noch lebten. Bis ich erleichtert das gleichmäßige Schnarchen wahrnahm.

»Marlies? Werner! Hey, hallo, aufwachen!«

Ich schaltete den Fernseher aus, zog die Rollläden hoch und riss die Fenster auf, damit hier niemand noch an einer Kohlendioxidvergiftung starb.

»Was ist denn los?« Meine Schwiegermutter war die Erste, die wieder zum Leben erwachte. Mühsam rappelte sie sich auf. Sie sah vollkommen derangiert aus. Die Schminke war verwischt, ein Paar künstliche Wimpern klebte am Kinn, und in den gestern noch so aufwendig frisierten Haaren hing Schokolade. Ihr Fünfzigerjahre-Kleid war halb heruntergerutscht und hatte ihre hautfarbene Unterwäsche freigelegt. »Ich bin fix und fertig …« Marlies stöhnte und stützte den Kopf an der Lehne des Sofas ab.

Werner setzte sich gar nicht erst auf. Mit schmerzverzerrter Miene griff er sich an die Schläfe. »Mein Kopf fühlt sich so an, als hätte ich die ganze Nacht durchgesoffen … dabei habe ich keinen Tropfen getrunken!«

»Das ist vermutlich das Problem«, sagte ich, holte eine Flasche Mineralwasser und schenkte beiden ein großes Glas ein. »Trinken. Jetzt sofort.«

Sie widersprachen ausnahmsweise nicht und tranken durstig das Wasser.

»Schlaganfall? Herzinfarkt?«, fragte ich die zwei anderen möglichen Ursachen für ihren Zustand ab. Die beiden sahen mich ratlos an.

»Beide einmal lächeln und dabei die Arme heben.«

»Wie bitte?«

»Grinsen, alle beide, und die Arme hoch, los!«

Etwas lustlos hoben beide Mundwinkel und Arme nach oben.

»Kein Schlaganfall. Gut. Hast du Schmerzen im linken Arm, Werner?«

»Nein. Ich hab keinen Herzinfarkt.«

»Du?«, wandte ich mich an Marlies. »Bauchschmerzen oder Atemnot?« Meine Schwiegermutter schüttelte den Kopf. »Gut, Infarkt scheint an euch vorbeigegangen zu sein. Was nicht selbstverständlich ist! Wart ihr überhaupt im Bett?« Ich sprach in demselben Tonfall mit ihnen, in dem ich sonst mit meinen Kindern sprach.

»Nein.« Marlies klang leidend. »Diese Tabletten sind uns so gut bekommen, da haben wir am Abend noch welche genommen ...«

»Welche? Wie viel ist welche?«

Werner zuckte ratlos mit den Schultern. »Weiß nicht mehr. Aber nur noch die von Hannes. Sonst nichts.«

Sollte ich jetzt froh sein, dass sie nicht noch irgendwelche Medikamente hinterhergeworfen hatten? Ich entschied mich für eine den Umständen angemessene Standpauke.

»Seid ihr wahnsinnig? Ich habe euch doch gesagt, dass ihr die Finger von den Drogen lassen sollt!« Jetzt war es nicht nur derselbe Tonfall wie bei meinen Kindern, sondern auch noch derselbe Text. »Und was macht ihr? Ihr legt auch noch ne Ladung nach!«

»Aber uns ging es doch so gut damit.« Marlies verzog leidend das Gesicht. »Und Werner meinte dann, dass wir schließlich auch nicht jünger werden ...«

»Eben!«

»... und die Feste feiern müssen, wie sie fallen. Nicht, Werner?«

Er nickte. »Und dann waren wir die ganze Zeit hellwach.« Werner rieb sich die Schläfen. »Wir wurden überhaupt nicht müde.«

»Sind die ganze Nacht aufgeblieben. Und müssen dann irgendwann auf dem Sofa eingeschlafen sein.« Marlies stöhnte. »Ich fühle mich, als hätte man mich durch den Fleischwolf gedreht.«

»So siehst du auch aus.« Ein paar Gehässigkeiten hatten sie verdient, fand ich. »Euch ist schon klar, dass euch das ins Grab bringen kann? Also noch schneller als sowieso?«

»Aber …«

»Nee, Marlies, kein Aber. Ecstasy ist nicht ohne. Und es dann auch noch gnadenlos überdosieren kommt einem Selbstmord nahe.«

Meine Schwiegermutter zog die Ärmel ihres Kleids wieder über die Schultern und strich sich durch die Haare, woraufhin die Schokolade zu Boden fiel. »Wir machen das ja nicht dauernd …«, murmelte sie dabei.

»Ihr macht das nie wieder, klar?«

Beide nickten bedröppelt. Mein Blick fiel auf ein Stück rotes Papier, das aus Werners Brusttasche lugte. Vermutlich war es durch den Schlaganfalltest etwas nach oben gerutscht. Als ich den Pferdekopf auf der Karte sah, wusste ich sofort, worum es sich handelte.

»Drogen aktivieren dasselbe Gebiet im Gehirn, das auch bei einer Spielsucht stimuliert wird. Deshalb musst gerade du besonders aufpassen!« Ich sah meinen Schwiegervater eindringlich an, aber er wich meinem Blick aus.

Marlies wirkte zunehmend irritiert. »Warum soll Werner dann besonders aufpassen?«

»Ist doch jetzt egal …«, sagte er schnell.

»Nee, ist überhaupt nicht egal«, regte ich mich auf, zog den Wettschein mit Schwung aus seiner Brusttasche und hielt ihn ihm vor die Nase. »Dein Suchtzentrum ist offensichtlich schon seit einer ganzen Weile aktiviert. Und so wie du beim Wetten die Kontrolle verlierst, hast du sie jetzt auch mit den Drogen verloren.«

»Was denn für Wetten?« Marlies schien vollkommen ahnungslos zu sein, was eigentlich nicht der Fall sein konnte. Was glaubte sie denn, wo Werner dauernd hinfuhr? Und wo ihr ganzes Geld geblieben war? Und warum Jörn ständig ihr Konto ausgleichen musste? »Wovon sprichst du überhaupt, Liv?«

»Von Werners Pferdewetten.« Ich hatte nicht die geringste Lust, irgendjemanden zu schonen. »Das hier ist ein Wettschein, Marlies«, fügte ich bedeutungsvoll hinzu.

Zu meiner Überraschung lachte Marlies auf. »Du meine Güte, Liv! Er setzt maximal fünf Euro auf ein Pferd! Da kann man ja wohl kaum von Sucht sprechen!«

Es war nicht zu fassen. Dass Werner seiner Frau nicht die volle Wahrheit über sein Wettproblem gesagt hatte, konnte ich zwar nachvollziehen, aber akzeptieren konnte ich es nicht.

»Ich weiß, dass du dich nicht um eure Finanzen kümmerst«, sagte ich mit bemüht neutraler Stimme, »aber es kann dir doch nicht entgangen sein, dass wir seit Monaten regelmäßig euer Konto auffüllen.«

»Hä?«

»Okay, es ist dir entgangen.« Ich sah meinen Schwiegervater durchdringend an und wedelte erneut mit dem Wettschein. »Werner? Soll ich ihn Marlies vielleicht mal zeigen, oder willst du ihr lieber selbst alles erklären?«

Ich beschloss, mir den Schein erst mal selbst genauer anzuschauen. Doch zu meiner Überraschung schnellte die Hand meines Schwiegervaters in dem Augenblick nach vorne, schnappte sich den Wettschein und stopfte ihn sich in den Mund.

»Werner?!«, riefen Marlies und ich zeitgleich.

Meine Schwiegermutter schüttelte fassungslos den Kopf. »Dieses Elixier ist wirklich nichts für ihn.«

»Ecstasy. Werner! Was zur Hölle …?!«

Aber der hatte das Papier schon hinuntergeschluckt. Dann massierte er sich wieder mit Nachdruck die Schläfen, als hätte ihn die ganze Aktion furchtbar angestrengt. Was vermutlich auch der Fall war. »Können wir darüber bitte ein anderes Mal sprechen? Bitte?«

Ich nickte. In dieser Verfassung war so ein Gespräch vermutlich wirklich wenig sinnvoll. »Los, ich bring euch ins Bett. Aber wenn ihr euren Rausch ausgeschlafen habt, erzählst du Marlies alles!«

Werner reagierte nicht, und Marlies wirkte vollkommen durcheinander. »Ich verstehe das alles nicht …«, jammerte sie leise und ließ sich von mir mit viel Gestöhne vom Sofa hochziehen. Ich hakte beide unter und brachte sie ins Schlafzimmer, half ihnen beim Ausziehen und packte sie ins Bett.

»Jetzt wird geschlafen, und dann redet ihr miteinander«, sagte ich streng. »Ich werde nachhorchen, ob du Marlies alles gesagt hast, Werner. Du kannst dich nicht mehr davonstehlen, klar?«

Er gab einen zustimmenden Laut von sich.

»Und Drogen, egal, wer sie euch auch anbietet, sind ab heute tabu. Für immer und ewig, klar?«

»Damals bei meinem Brustkrebs habe ich Opiate bekommen …« Marlies' Stimme war schon ganz schläfrig. »Was mach ich denn, wenn der Krebs zurückkommt?«

»Erstens kommt der nicht zurück, und zweitens besprechen wir das dann. Gute Nacht.« Ich zog genervt die Schlafzimmertür zu, blieb dann aber noch davor stehen und lauschte. Kurz darauf höre ich beide laut schnarchen. Ich würde am Nachmittag noch mal nach ihnen schauen, eine Lebendkontrolle schien mir angemessen. Es würde schließlich ein Weilchen dauern, bis die Drogen aus ihren Körpern verschwunden waren.

Als ich das Haus verließ, überlegte ich, den Sachverständigen von der Krankenkasse anzurufen und herzubestellen. Jetzt würde er den beiden bestimmt die höchste Pflegestufe zugestehen. Aber den Anruf konnte ich mir sparen. Wir hatten für den gestrigen Termin sechs Wochen Vorlauf gebraucht, es war höchst unwahrscheinlich, dass der Kalender des Mannes plötzlich spontane Besuche zulassen würde.

Dafür rief ich im Küchenstudio an und meldete mich für heute krank. Denn genauso fühlte ich mich auch.

Es gibt so einige Herausforderungen im Leben, das ist Ihnen natürlich bekannt. Inzwischen haben Sie mich ja ein bisschen kennengelernt und wissen, dass ich nicht zur Mimimi-Fraktion gehöre. Ich jammere oder hadere eigentlich eher selten, wie Sie vermutlich auch. Dafür gibt es als berufstätige Mutter ja auch kein Zeitfenster. Aber manchmal wird es einem doch ein bisschen zu viel, nicht wahr? Hormonell verseuchte Kinder zu Hause, bei denen man auf der Hut sein muss, dass sie nicht zu Drogen greifen. Hormonell gänzlich befreite Hochbetagte, die völlig überraschend zu Drogen greifen. Und dazwischen irgendwo ich, die sich die Frage stellt, ob Hormone nicht die eigentliche Droge sind, die uns die wirklichen Probleme bereitet. Mir vor allen Dingen der Entzug von diesem Stoff samt allen Entzugserscheinungen.

Als ich die Praxis von Dr. Rieker, meiner Frauenärztin, betrat, wünschte ich mir zum ersten Mal in meinem Leben die Maskenpflicht zurück. Es wäre einfach schön gewesen, wenn mich niemand erkannt hätte, aber man kann nun mal nicht alles haben. Da ich die Gemeinschaftspraxis von Dr. Rieker und ihrem Kompagnon Dr. Henner seit über zwanzig Jahren aufsuchte, kannte ich hier jedes Gesicht.

»Frau Steinhammer!«, begrüßte mich die Sprechstundenhilfe Frau Ritter vom Tresen aus freundlich und stieß ihrer Kollegin Frau Schubert im selben Augenblick den Ellenbogen in die Seite.

»Geht es Ihnen gut?«, fügte Frau Schubert besorgt hinzu. »Wir haben gestern telefoniert. Alles okay?« Sie sah mich bedeutungsvoll an.

»Ach so, Sie meinen, wegen …? Das war ein Missverständnis.« Ich bemühte mich, möglichst leichtfertig zu sprechen, merkte aber selbst, wie gepresst ich klang.

»Sind Sie sicher? Für mich hörte sich das sehr …«, sie schien nach dem richtigen Wort zu suchen, »… konkret an. Geradezu besorgniserregend.«

»Nun übertreiben Sie aber, Frau Schubert. Sie können sich doch denken, dass ich Drogen niemals … in meinem Alter! Ich bitte Sie! Wer nimmt denn in meinem Alter Ecstasy? Das ist doch absurd! Okay, wenn ich ein bisschen älter wäre, würde sich das Blatt vielleicht wieder wenden …« Ich redete Amok. »Aber jetzt bin ich in so einer Zwischenphase, zu alt für Shots, zu jung für Eierlikör – sagt man doch so, oder?« Ich lachte hysterisch auf, verstummte jedoch schnell, als ich die Gesichter von Frau Ellert und Frau Wiese bemerkte, den anderen zwei Sprechstundenhilfen, die irritiert hinter Frau Schubert und Frau Ritter aufgetaucht waren. »Sorry, das war jetzt vielleicht etwas verwirrend«, murmelte ich.

Frau Ellert starrte mich mit großen Augen an, während sich Frau Wiese demonstrativ räusperte.

»Sie können das ja noch mit Frau Doktor besprechen«, schlug Frau Schubert vor. Dann beugte sie sich über den Tresen und fügte verschwörerisch hinzu: »Meine Mutter hat in den Wechseljahren mit dem Trinken angefangen. Glauben Sie mir, das ist wirklich keine Lösung.«

»Das weiß ich. Das mit dem Eierlikör war nur – ach egal.« Ich winkte ab. Jedes weitere Wort war jetzt vermutlich eines zu viel. »Ich trinke praktisch keinen Alkohol«, fühlte ich mich aber doch noch genötigt zu sagen.

»Dann können Sie direkt durchgehen.«

Wieso *dann*? Hätte sie mich etwa nicht durchgelassen, wenn ich Trinken für eine Lösung halten würde? Werden alkoholkranke Frauen in dieser Praxis etwa nicht behandelt? Ich sparte mir eine weitere Bemerkung.

Als ich auf das Sprechzimmer zuging, glaubte ich zu hören, wie Frau Ellert flüsterte: »Die sieht gar nicht aus wie ein Junkie.« Aber was sollte ich das noch kommentieren. Sie hätten es vermutlich sowieso nur in den falschen Hals bekommen.

Ich nutzte die wenigen Meter, um tief durchzuatmen, bemühte

mich, die Tratschleidenschaft der Arzthelferinnen zu vergessen und mich nur noch auf meine hormonellen Beschwerden zu konzentrieren.

»Hallo, Frau Steinhammer.« Dr. Rieker sah mich prüfend an und wies mit einer Handbewegung auf den freien Stuhl vor ihrem Schreibtisch. Ich setzte mich. »Wie geht es Ihnen?«

»Na ja. Geht so.«

Sie nickte wissend. »Ich hab schon von Ihrer Verzweiflungstat gehört.«

Mir rutschte das Herz in die Hose. Freddy?

»Frau Steinhammer, Drogen sind keine …«

Ach so! »Nein, wirklich, das ist ganz und gar nicht mein Problem«, unterbrach ich sie energisch. »Nichts weiter als ein Missverständnis.«

Wieder dieser musternde Blick. »In Ordnung. Was kann ich für Sie tun? Warum sind Sie heute hier?«

»Meine letzte Periode … also, ehrlich gesagt, weiß ich schon nicht mehr, wann ich die hatte«, begann ich und hatte sofort das Gefühl, dass ich mich missverständlich ausgedrückt hatte. »Jetzt nicht, weil ich mich aus irgendwelchen anderen Gründen nicht erinnern könnte. Ich trinke nicht! Und ich nehme auch keine Drogen!« Dann fiel mir Eva ein. »Ich bin auch nicht schwanger. Also, da bin ich mir jedenfalls ziemlich sicher, man muss ja schließlich auch Sex haben, wenn man ein Baby möchte. Und auch wenn man keines möchte, aber dann trotzdem schwanger wird, braucht es Sex. Aber wem sag ich das! Ha ha!« Ich redete schon wieder wie eine Irre. »Nein, was ich eigentlich sagen wollte: Meine letzte Periode liegt einfach so lange zurück, dass ich nicht mehr genau weiß, wann sie war.«

Ich musste mich ziemlich panisch angehört haben, jedenfalls sagte Dr. Rieker beruhigend »gut, gut«, so wie man es bei einem heulenden Kind macht, das wegen eines aufgeschlagenen Knies an der Gerechtigkeit der Welt verzweifelt.

»Ich bin wirklich nüchtern«, sagte ich etwas mitgenommen. »Ich bin nur irgendwie nicht mehr ich selbst.«

Zum Glück lächelte mich Dr. Rieker verständnisvoll an. »Machen Sie sich keine Gedanken. Was glauben Sie, wie viele Frauen ich in dem Zustand schon hier sitzen hatte?« Sie blickte auf meine Karteikarte. »Vom Alter her könnten die Wechseljahre durchaus bei Ihnen angeklopft haben. Haben Sie Schlafstörungen?«

»Ich habe das Schlafen mehr oder weniger eingestellt.«

»Gewichtszunahme?«

Ich nickte. Genauso, wie ich es bei den Fragen nach Schweißausbrüchen, Herzklopfen und Schwindelgefühlen, Stimmungsschwankungen, Scheidentrockenheit und Blasenschwäche tat. Ich fühlte mich schlagartig um dreißig Jahre älter.

»Hitzewallungen?«

Zum ersten Mal kein eindeutiges Nicken von meiner Seite.

»Gibt es da einen Unterschied zu normalen Schweißausbrüchen?«

»Aber hallo.«

»Hm. Also ich schwitze nachts zwar manchmal wie verrückt, aber so richtige Hitzewallungen … ich glaube nicht.« Ein Hoffnungsschimmer. Vielleicht war alles doch nicht so schlimm?

»Wenn Sie welche gehabt hätten, wüssten Sie es, glauben Sie mir. Können noch kommen, können auch wegbleiben. Die Wechseljahre sind bei jeder Frau anders.«

Ich atmete hörbar aus. »Na toll. Aber ich bin drin, ja?«

Dr. Rieker nickte mit verständnisvoller Miene.

Auch wenn ich es ja geahnt hatte und eigentlich erleichtert sein müsste, dass es nun eine Erklärung für mein merkwürdiges Verhalten gab, traf mich die Diagnose. Ein Virus oder meinetwegen auch ein fieser Pilz wären mir eindeutig lieber gewesen. Die hätte man mit dem richtigen Medikament aus der Welt schaffen können. Aber die Wechseljahre? Die bekam man nicht so einfach weg. Als wenn eine Leiche im Komposthaufen nicht reichen würde, um das allgemeine Wohlbefinden zu stören, nein, natürlich musste bei meinem Glück auch noch ein Hormonchaos dazukommen! Ach was, der ganze Driss war ja eigentlich andersherum! Während andere Frauen mit Stimmungstiefs zu kämpfen hatten, machte mich der Hormonmangel gleich mal zur Mörderin!

Für einen Moment drohte ich im Selbstmitleid zu versinken, und die Tränen schossen mir in die Augen.

»Frau Steinhammer.« Die Stimme meiner Ärztin war nun mitfühlend-mahnend. »Die Wechseljahre sind zum Glück keine schlimme Krankheit. Ja, sie können mit sehr lästigen Begleiterscheinungen einhergehen, und gerade früher haben Frauen durchaus harte Zeiten durchgemacht. Das lag aber auch daran, dass die Medizin die Menopause lange Jahre praktisch ignoriert hat. In meinem Studium habe ich dazu im Prinzip nichts gelernt.«

»Wie beruhigend«, brachte ich stöhnend hervor.

»Wenn Sie vor zwanzig, dreißig Jahren Ihrem Frauenarzt gesagt haben, dass Sie unter Scheidentrockenheit leiden und Schmerzen beim Verkehr haben, dann hätte der Ihnen geraten, vorher zwei Gläser Wein zu trinken.« Dr. Rieker lachte, aber mir war gar nicht zum Lachen zumute.

»Ich bin wirklich nüchtern«, kam es leise aus mir heraus.

Ich muss sehr deprimiert geklungen haben, denn Dr. Rieker beugte sich über den Schreibtisch und tätschelte mir den Arm.

»Wenn Sie da durch sind, die Wechseljahre also hinter sich haben, dann fängt die beste Zeit Ihres Lebens an.«

Irritiert sah ich sie an. »Wieso?«

»Es gibt keine hormonellen Schwankungen mehr und damit auch kein PMS oder andere Stimmungswechsel. Kopf- und Regelschmerzen, Migräne, Heißhungerattacken, alles vorbei. Sie werden viel ausgeglichener sein und sich nicht mehr verantwortlich für alles fühlen, nicht mehr so hin- und hergerissen sein zwischen Familie, Job und was es noch so in Ihrem Leben gibt.« Dr. Rieker nickte und wirkte absolut überzeugt von dem, was sie sagte. »Sie selbst werden viel mehr ins Zentrum Ihres Bewusstseins rücken. Das ist toll, das ist eine echte Chance, dem Leben noch mal eine neue Wende zu geben. Was glauben Sie, warum sich so viele Frauen mit Anfang fünfzig scheiden lassen?«

»Weil sie ihr Leben nicht mehr durch die Hormonbrille sehen?«, fragte ich zweifelnd und überlegte, ob meine Frauenärztin wohl schon die Wechseljahre durchhatte.

»Ganz genau!« Dr. Rieker schlug mit der Faust auf den Tisch. »Weil sie endlich erkannt haben, was sie vom Leben wirklich wollen! Und das ist doch großartig!«

»Ich will mich nicht scheiden lassen.«

»Das war ja auch nur ein Beispiel. Jedenfalls wird sich Ihr Leben zum Vorteil verändern! Das ist es, was ich damit sagen wollte!« Dr. Rieker strahlte mich an.

Das musste ich erst mal sacken lassen. So euphorisch hatte ich noch niemanden über die Lebensmitte sprechen hören. Inzwischen war ich mir sicher, dass Dr. Rieker die Menopause bereits hinter sich hatte. Vom Alter her konnte es passen, die Fünfzig könnte sie überschritten haben. Offensichtlich wusste sie die Vorzüge des Hormonverlusts jedenfalls bereits zu schätzen.

»Alt werden als Chance? Meinen Sie das ernst?«, fragte ich immer noch zweifelnd.

»Absolut! Die Hormone sorgen dafür, dass wir Frauen uns schön machen – natürlich, um die besten Gene für unseren Nachwuchs zu erwischen. Haben wir unseren Traummann gefunden, sorgen sie dafür, dass wir Nachwuchs wollen und meistens auch kriegen, sie lösen den Nestbautrieb in uns aus und sind auch dafür verantwortlich, dass wir uns mit Familie, Nest und Job einen abrackern. Und wo bleiben wir Frauen da selbst? Hinter der Hormonwand verborgen, manchmal gar verschüttet.« Dr. Rieker ballte die Hände zu Fäusten und hielt sie jubelnd in die Luft. »Und das alles ist dann vorbei! Dann sind Sie dran, Ihre Bedürfnisse, Ihr Leben! Freuen Sie sich darauf!«

Der ausgeprägte Optimismus meiner Frauenärztin machte mich etwas müde. »Schön, dass Sie das alles so sehen. Ich sehe im Moment nur: Schlaf- und Konzentrationsstörungen, krasse Vergesslichkeit, Gewichtszunahme …«

»Ja, ich weiß, habe ich alles notiert. Keine Panik. Wenn Sie zu sehr unter den Symptomen leiden, können wir natürlich etwas dagegen unternehmen. Keine Frau muss heute mehr leiden.«

»Das sagen Sie so. Und das Krebsrisiko?« Die Worte meiner Schwiegermutter hingen mir noch im Ohr.

Dr. Rieker klärte mich über die Hormontherapie auf, die heute nichts mehr mit der von früher zu tun habe. Noch in den Neunzigern habe man den Frauen Pferde-Östrogene gegeben, die das Krebsrisiko tatsächlich erhöhten.

»Was meinen Sie mit Pferde-Östrogenen?« Ich konnte mir nicht vorstellen, dass man Frauen vor ein paar Jahren tatsächlich noch Hormone von Vierbeinern gegeben hatte.

Aber so war es.

»Stuten wurden künstlich geschwängert, und aus ihrem Urin wurden dann die Östrogene gewonnen.«

»Man hat den Frauen Pferdepipi gegeben?« Ich konnte es nicht fassen.

Dr. Rieker lachte auf. »Wenn Sie so wollen – aber nein. Das wäre nicht richtig. Substanzen aus dem Urin wurden für die Medikamentenherstellung benutzt. Das wäre wohl die bessere Formulierung. Und tatsächlich haben diese Östrogene das Krebsrisiko erhöht.«

»Und was macht man heute?«

»Heute gibt man bioidentisches ß-Östradiol über die Haut.«

»Und das ist völlig ungefährlich?«, fragte ich nach, in der Hoffnung, den Freibrief für die Lösung all meiner Probleme zu bekommen.

Bedauerlicherweise schüttelte Dr. Rieker den Kopf. »Kann man so nicht sagen. Es gibt noch keine aussagekräftigen Langzeitstudien. Aber man weiß schon, dass sie nicht mehr so gefährlich sind wie die Stuten-Hormone aus den Neunzigern.«

»Ich hatte gehofft, Sie sagen mir, dass ich das völlig bedenkenlos nehmen kann.«

»Dann müsste ich Sie anlügen. Aber erst mal müssen wir gucken, ob Sie für so eine Therapie überhaupt infrage kommen. Es ist schließlich wenig sinnvoll, Ihnen Hormone zu verschreiben, wenn ich über Ihren Hormonspiegel nicht Bescheid weiß. Wir nehmen jetzt mal Blut ab und schauen dann, was das Labor sagt.«

»Wie lange dauert das?«

»Bestimmt zwei Wochen.«

Haben Sie auch manchmal so paradoxe Gedanken, oder bin ich die Einzige, die so ein Denkmuster an den Tag legt? Man geht zum Arzt und hofft auf eine Diagnose – was ja an sich schon gaga ist, da sich normalerweise jeder darüber freut, wenn er nichts hat. Und wenn dann eine Diagnose kommt, die einem aber nicht in den Kram passt, kriegt man richtig schlechte Laune. Dasselbe gilt für Medikamente. Kein Mensch hat Lust, jeden Tag irgendwelche pharmazeutischen Produkte zu sich zu nehmen, aber insgeheim hofft man dann doch, dass Frau Doktor einem etwas verschreibt, was hilft. Aber natürlich nur, wenn das Zeug gut verträglich ist und keine Nebenwirkungen mit sich bringt, erst recht keinen Krebs. Es ist die Hoffnung auf Heilung, die einen zu diesem paradoxen Denken antreibt, und die Angst vor einem Leiden, das nicht kontrollierbar ist. Bei Krankheiten ist das durchaus nachvollziehbar. Aber meine Krankheit nannte sich Älterwerden. Musste ich da vielleicht einfach durch? So wie meine Schwiegermutter es mir schon gesagt hatte? Oder gab es noch einen Ausweg?

Tschuldigung, Sie haben natürlich recht. Selbstverständlich gibt es keinen Ausweg vor dem Altern. Und das ist ja auch gut so. Dieser Jugendwahn in unserer Gesellschaft nervt wirklich höllisch.

Aber vielleicht kann man ja einigermaßen normal altern. Nor-

mal im Sinne von: nicht völlig die Nerven dabei zu verlieren und Leute umzubringen. Ich würde das sehr begrüßen.

Als ich das Sprechzimmer von Dr. Rieker verließ, stieß ich im Flur fast mit Eva zusammen. Wir hatten uns damals beide für die Frauenarztpraxis entschieden, nur dass sie bei Dr. Henner gelandet war und ich eben bei meiner Ärztin.

Ich umarmte Eva innig. »Wie geht es dir? Du siehst fabelhaft aus.« Das tat sie wirklich. Sie strahlte übers ganze Gesicht, was ich angesichts ihres Anrufs vor ein paar Tagen erstaunlich fand.

»Es wird ein Mädchen«, sagte sie mit glucksender Stimme.

Ich drückte sie erneut an mich. »Das ist toll!«

»Noch einen Pimmelträger hätte ich nicht ertragen!« Eva kicherte, und ich grinste sie breit an. Wir wussten beide, dass das gelogen war. Eva liebte Konrad und Oskar abgöttisch, und das Geschlecht ihrer Kinder hatte sie nie interessiert. Es war für sie damals enorm schwierig gewesen, schwanger zu werden, und es hatte erst nach einer langen Leidenszeit von Fehlgeburten und Hormonbehandlungen geklappt. Nachdem sie dann schwanger geworden war, war nichts egaler gewesen als das Geschlecht der Babys.

»Und was noch wichtiger ist: Die Kleine ist putzmunter. Keine Auffälligkeiten, alles so, wie es sein soll.« Eva atmete hörbar aus und wirkte sichtlich erleichtert. »Ist in meinem hohen Alter schließlich auch nicht selbstverständlich.«

Untergehakt verließen wir die Praxis.

»Das freut mich sehr. Dann hast du deinen Schock jetzt einigermaßen überwunden?«

Eva schüttelte kichernd den Kopf. »Überhaupt nicht. Aber ich bin wie auf Droge.«

»Die Hormone«, meinte ich lächelnd.

»Allerdings. Ich hatte schon vergessen, wie das ist. Weißt du noch, wie du dich bei Paul immer schlappgelacht hast?«

Ich nickte. »Ein Lachanfall jagte den nächsten. Hatte ich bei den Zwillingen auch, nur dass ich dazwischen immer kotzen musste.« Gott war ich froh, nicht noch mal schwanger zu sein. Aber die Bemerkung verkniff ich mir natürlich.

»Dr. Henner war jedenfalls sehr zufrieden. Er hat mir auch keine Vorwürfe gemacht. Fand ich erstaunlich.«

»Na ja, er ist Frauenarzt. Was meinst du, was der schon für Muttis auf dem Stuhl hatte.«

Eva blieb stehen und sah mich irritiert an. »Was willst du denn damit sagen?«

»Na, dass du bestimmt nicht das Krasseste bist, was er je vor sich hatte.«

»Du findest mich krass?« Evas Stimme hatte einen kühlen Unterton bekommen.

»Natürlich nicht. Aber dass du mit neunundvierzig noch mal schwanger wirst, ist ja schon ganz schön krass, oder?« Ich klopfte ihr lachend auf die Schulter. »Keine Sorge, Dr. Henner ist Kummer gewohnt. Der hatte bestimmt schon Junkie-Schwangere und Alki-Mamis bei sich sitzen. Den schockt nichts mehr.«

Verflucht. Hormone. Nicht nur meine Kinder und ich hatten damit zu kämpfen, meine beste Freundin natürlich auch. Und ich hatte die Wirkung von Schwangerschaftshormonen total unterschätzt.

Evas Unterlippe fing an zu zittern, und ihre Augen wurden feucht. »So siehst du das also?«, brachte sie gepresst hervor. »Ist ja interessant. Und ich dachte, du freust dich.«

»Als wenn du dich von Anfang an wie Bolle gefreut hättest!«, setzte ich augenrollend noch einen drauf und begriff es wieder zu spät. Nun kullerten Eva die Tränen aus den Augen. »Entschuldige bitte. So war das nicht gemeint.« Ich legte ihr den Arm um die Schulter. »Ehrlich nicht.«

Sie wischte sich mit dem Ärmel über die Augen. »Also findest du es gut, dass ich schwanger bin?«, fragte sie weinerlich.

Was sollte ich denn darauf antworten?! Ich räusperte mich und bemühte mich um einen positiven Gesichtsausdruck, der vermutlich eher einem verkrampften Lächeln ähnelte.

»Ich freue mich wirklich sehr, dass du bald eine Tochter hast. Mutter-Tochter-Beziehungen sind einfach etwas ganz Besonderes«, sagte ich sanft.

Zum Glück konnte Eva schon wieder grinsen. »Schön diplomatisch gesagt. Blöde Kuh.«

Ich war erleichtert. Wir umarmten uns zum Abschied und verabredeten, die nächsten Tage Kaffee trinken zu gehen.

Als ich nach Hause kam, ging das Wechselbad der Gefühle weiter. Ich hatte den Wagen gerade in die Garage gefahren und noch nicht mal meine Sachen aus dem Kofferraum geholt, als jemand zur Haustür ging und klingelte. Ein Hüne von Mann stand da, nicht gerade der Typ Vertrauenslehrer, eher Türsteher vom Hohenzollernring. Riesengroß, breitschultrig, die Tätowierungen schauten aus dem Kragen seiner eng sitzenden Lederjacke hervor, das Gesicht war rot und aufgedunsen. Ich kannte den Kerl nicht, aber so, wie er aussah, versprach er nichts Gutes.

»Kann ich Ihnen helfen?«, fragte ich mit leicht belegter Stimme.

»Witzig«, sagte er verächtlich, wobei er es *witzisch* aussprach.

»Wer sind Sie?« Ich bekam die dunkle Ahnung, dass der Typ etwas mit Freddys beruflichem Hintergrund zu tun hatte.

»Einer meiner Mitarbeiter hatte als letzten Kunden jemanden, der hier wohnen muss«, sagte der Mann, der offenbar Freddys Handy geortet hatte, als es noch bei mir in der Tasche gewesen war. »Und den will ich jetzt sprechen.«

»Sind Sie Hugo?« Warum zur Hölle fragte ich ihn das? Was sollte ich denn bitte machen, wenn er das jetzt bejahen würde? Ihm einen Kaffee anbieten?

Er nickte, was nicht viel besser war, und musterte mich kalt. »Woher weißt du, wer ich bin.« Seine Stimme war tonlos.

Der Ursprung allen Übels, ging es mir durch den Kopf. Wenn dieser rotgesichtige Riese nicht gewesen wäre, dann hätte Freddy niemals Drogen an Hannes verkauft, dann wären meine Schwiegereltern nicht im Rausch und Freddy im Komposthaufen gelandet, dann wäre mein Leben noch so wie früher, jedenfalls fast. Denn für den Hormonverlust konnte ich Hugo dann doch nicht verantwortlich machen.

Ich spürte, wie die Wut auf diesen Kerl in mir wuchs. Skrupellose und dumpfe Typen wie er machten die Welt zu einem schlechteren Ort. Eigentlich sollte ich sofort die Polizei rufen, was ja leider unmöglich war.

Die Gedanken rasten durch meinen Kopf. Was konnte ich tun? Wie konnte ich meine Familie schützen, nur auf mich gestellt?

»Also?« Hugos Stimme hatte einen noch bedrohlicheren Unterton bekommen und unterbrach mein Gedankenkarussell.

»Also was? Sorry, ich hab den Faden verloren. Worüber haben wir gerade gesprochen?« Meine Verpeiltheit machte mich wirklich wahnsinnig.

»Warum kennst du meinen Namen?« Hugos Augen hatten sich zu Schlitzen verengt.

»Weil Freddy ihn mir verraten hat.« Ich versuchte, keinerlei Mimik zu zeigen, und hoffte, so eine Art Pokerface zu bekommen. Jeder Arzt hätte mich vermutlich mit Verdacht auf Gesichtslähmung ins Krankenhaus eingewiesen.

»Du weißt, wo er ist?«

Ich nickte. »Und vor allen Dingen auch, wo die Drogen sind.« Das war ohne Frage sehr unüberlegt von mir.

Hugo sah mich immer noch mit zusammengekniffenen Augen an, als hätte er eine allergische Reaktion.

»Wir fahren zu ihm. Sofort.« Seine Stimme war so kalt, dass sie keinen Widerspruch zuließ.

»Meine Kinder kommen gleich aus der Schule, ich muss das Mittagessen …« Hugo sah mich an, als hätte ich nicht mehr alle

Tassen im Schrank. »Ja, klar, Mittagessen kann warten, kein Problem«, sagte ich schnell. »Die können ja auch mal ein Brot essen.«

»Ist mir scheißegal.«

»Schön.«

In Windeseile ging ich meine Optionen durch. Eigentlich gab es nur diese eine: Ich musste Hugo die Drogentasche geben, hoffen, dass er dabei Freddy nicht bemerkte, danach verschwand und mich und meine Familie in Zukunft in Ruhe lassen würde. Irgendwie musste ich ihn also am Schrebergarten ablenken, sonst konnte ich die Tasche nicht ausgraben. Und er durfte Iza nicht sehen, sonst könnte es für sie womöglich gefährlich werden. Ich musste sie also vorwarnen, damit sie sich verstecken konnte.

»Ich sag nur kurz meinen Kindern Bescheid, dass ich später komme.« Ich wollte mein Handy aus der Tasche nehmen, aber Hugo packte meine Hand und schüttelte nur stumm den Kopf. »Okay. Dann nicht. Kein Problem.«

Ich unterdrückte ein Seufzen und ging zu meinem Wagen, der in der Garage stand. Einen Wimpernschlag später packte mich Hugo an der Schulter.

»Wir fahren mit meiner Karre. Ist wohl logisch«, zischte er mir zu.

Ich merkte, dass ich immer fahriger und konfuser wurde. Ich hatte keinen Plan, ich konnte Iza nicht vorwarnen, es würde nicht mehr lange dauern, und alles würde auffliegen. Und wenn Hugo erst mal herausgefunden hatte, dass ich Freddy leider erschlagen musste, würde er bestimmt nicht in Begeisterung ausbrechen. Oh Mann. Ich sah mich schon neben Freddy im Kompost liegen.

»Ja, klar, wir fahren mit Ihrem Wagen. Kein Problem. Aber im Kofferraum ist meine Tasche. Und darin sind die Schlüssel von Freddys Versteck. Dauert nicht lange.« Vielleicht kam ich so noch mal kurz an mein Handy?

Nein. Denn Hugo hatte keine Lust, mich auch nur eine Sekunde aus den Augen zu lassen. Er folgte mir in die Garage und beobachtete mich dabei ohne Unterlass.

»Wenn du glaubst, du kannst heimlich die Bullen rufen, bist du dämlicher, als ich dachte.«

»Das wäre das Letzte, was ich tun würde«, entgegnete ich wahrheitsgemäß.

In mir herrschte das reinste Gefühlschaos. Wut auf diesen Mistkerl, Angst vor dem, was jetzt kommen würde, Konfusion darüber, was gerade passierte – ich konnte keinen klaren Gedanken fassen.

Eins nach dem anderen, versuchte ich mich zu beruhigen. Also öffnete ich erst mal den Kofferraum, holte meine Tasche heraus, stellte sie aufs Autodach und suchte nach dem Schlüssel. Es war einfach unglaublich, wie viel Zeug ich immer mit mir herumschleppte. Taschentücher, neu und gebraucht, Kaugummis, neu und gebraucht, Lippenstifte, neu und gebraucht, diese Tasche war Drogeriemarkt und Müllhalde in einem.

Ich bekam einen Tampon zwischen die Finger, und für eine Sekunde fühlte ich so etwas wie Wehmut. Was waren das für Zeiten, als ich so etwas noch gebraucht hatte? Als ich jung war, glücklich, fruchtbar ... was für ein Schwachsinn. Schnell schob ich den Gedanken zur Seite und ließ den Tampon zurück in die Untiefen meiner Handtasche fallen. Menstruations-Melancholie war nun wirklich Kokolores. Und ehrlich gesagt hatte ich jetzt auch andere Probleme.

»Wo ist denn dieser verdammte Schlüssel ...«, murmelte ich, während ich weiter in meiner Tasche wühlte. In mir stieg unaufhaltsam Panik auf, und ich merkte, wie meine Hände zitterten. Wenn ich den verdammten Schlüssel verloren hatte, konnte ich den Kerl nicht von unserem Haus weglocken. Und es würde nicht mehr lange dauern, bis die Kinder aus der Schule kamen – und was dann?

»Ah!« Endlich hatte ich den ledernden Schlüsselanhänger gefunden und seufzte vor Erleichterung. »Ich hab ihn. Wir können los.« Ohne mich nach Hugo umzusehen, warf ich mit einem Schwung den Kofferraumdeckel zu. Im selben Augenblick gab Hugo einen fast tierischen Laut von sich.

Sein Oberkörper lag schlaff im Kofferraum, vom Deckel desselben bedeckt, während seine Füße noch auf dem Boden unserer Garage weilten. Offenbar hatte sich Hugo im Kofferraum umgesehen und war vom Runterschlagen des Deckels ausgeknockt worden. Was schnüffelte er da auch herum? Selbst schuld! Mein Mitleid hielt sich eindeutig in Grenzen.

Ich öffnete den Kofferraumdeckel und sah, dass Hugo eine blutende Platzwunde am Hinterkopf hatte. Vorsichtig berührte ich mit zwei Fingern seinen Hals. Nun, er lebte. Wenigstens hatte ich keinen weiteren Toten an der Backe. Dafür aber einen bewusstlosen und ziemlich verletzten Kriminellen, was die Sache nicht unbedingt besser machte. Wenn Hugo wieder aufwachen würde, wäre er mit Sicherheit ganz schön sauer auf mich, ich an seiner Stelle wäre es jedenfalls.

Verdammt! Jetzt war ich schon wieder wegen so eines Idioten in einer echt schwierigen Situation. Dieses kriminelle Volk ging mir langsam, aber sicher gewaltig auf die Nerven. Konnten die sich nicht einfach aus meinem Leben raushalten? Das hatte doch die letzten achtundvierzig Jahre gut geklappt! Was sollte ich jetzt tun?

Draußen hörte ich die Stimmen von Sofie und Hannes. Sie kamen von der Schule und diskutierten lautstark. Ehrlich gesagt, warfen sie sich übelste Schimpfwörter an den Kopf.

Egal. Vermutlich ein altersgerechtes Verhalten, was man von mir nun nicht gerade sagen konnte.

Konzentrier dich!, ermahnte ich mich selbst. Meine Kinder kamen nach Hause, und ich musste dafür sorgen, dass dieser ohnmächtige Verbrecher aus meiner Garage verschwand!

Da Hugo schon zur Hälfte im Kofferraum lag, warf ich kurzerhand noch seine Beine hinein, machte den Deckel zu, vergewisserte mich, dass er auch wirklich fest verschlossen war, sprang in den Wagen und fuhr aus der Garage.

»Mama?«, rief Sofie fragend, als ich an ihnen vorbeifuhr und, vermutlich etwas wahnsinnig, lächelnd winkte.

»Normalerweise wäre ich gar nicht hier!«, rief ich durch das heruntergelassene Fenster.

»Bist du aber! Gibt es Essen?«, hörte ich Hannes noch hinter mir rufen, aber da war ich schon um die nächste Straßenecke verschwunden.

Okay. Das war der erste Schritt. Der Typ war von meinem Grundstück. Und jetzt? Wohin mit ihm? Ich konnte mit dem ohnmächtigen Hugo ja schlecht stundenlang durch die Gegend fahren. Das würde mein Problem jedenfalls nicht verbessern, im Gegenteil. Irgendwann würde der Mistkerl aufwachen und lautstark auf sich aufmerksam machen.

Vielleicht nahm ich die Strecke, weil ich Hugo versprochen hatte, ihn zu Freddy zu bringen. Vielleich lag es inzwischen aber auch schon in meiner DNA, dass für mich Kriminelle und Schrebergärten einfach zusammengehörten. Ich wusste es nicht und war auch nicht mehr in der Lage, darüber nachzudenken. Ich fuhr einfach weiter.

Iza stand im Garten und harkte Laub. Über ihren hautengen Minirock und das tief dekolletierte Oberteil hatte sie sich einen alten Parka geworfen, der noch in der Hütte gehangen hatte, und war in die ebenfalls zurückgelassenen Gummistiefel geschlüpft, die bestimmt fünf Nummern zu groß waren. Ein bisschen sah sie jetzt aus wie eine Mitarbeiterin aus irgendeinem abgefahrenen Fetischbereich. Fröhlich winkte sie mir zu, als ich den Wagen vor meiner Parzelle parkte.

»Hallo, Liv! Was bringst du mir denn heute Schönes vorbei?«

Natürlich. Iza ging davon aus, dass ich ihr etwas Nettes für ihr momentanes Heim mitbrachte.

Ich stieg aus und sah mich um. Kein Herr Kriemer, keine anderen Schrebergartenbesitzer. Novembergerechte Leere. Wenigstens etwas.

»Alles okay?«, fragte Iza besorgt, der mein zögerliches Verhalten nicht entgangen war.

Wie sollte ich ihr nur erklären, wer im Kofferraum lag und warum? Aber es gab keinen anderen Ausweg. Ich musste ihr reinen Wein einschenken, jedenfalls was die Sache mit Hugo betraf.

»Iza, es gibt ein Problem.« Das würde das Einzige bleiben, was an der Reinen-Wein-Geschichte wahr war. Denn ich erzählte ihr, dass Hugo bei mir aufgetaucht wäre, weil er Iza gesucht hätte. Ich phantasierte weiter, dass ich ihn niedergeschlagen hätte, um Iza zu schützen – klar, deshalb brachte ich ihn jetzt ja auch zu ihr. Ich konnte nur hoffen, dass ihr diese kleinen Logikfehler nicht auffielen.

»Was machen wir nun mit ihm?«, fragte ich Iza.

»Der bringt uns um«, sagte sie tonlos und starrte auf den geschlossenen Kofferraum. Sie stand sichtlich unter Schock. »Uns beide. Und danach Freddy.«

Na, den wohl eher nicht, dachte ich, nickte aber nur ernst. »Vielleicht kannst du mit ihm reden?«, schlug ich vorsichtig vor.

»Mit Hugo kann man nicht reden.« Iza räusperte sich und versuchte sichtbar, sich zu fangen. »Ich kenne niemanden, der so brutal ist wie er. Er hat einem Mädchen mal alle Zähne ausgeschlagen, weil sie ihn beim Blasen gestört haben.«

Ich verzog geschockt das Gesicht und spürte die Wut in mir aufsteigen. Wie konnte jemand nur so etwas tun? »Und du meinst, das macht er mit uns auch, wenn wir versuchen, die Sache mit ihm zu klären?«

»Und dann würde es noch gut für uns laufen«, sagte Iza bitter.

Für einen Moment schwiegen wir beide und blickten auf den Kofferraum, aus dem immer noch kein Mucks zu hören war.

Iza atmete tief durch. »Gibt nur eine Möglichkeit«, sagte sie knapp und schnappte sich den Hammer, der auf der alten Werkbank lag, und ja, es war genau der Hammer. Ich dachte, ich hätte ihn weggeräumt! Iza öffnete den Kofferraum, vergewisserte sich kurz, dass Hugo immer noch ohne Bewusstsein war, holte aus und schlug ihm den Zimmermannshammer direkt auf die Stirn, oder vielmehr: in die Stirn.

Es wäre übertrieben, wenn ich behaupten würde, dass mir das Geräusch vertraut vorkam, aber ich wusste sofort, dass der Schlag seine Wirkung nicht verfehlt hatte. Hugo war tot, so viel stand fest.

»Sorry. Ich hatte keine andere Wahl.« Iza wirkte erstaunlich wenig erschüttert, und ich fragte mich, ob Hugo der erste Typ war, dem sie die Stirn eingeschlagen hatte. »Arschloch«, zischte sie noch giftig.

»Ja. Definitiv.« Das war alles, was ich hervorbrachte. Stumm zeigte ich auf das viele Blut, das aus Hugos Kopf lief und meinen Kofferraum versaute.

Iza nickte, zog ihren Parka aus und legte ihn unter Hugos Kopf. »Denn Rest kriegen wir schon sauber«, sagte sie mit beruhigender Stimme. »Chlorreiniger ist ein Wundermittel.«

»Ja.« Was die Wohnung meiner Schwiegereltern saubergekriegt hatte, würde auch Hugos Blutlache vernichten können, das klang für mich überzeugend.

Als hätte es nicht gereicht, dass ein brutaler Frauenschläger in meinem Kofferraum ausblutete, sah ich jetzt auch noch Herrn Kriemer im Hintergrund durch die Anlage gehen. Er schien uns noch nicht gesehen zu haben, aber das war vermutlich nur eine Frage der Zeit, jedenfalls hatte er unsere Richtung eingeschlagen. Iza hatte den Verwalter ebenfalls gesehen. Sofort schlug sie den Kofferraumdeckel zu.

»Wir müssen warten, bis es dunkel ist. Dann kümmern wir uns darum, Hugo loszuwerden«, sagte sie leise.

Ich nickte. Was sollte ich auch sonst tun? Nicken und bei Dunkelheit eine Leiche entsorgen. War ja nicht das erste Mal.

»Hallo, Frau Steinhammer.« Herr Kriemer stand nun neben uns. »Sie wissen, dass man nur in Ausnahmefällen mit dem Wagen auf die Anlage fahren darf?«

Ich bemühte mich um ein freundliches Lächeln. »Natürlich. Es war eine Ausnahme.«

»Dann fahren Sie ihn jetzt wieder weg?«

»Jetzt sofort?« Um Himmels willen! Ich hatte schon Bedenken gehabt, mit einem bewusstlosen Hugo durch die Straßen zu fahren, und mit einem toten hatte sich die Situation nun wirklich nicht verbessert!

Iza trat einen Schritt nach vorne und setzte ihren besten Schlafzimmerblick auf. Die Kombination mit Gummistiefeln, Minirock und Brüsten zusammen mit diesem Blick verfehlten nicht ihre Wirkung.

»Können wir den Wagen ausnahmsweise bis heute Abend hier stehen lassen?«, sagte sie, nein, eigentlich hauchte sie es. »Wir haben heute noch so viel zu tun, das wäre wirklich ganz reizend.«

Herr Kriemer musterte Iza interessiert, vielmehr ihr Dekolleté. »Na ja, also eigentlich ist das gegen die Regeln.«

Mit gestrecktem Zeigefinger fuhr Iza über Herrn Kriemers Krawatte und wickelte sie sich spielerisch um den Finger.

»Och bitte. Wir sind doch nur zwei schwache Frauen, die hier viel zu schleppen haben. Wir stören auch niemanden. Und wenn alles fertig ist, würden wir uns auch erkenntlich zeigen.« Sie schürzte die Lippen.

Zeit zum Eingreifen. »Sie sind dann herzlich mal zum Grillen eingeladen.«

»Im November?« Herr Kriemer machte ein enttäuschtes Gesicht.

»Wintergrillen. Mit Glühwein. Das kann sehr gemütlich werden«, sagte ich.

Iza nickte und strich Kriemers Krawatte glatt. »Ich werde es uns schon gemütlich machen«, hauchte sie, und auch wenn ich dieses männerbetörende Verhalten ablehnte, musste ich zugeben, dass es sehr wirkungsvoll war. Jedenfalls strahlte Herr Kriemer übers ganze Gesicht, als er sich von uns verabschiedete und wieder seines Weges ging.

Izas Lächeln erstarb sofort. »Der kann es sich mal schön alleine gemütlich machen«, murmelte sie. »Aber Grillen ...« Nachdenklich blickte sie in die Ferne.

»Das war nur so eine Idee.«

»Hinter der Hütte steht ein Grill.«

»Und? Du hast doch jetzt keinen Hunger?«

»Nein. Aber vielleicht Hugo?« Sie sah mich fragend an.

Ich brauchte einen Moment, bevor ich es begriffen hatte. »Auf gar keinen Fall! Iza! Wie stellst du dir das vor?«

Iza zuckte mit den Schultern. »Keine Ahnung. Leichen zu verbrennen ist jetzt ja nicht so unüblich.«

»Aber der Gestank! Dann haben wir Kriemer hier nach fünf Minuten sitzen, weil er denkt, es gibt Rippchen.« Mir lief ein Schauer über den Rücken. »Nein, das kommt nicht infrage. Wir müssen eine andere Möglichkeit finden, um Hugo loszuwerden. Bis es dunkel wird, haben wir noch ein paar Stunden Zeit.«

Iza nickte. »In Ordnung. Schauen wir uns um.«

Bis zu 85 Prozent aller Frauen in der Menopause
verspüren regelmäßig Hitzewallungen,
ein Drittel ganze fünf Jahre lang oder länger.
Die Schübe können minutenlang andauern.
Ganz plötzlich, ohne vorherige Anstrengung, breitet
sich eine ungewöhnliche Hitze über Gesicht,
Halsbereich und Oberkörper aus. Der Herzschlag
nimmt zu, und es kommt zu einem manchmal
gewaltigen Schweißausbruch. Danach schön
Frösteln oder Frieren, um dann so richtig
ausgelaugt und erschöpft zu sein.

Yeah!

7

Inzwischen war es dunkel. Der Nieselregen, der uns die letzten zwei Stunden begleitet hatte, hatte sich zum Glück verzogen. Iza und ich hievten die Leiche aus dem Kofferraum. Wir hatten uns gut überlegt, wo wir Hugo am besten entsorgen – ach, das war kein schönes Wort, zu seiner letzten Ruhe betten? Auch irgendwie unpassend – na, wo wir ihn am besten vergraben könnten.

Iza hatte zunächst den Komposthaufen vorgeschlagen, aber den hatte ich ihr zum Glück ausreden können. Wir waren dann durch die ganze Kolonie gegangen und hatten uns jede Parzelle zumindest von außen angeschaut, in der Hoffnung, dort einen geeigneten Platz für Hugos Grab zu finden. Die verwilderte Fläche hinter meinem Schrebergarten schien uns dann am geeignetsten für unser Vorhaben.

Denn die Schrebergartenkolonie befand sich im Schatten eines sogenannten Schuttbergs, von denen es in Köln so einige gibt. Die Stadt war im Zweiten Weltkrieg völlig zerstört worden, und nach dem Krieg hatten die Kölner den ganzen Schutt zu kleinen Bergen angehäuft, die heute mit Gras bewachsen sind und von den Kindern im Winter zum Schlittenfahren genutzt werden. Falls es in Köln mal schneit.

Jedenfalls war meine Parzelle die letzte am Hügel, der an dieser Seite mit jeder Menge Rhododendron bewachsen war. Bestimmt zwei Dutzend dichte Büsche, die fast so etwas wie ein kleines Wäldchen bildeten und oben eine vielleicht drei Quadratmeter große Fläche einrahmten, die an eine Lichtung erinnerte. Perfekt.

Es kostete uns einige Mühe, Hugos massigen Körper zu den Sträuchern zu schleppen. Der Weg war deutlich länger als die paar Meter, die ich mit Freddy hatte zurücklegen müssen. Außerdem hatte Hugo zwar Freddys Statur, war massig und muskulös, aber zusätzlich einen halben Meter größer. Die Hundert-Kilo-Marke hatte er nach meinem Dafürhalten dicke überschritten.

»Die Jacke!« Der alte Parka, auf dem er ausgeblutet war, lag noch im Kofferraum.

»Ich zieh die nicht mehr an.« Iza verzog angeekelt das Gesicht. »Regnet doch auch kaum noch.«

»Du sollst sie auch nicht anziehen. Aber verschwinden muss sie. Wenn die einer findet …« Kurzerhand versuchte ich, Hugo den Parka überzuziehen. Iza seufzte und half mir schließlich, bis der tätowierte Schlägertyp die dunkelgrüne Wachsjacke anhatte.

»Steht ihm.« Iza grinste, aber mir war nicht nach Späßen zumute.

»Los. Bringen wir es hinter uns.«

Jede von uns nahm einen Arm. Wie zwei Zugpferde zogen wir Hugo hinter uns her. Wir kamen nur langsam voran, auch weil wir ständig stehen bleiben und durchatmen mussten.

»Wir müssen an die Spuren denken«, sagte Iza keuchend, »der Rasen ist doch total aufgeweicht.«

Ich blickte mich um. Hinter uns sah es aus wie in einem schlechten Kriminalfilm, in dem die Zuschauer mit der Holzhammermethode auf eine weggeschaffte Leiche hingewiesen werden sollten. Hugos Fersen hatten sich in den matschigen Untergrund gegraben und deutlich sichtbare Furchen hinterlassen.

»Wie sollen wir die wegkriegen?«, fragte Iza. »Der Boden ist doch hin.«

»Wir müssen den Rasen vertikutieren«, schlug ich vor.

»Was bedeutet das?«

»So nennt man das, wenn man den Rasen lüftet.«

»Den Rasen lüften?« Iza sah mich an, als hätte ich nicht mehr alle Tassen im Schrank. »Hast du was genommen?«

Stand ich eigentlich ständig unter Drogenverdacht?

»Nein. Man lockert das Gras mit einer Harke auf, damit mehr Luft rankommt. Ist doch auch egal. Hauptsache, man sieht Hugos Fußspuren nicht mehr.«

»Rasen lüften ...« Iza schüttelte den Kopf. »So was wird hier gemacht?«

Ich nickte. »Machen alle Gartenbesitzer.«

»Scheint mir ein klassisches Erste-Welt-Problem zu sein.«

»Ich bin mir sicher, dass man das in Rumänien auch macht.«

Iza schüttelte energisch den Kopf. »Wegen solcher Spuren, okay, vielleicht. Aber nicht, um ein bisschen Luft an den Rasen zu lassen. Außerdem: Sollen wir das etwa heute Nacht auch noch erledigen?«

Das war eine berechtigte Frage. Schließlich brauchten wir dafür Gerätschaften, die wir nicht hatten. Nachdenklich zogen wir Hugo weiter.

»Wie wäre es mit Verschleierungsspuren?«, schlug Iza vor.

»Das musst du mir jetzt erklären.«

»Nun, wir zertrampeln und zerhacken einfach noch mehr Rasenfläche, sodass die Spuren nicht weiter auffallen. Wenn ich mit meinen hohen Schuhen ein paarmal durch den Garten getanzt bin, ist hier alles im Eimer.«

»Keine schlechte Idee.«

Wir hatten die Rhododendronbüsche erreicht. Sie standen am Rand eines Abhangs, an dessen Ende ein Bauernhof grenzte. Am unteren Ende des Hangs befand sich ein mit Stacheldraht abgegrenzter Bereich, in dem im Sommer Schafe grasten. Früher, als die Kinder noch klein waren, sind Jörn und ich am Wochenende oft mit ihnen hier gewesen, damit die Großstadtpflanzen wenigstens eine Ahnung von so etwas Ähnlichem wie Landleben bekamen. Daher wusste ich auch, dass der Bauer selbst uralt war, mindestens so alt wie meine Schwiegereltern. Der Hof war für ihn inzwischen nur noch ein Hobby, mehr als eine Handvoll Schafe und ein paar Hühner hielt er nicht mehr. Aber auch die schienen bei dem Wetter und um diese Uhrzeit im Stall zu sein.

Auf der anderen Seite, keine fünfzig Meter vom Schafsgatter entfernt, stand eine Scheune, vor der ein Berg mit gehacktem Holz lag, und ich fragte mich, ob der alte Bauer das tatsächlich noch selbst kleingemacht hatte. War er nicht schwer herzkrank? Ich meinte, mich daran zu erinnern, dass er mir schon vor Jahren von einem Schrittmacher erzählt hatte. Gab es jemanden, der ihm auf dem Hof half? Und wenn ja, war dieser jemand womöglich gerade ziemlich wach und aufmerksam?

»Siehst du jemanden?«, flüsterte ich.

Iza ließ ihren Blick genauso über den Hof gleiten wie ich.

»Nein. Ich glaube, wir können loslegen.«

Iza eilte zurück zur Schrebergartenhütte und kam kurz darauf mit einer Schaufel und einem Spaten wieder. Wir suchten uns eine Stelle unter dem Rhododendron aus, eine Art Lichtung, von vielen Sträuchern abgeschirmt, recht nah am Hang.

Bevor wir anfingen zu graben, wollten wir Hugo hinter die Büsche ziehen, falls doch noch jemand auftauchen sollte.

»Mein Rücken …«, murmelte ich, als wir wieder an Hugo zogen.

Ganz plötzlich, wie aus dem Nichts, passierte es dann. Na ja, für Dr. Rieker wäre es jetzt nicht völlig aus dem Nichts gekommen, aber für mich war es doch überraschend. Innerhalb von Millisekunden hatte ich das Gefühl, dass mir sämtliches Blut meines Körpers ins Gesicht schoss. Nur einen Wimpernschlag später schien alles an mir in Flammen zu stehen, die Hitze war schier unerträglich. Daraufhin öffneten sich alle meine Poren in einer Geschwindigkeit, wie sie es bei noch keinem Saunagang getan hatten. Kurzum: Ich war schweißgebadet, und mir lief die Suppe. Und das ist wörtlich zu verstehen. In Rinnsalen strömte das Wasser an meinem Körper hinunter.

Da war sie also, die erste richtige Hitzewallung meines Lebens, und nein, sie hatte nichts mit einem normalen Schweißausbruch zu tun. Niemals hätte ich gedacht, dass sie so heftig werden könnten. Dummerweise wurden auch meine Hände sofort klatschnass, und ich konnte Hugo nicht mehr halten. Er rutschte mir aus den schwitzigen Fingern, genau in dem Moment, als wir am Rand des Abhangs standen. Mit einem erstaunlichen Tempo rollte er den Hang hinunter und steuerte direkt eine offene Grube an, die sich hinter der Scheune des Bauernhofs befand. Wir konnten gar nicht so schnell reagieren, wie Hugo in der Grube verschwand.

»Verfluchter Mist.« In dem Augenblick verließ mich die Hitze genauso schlagartig, wie sie mich überfallen hatte, und ich stand nass geschwitzt in der kühlen Novembernacht. Natürlich fing ich sofort an, gnadenlos zu frieren. Meine Zähne klapperten, mein ganzer Körper zitterte.

Iza war von dem Schauspiel sichtlich irritiert. Mit hochgezogenen Augenbrauen sah sie mich an. »Was war das denn?«

»Er ist mir weggeflutscht.«

»Weggeflutscht?«

»Ich hatte plötzlich einen Schweißausbruch. Und jetzt ist mir arschkalt«, sagte ich bibbernd. »Kann ich deine Jacke haben?«

»Meinetwegen.« Iza zog ihre Strickjacke aus und reichte sie mir. Darunter trug sie ihr tief dekolletiertes Shirt.

»Bist du sicher?«

»Ja klar, zieh an. Ich bin durch die Straße abgehärtet.« Sie musterte mich von oben bis unten. »Du hast ausgesehen, als würdest du gleich explodieren. Mit einem Mal warst du knallrot und irgendwie … wässrig.«

»Ich befürchte, das war eine Hitzewallung.«

Ein Wort, das Iza offensichtlich genauso wenig kannte wie vertikutieren. »Bist du auf Turkey?«

Ich seufzte. »Wenn du so willst … Ja. Im Prinzip schon.«

Izas Augen wurden noch größer. »Ich hätte nie gedacht, dass du Drogen nimmst.«

»Um Himmels willen, nein, mach ich auch nicht! Hat was mit Hormonen zu tun.« Ich machte eine abwehrende Handbewegung. »Viel wichtiger: Wo ist Hugo?«

»Er ist in die Klärgrube gefallen«, sagte Iza. »Ich habe mitbekommen, wie sie heute Nachmittag geleert wurde.« Sie zeigte auf eine Stelle neben der Scheune. »Siehst du da? Die Abdeckung liegt neben der Grube. Haben sie noch nicht wieder verschlossen.«

Ich umschlang mich mit den Armen und versuchte, mich warm zu rubbeln. »Der Bauer ist ja wohl lebensmüde. Da könnte doch jemand reinfallen.«

»Ist ja auch.« Iza grinste. »Wahrscheinlich wollte er den Schacht noch ausspritzen. So machen das bei uns die meisten.«

»Verdammt.« Meine Gedanken rasten. »Was machen wir denn jetzt?«

»Wieso?«

»Wie sollen wir Hugo da wieder rauskriegen?«

»Die Frage ist nicht wie«, antwortete Iza, »sondern warum. Warum sollten wir ihn da wieder rausholen? Ich finde, Hugo liegt da nicht schlecht. Immerhin fällt der Gestank dort nicht auf. Passt alles perfekt zu ihm.«

»Schön und gut, aber so eine Sickergrube muss irgendwann wieder geleert werden. Und spätestens dann fällt so ein Kerl doch auf.«

»Bis dahin ist Hugo bestimmt verwest. Lass uns mal gucken, ob wir ein bisschen Calciumoxid finden.«

»Was?« Iza sprach für mich in Rätseln.

»Warte.« Sie nahm ihr Handy und tippte den Begriff ein. »Ungelöschter Kalk. Sagt dir das mehr? Hat bei uns jeder gute Landwirt«, meinte Iza aufgeräumt. »Und wenn der hier einer vom alten Schlag ist, hat er das bestimmt auch.«

»Und was macht man mit diesem Kalk?«

»Wenn du ihn in harten Boden eingibst, und er kommt da mit Wasser in Berührung, wird der Boden ganz schnell aufgelockert«, antwortete Iza. »Dann kannst du dir das Lüften sparen.«

»Vertikutieren.«

»Meinetwegen.«

»Und wieso soll uns das mit Hugo helfen?«

»Na, weil er nicht nur harte Böden lockert. Wenn du ihn über Schlachtabfälle oder Kadaver kippst, lösen die sich auf. Machen bei uns in Rumänien alle Schlachter.«

Jetzt hatte ich es kapiert. »Und menschliche Leichen lösen sich auch auf.«

»Ja klar. Davon gehe ich jedenfalls aus«, sagte Iza. »Lass uns mal im Stall gucken, der hat bestimmt was.«

Iza stapfte den Abhang hinunter, und ich folgte ihr. Ich war froh, sie an meiner Seite zu haben, und mir wurde klar, dass Iza viel stärker war, als ich es anfänglich gedacht hatte.

Das Gelände war steil, matschig und rutschig, und ich landete nicht nur einmal auf dem Hosenboden, während Iza in ihren zu großen Gummistiefeln erstaunlich trittfest war.

»Wir müssen leise sein«, ermahnte sie mich flüsternd, als ich schon wieder ausgerutscht war.

»Ich mach das nicht extra. Wie kommst du hier so leichtfüßig runter?«

Sie zuckte mit den Schultern. »Wenn du den ganzen Tag auf High Heels stolzierst, hast du ein bisschen Übung, was das Gleichgewicht angeht.«

Unten angekommen harrten wir für einen Moment hinter dem gehackten Holz aus, um sicherzugehen, dass uns niemand gehört hatte. Der Hof lag in absoluter Stille da.

»Die Luft ist rein«, flüsterte Iza. »Lass uns in der Scheune suchen.«

»Und wenn da die Hühner drin sind?«, flüsterte ich zurück. »Wenn die wach werden, machen die ein Heidentheater.«

»Hühnerställe sehen anders aus«, meinte Iza. »Jedenfalls bei uns.«

Ich konnte nur hoffen, dass sie recht behielt.

Mit einem leichten Quietschen öffnete Iza die Stalltür. Es roch nach Hühnermist und Stroh, aber Tiere waren hier tatsächlich keine, wie wir schnell feststellten, als wir mit unseren Handys Licht machten. Jede Menge Gerätschaften lehnten an den Wänden, Schaufeln, Äxte, Harken, Pflüge, alle verrostet und von Spinnweben umrankt. Säcke mit Futter und Düngemittel standen herum, von einer dicken Staubschicht bedeckt. Offenbar war hier schon lange niemand mehr gewesen. Ein paar Tauben, die auf den Dachbalken geschlafen hatten, schreckten auf und flatterten zu einer anderen Stelle, wo sie sich wieder niederließen und weiterschliefen.

»Ich hab was!«, rief Iza leise. Sie stand vor einem Regal im hinteren Bereich des windschiefen Gebäudes. Dort lagen einige noch verschweißte Rollen mit Müllbeuteln, löchrige und abgewetzte Arbeitshandschuhe, Schrauben und Nägel, daneben mehrere Säcke Branntkalk.

»Wie viel brauchen wir davon, damit Hugo sich auflöst?«, fragte ich. »Hast du da Erfahrungswerte?« Auch wenn wir die sicherlich gut gebrauchen konnten, hoffte ich auf ein Nein.

Zum Glück schüttelte Iza den Kopf. »So was habe ich noch nie gemacht.«

Das fand ich beruhigend. »Lass uns einen Sack nehmen«, schlug ich vor. »Wir wollen die Grube ja auch nicht verstopfen.«

Gemeinsam schleppten wir einen Sack nach draußen und brachten ihn zur Grube. Auch wenn er nicht so schwer war wie

Hugo, war das Tragen eine Qual. Mein Rücken war kurz davor, mit einem Bandscheibenvorfall in den längerfristigen Streik zu treten.

Als wir den Sack neben der Grube zu Boden ließen, zog Iza ein Taschenmesser hervor. »Geh einen Schritt zurück. Du darfst nichts davon ins Auge bekommen«, flüsterte sie. »Sonst war's das mit dem Sehen.«

»Dein Ernst?«

»Willst du es drauf ankommen lassen?«

Iza schnitt den Sack auf, und ich sprang einen Meter zur Seite, drehte zusätzlich noch den Kopf weg, um zu verhindern, dass auch nur das kleinste Staubkorn von dem Zeug in meine Augen fliegen konnte. Dann kippten wir den Sack zusammen in die Grube. Wir mussten schnell sein und machten gemeinsam einen Satz nach hinten, als eine Staubwolke aus dem Schacht aufstieg. Als sie verflogen war, leuchtete ich mit meinem Handy hinein. Hugo war mit einer dicken Schicht Kalk bedeckt.

»Auf den ersten Blick erkennt man ihn vielleicht gar nicht«, hoffte ich.

»Lass uns den Deckel draufmachen«, sagte Iza. »Dann guckt da so schnell keiner mehr rein.«

Ich hielt das für einen vernünftigen Vorschlag, mein Rücken weniger, aber seine Einwände wurden von mir erneut ignoriert. Mit wenigen Handgriffen hatten wir die schwere Metallklappe auf der Grube platziert. Iza zog ein Taschentuch hervor und wischte sie ordentlich ab. Mit Fingerabdrücken schien sie also auch so ihre Erfahrungen gemacht zu haben, aber ich wollte sie dafür nicht verurteilen.

»So müsste es gehen«, sagte sie.

Für einen Augenblick verharrten wir lauschend in der Dunkelheit. Hatte uns jetzt jemand gehört? Aber auf dem Bauernhof blieb es ruhig. Wir nickten einander zu und stiegen wieder den Abhang hinauf.

»Du darfst mit niemandem darüber sprechen«, sagte ich.

»Ich wollte es gerade in meine WhatsApp-Gruppe stellen«, antwortete Iza spöttisch.

»Ich meine ja nur.« Bibbernd blickte ich auf meine schweißdurchnässte Bluse. Auch die Strickjacke, die ich mir von Iza geliehen hatte, war inzwischen alles andere als trocken. »Ich muss mir gleich unbedingt was anderes anziehen.«

»Hast du so was öfter?«

»Hoffentlich nicht.«

»Das heißt, du weißt es nicht?« Iza schien die Antwort zu irritieren.

»Ich bin in den Wechseljahren, höchstwahrscheinlich jedenfalls. Kann sein, dass ich jetzt jahrelang solche Anfälle habe, kann sein, dass es in ein paar Tagen wieder vorbei ist. Das weiß kein Mensch«, zitierte ich Dr. Rieker. »Du weißt doch, was Wechseljahre sind?«

Iza sah mich empört an. »Natürlich. Ob du es glaubst oder nicht, aber das haben die Frauen in Rumänien auch!«

»Ich weiß.«

Wir hatten den Abhang wieder erklommen und kämpften uns durch die Rhododendronbüsche zurück zu meiner Parzelle.

»Freu dich«, sagte Iza dann.

»Worüber? Über Hugos Ableben?«

»Nein. Über die Wechseljahre. Ist doch toll, wenn man für Männer nicht mehr attraktiv ist.«

Mir blieb kurz die Luft weg. Dann rollte eine Welle der Empörung über mich. »Sag mal, findest du das nicht ein bisschen unverschämt?«

»Überhaupt nicht.« Iza klang absolut ehrlich. »Ich wäre froh, wenn ich Männern nicht mehr auffallen würde.«

Ich musterte sie von oben bis unten. Der Minirock, das enge, tief dekolletierte Oberteil, die lange schwarze Mähne.

»Warum dann der Look, wenn dich das so stört? Ich meine,

du arbeitest doch schließlich nicht. Du musst doch privat nicht so rumlaufen. Hast doch gesehen, wie der Kriemer auf dich reagiert hat.«

Iza zögerte. »Ich hab nichts anderes.« Sie wirkte verlegen.

»Aber wir sind doch extra bei dir zu Hause vorbeigefahren! Da hast du dir doch ein paar Sachen geholt, dachte ich?«

»Ja, hab ich ja auch. Aber nur das, was Freddy mag. Und er steht privat eben genauso auf die Klamotten, auf die auch die Freier stehen.«

Ich musste mich schnellstens darum kümmern, dass sie in unauffälligere Kleidung kam. Es reichte schon, dass Herr Kriemer sie so gesehen hatte. Wenn wir uns jetzt eines nicht erlauben konnten, dann aufzufallen, und *so* fiel Iza definitiv jedem auf. Besonders in einer Schrebergartenanlage.

»Ich bringe dir morgen was anderes zum Anziehen vorbei. Versprochen.«

»Danke.«

Wir hatten das Schrebergartenhäuschen wieder erreicht. Iza leuchtete mit ihrem Handy über die Spuren, die Freddy im Rasen hinterlassen hatten. Mit Schaufel und Spaten hackten wir kurzerhand die gesamte Rasenfläche klein.

Eine gute halbe Stunde später sah der ehemals wenigstens einigermaßen gepflegte Rasen aus wie ein umgepflügter Acker, und ich fragte mich, was Herr Kriemer dazu sagen würde, wenn er das sah. Ich würde ihm irgendetwas vom Vertikutieren erzählen müssen und hoffen, dass er genauso wenig Ahnung davon hatte wie Iza.

Erschöpft standen wir neben dem Komposthaufen.

»So, ich glaube, das war's«, sagte ich.

Iza zog die Nase kraus. »Hier stinkt's. Kommt das von deiner Schwitzerei?«

Jetzt roch ich es auch. Der Gestank kam eindeutig vom Komposthaufen.

»Mein Deo hat bisher noch nie versagt.« Freddys offensichtlich schon.

Iza schnupperte wieder in der Luft. »Irgendwas riecht hier merkwürdig. Vielleicht der Kompost?«

»Also ich rieche nichts«, log ich.

»Doch, es ist ganz eindeutig. Irgendwie faulig.« Sie streckte sich und gähnte. »Ich kann mir das morgen ja mal genauer anschauen. Vielleicht vergammelt da irgendwo eine tote Ratte.«

So ähnlich war es ja auch. In dem Moment wurde mir klar, dass Iza auf keinen Fall in der Schrebergartenhütte bleiben konnte. Es war nur eine Frage der Zeit, bis sie der Quelle des Gestanks auf die Spur kommen würde. Sie musste von hier verschwinden, und zwar so schnell wie möglich. Aber wo sollte ich sie unterbringen? Ich konnte sie ja schlecht in unserem Gästezimmer einquartieren. Wie sollte ich das meiner Familie erklären? Wenn die Kinder jünger wären, könnte ich sie als Au-pair-Mädchen verkaufen, aber so? Wären Jörn und ich älter, würde sie als Haushaltshilfe durchgehen …

»Sag mal, könntest du dir vorstellen, dich ein bisschen um ein ganz reizendes altes Ehepaar zu kümmern?«, fragte ich sie kurzerhand.

Iza sah sich um und kratzte sich nachdenklich am Kopf. »Hier? Im Schrebergarten?«

»Nein, natürlich nicht. Du würdest bei ihnen wohnen und dich ein bisschen um sie kümmern. Im Gegenzug könntest du da kostenfrei wohnen.«

Ein Lächeln ging über Izas Gesicht. »Du meinst, in einer richtigen Wohnung?«

»In einem richtigen Haus sogar. Du hättest dein eigenes Zimmer, Küche, Bad und Wohnzimmer müsstest du dir allerdings mit ihnen teilen. Aber dafür wäre es mietfrei.«

»Mit warmem Wasser?«

Ich lächelte. »Ja klar.«

»Und richtiger Heizung?«

»Sogar Fußbodenheizung.«

»Wow.«

Iza sah mich an, als wäre ich ein Engel auf Erden. Und sie hatte kein einziges Mal nach Freddy gefragt. Vielleicht konnte sie sich ja doch ein Leben ohne ihn vorstellen. Eines, das besser war.

Selbst an der besten Beziehung geht die Menopause nicht spurlos vorüber. Denn Wechseljahresbeschwerden wirken sich auch auf das soziale Umfeld aus. Logisch. Ein nicht kontrollierbares Gefühlschaos bekommt natürlich auch der Partner zu spüren.
Na ja. Und manchmal hat man auch aus ganz banalen Gründen plötzlich eine Ehekrise.

8

Am nächsten Morgen hätte ich mich im Bad mal wieder selbst ohrfeigen können.

Jörn stand vor dem Wäschekorb und hielt mit spitzen Fingern meine schlammverschmierte Jeans hoch.

»Deine Tage?« Der ironische Unterton war nicht zu überhören.

Warum hatte ich bloß schon wieder vergessen, meine schmutzigen Sachen in die Waschmaschine zu werfen?

»Das ist Erde«, sagte ich so beiläufig wie möglich.

»Und verrätst du mir, wo du gestern Abend gewesen und warum du *so* nach Hause gekommen bist?« Er ließ die Jeans mit angeekelter Miene wieder in den Wäschekorb fallen.

»Ich habe eine Pflegerin für deine Eltern gesucht.«

Jörn zog irritiert die Oberlippe nach oben. »Beim Schlammcatchen?«

Ich rollte die Augen. »Wohl kaum. Ich bin auf dem Rückweg ausgerutscht und hingefallen. Ist doch auch wurscht. Viel wichtiger ist, dass ich eine Pflegerin engagiert habe.«

»Was meinst du damit? Ich dachte, die Krankenkasse hat keine Pflegestufe bewilligt?«

»Deshalb kann man ja trotzdem eine private Pflegekraft engagieren.«

Jörn setzte sich auf den Badewannenrand und sah mich kopfschüttelnd an. Er wirkte plötzlich ganz klein, die Schultern zusammengesunken, die Stirn mit Dackelblickfalten.

»Eine private Pflegekraft?«, brachte er gepresst hervor. »Wie sollen wir die denn bitte bezahlen?«

»Nun mach dir mal keine Sorgen. Darum habe ich mich natürlich auch gekümmert. Die junge Frau ist Studentin und wohnt umsonst bei deinen Eltern.«

Jörn atmete durch. »Okay. Sie wohnt also umsonst. Das ist ihr Lohn?«

»So sieht es aus.« Ich nickte zufrieden. »Kost und Logis frei, und im Gegenzug kümmert sie sich um den Haushalt und natürlich auch um Marlies und Werner.«

»Gut. Das hört sich schon besser an.« Erleichtert strich er sich über die Haare. »Aber ich würde sie schon gerne erst mal kennenlernen, bevor sie bei meinen Eltern einzieht.«

»Warum?«

»Na ja, es sind meine Eltern. Da möchte ich doch wissen, wer Tag und Nacht um sie ist.«

»Hat dich doch sonst auch nie interessiert«, entgegnete ich.

»Das stimmt nicht! Wenn ich mehr Zeit gehabt hätte, hätte ich mich natürlich auch mehr um meine Eltern gekümmert!«, regte sich Jörn auf. »Und es ist ja wohl etwas anderes, wenn du bei ihnen bist oder eine wildfremde Person! Außerdem wollten wir solche Dinge jetzt doch immer im Vorfeld besprechen!«

»Ja, sorry, da hast du recht. Du lernst Iza so schnell kennen wie möglich, in Ordnung?«

»Wo hast du sie überhaupt gefunden?«

»Das erkläre ich dir ein anderes Mal.« Ich schob Jörn aus dem Bad. »Ich muss mich jetzt wirklich fertig machen.«

Iza erwartete mich mit ihrem gepackten Hab und Gut im Schrebergarten. Sie trug ihr früheres Arbeitsoutfit, und bei ihrem Anblick fiel mir ein, dass ich vergessen hatte, ihr ein paar normale Klamotten mitzubringen. Diese menopausale Demenz nervte wirklich höllisch!

»Egal. Werner wird es lieben«, murmelte ich, nachdem ich erfolglos versucht hatte, den Minirock ein bisschen über ihre Oberschenkel zu ziehen.

»Soll ich denn mit deinem Schwiegervater auch …?« Iza sah mich vieldeutig an und seufzte leicht genervt. Offenbar hatte sie keine große Lust mehr auf ihren alten Job.

»Um Himmels willen! Unter gar keinen Umständen! Das würde Marlies nicht überleben! Und Werner erst recht nicht!« Ich geriet regelrecht in Panik – schon bei der Vorstellung. »Gott, die Bilder werde ich nie wieder los …«

Iza schien erleichtert. »Es geht also in erster Linie darum, dass die beiden nicht so viel alleine sind?«

Ich nickte. »Ein bisschen Unterstützung beim Waschen und Anziehen, regelmäßig was Gesundes kochen und vielleicht mal ein paar gemeinsame Besorgungen mit ihnen machen. Und im Haushalt könntest du auch mit anpacken. Die beiden sind nicht bettlägerig oder komplett hilflos. Aber ganz alleine wird es eben immer schwieriger für sie.« Und für mich.

»Das kenne ich von meinen Großeltern, um die habe ich mich auch gekümmert, als ich noch in Rumänien war.«

»Meinst du, du kriegst das hin?«, fragte ich besorgt.

»Ja!«

Das reichte mir.

»Guten Morgen, die Damen.« Herr Kriemer war neben uns am Gartenzaun aufgetaucht. Er sah irgendwie anders aus, schicker, mit gewaschenen Haaren und einem sauberen Hemd. Der flirtende Gesichtsausdruck, den er, zumindest Iza gegenüber, gerade noch hatte, verschwand augenblicklich, als er die Rasenfläche hinter uns erblickte. Zugegebenermaßen sah der Rasen bei Tageslicht noch schlimmer aus als in der Dunkelheit, aber wenigstens waren die Spuren von Hugos Fersen nicht mehr zu sehen. »Was ist denn hier passiert?«

»Vorbereitungen für unseren Grillabend«, sagte Iza flirtend, und für einen Augenblick war ich ganz froh, dass ich die normale Kleidung für sie vergessen hatte. »Frisches Lamm in einem Erdloch bei leichter Hitze über Stunden gegart – ein Genuss!« Sie küsste ihre Fingerspitzen.

Herr Kriemer ließ den Blick über den zerstörten Rasen gleiten. »Erdloch? Wollen Sie eine ganze Schafsherde garen?«

Iza lachte künstlich auf und tippte Herrn Kriemer neckisch gegen die Nasenspitze. »Lassen Sie sich überraschen!« Mit diesen Worten stolzierte sie an ihm vorbei.

»Machen Sie sich keine Sorgen, Herr Kriemer. Im Frühjahr sieht der Rasen aus wie Rollrasen. Darauf können Sie sich verlassen.« Schnell eilte ich hinter Iza her.

Auf dem Weg zu meinen Schwiegereltern amüsierte sie sich prächtig über Herrn Kriemers Gesichtsausdruck, imitierte seine kölsche Aussprache und lachte sich kaputt. Aber ich konnte ihr nicht zuhören, sondern war in Gedanken bei Marlies und Werner.

Was würde ich machen, wenn die beiden sich weigern sollten, Iza bei sich aufzunehmen? Werner würde keine Probleme machen, davon war ich überzeugt, dafür war Iza auch einfach viel zu attraktiv und nett. Außerdem konnte sie definitiv richtig mit anpacken, dass hatte ich ja gestern Abend gesehen, und das wiederum war eine Eigenschaft, die besonders auch Marlies zu schätzen wusste. Außerdem war Iza nicht dumm, das war mittlerweile offenkundig. Aus ihr hätte mit Sicherheit etwas ganz anderes werden können, wenn sie nicht von skrupellosen Männern belogen, unter Druck gesetzt und ausgenutzt worden wäre.

Vielleicht konnte sich das alles hier in eine Art zweite Chance für Iza entwickeln, und ihr Leben könnte eine ganz neue Wendung nehmen, dachte ich, und dieser Gedanke machte mir ein gutes Gefühl.

Ich weiß genau, was einige von Ihnen jetzt denken: Mein Einsatz für Iza war gar nicht so selbstlos, wie ich ihn mir in dem Moment einreden wollte. Ja, stimmt. Er diente auch mir selbst. Denn plötzlich fühlte ich mich wieder etwas besser, mein schlechtes Gewissen, eine skrupellose Mörderin zu sein, wurde damit ein wenig übertüncht, und die Gefahr, dass ich wegen der Sache mit Freddy auffliegen und in den Knast wandern könnte, hatte sich auch verringert.

Ich will auch gar nicht so tun, als wäre es ein reiner Akt der Selbstlosigkeit gewesen, mich um Iza zu kümmern. Aber ich wollte sie gerne bei einem Ausstieg aus der Szene unterstützen, das ist nicht gelogen. Sicherlich wäre es übertrieben, wenn ich behaupten würde, dass sie mir schon damals ans Herz gewachsen war, nachdem wir uns nur ein paar Tage gekannt haben. Aber haben Sie nicht auch schon Menschen getroffen, bei denen Sie sofort gemerkt haben, dass es eine Verbindung zwischen Ihnen und Ihrem Gegenüber gibt? Eine Verbundenheit, die man sich zunächst nicht erklären kann? Gott ja, ich weiß, dass das schräg klingt. Ich erschlag deinen Partner und fühle mich dir dann ach so verbunden. Aber es war nicht nur die außerplanmäßige Tötung ihres Zuhälterfreunds, die in mir das Bedürfnis ausgelöst hatte, Iza zu helfen. Ich mochte diese junge Frau, und ich wollte, dass sie ein anderes Leben führen konnte als bisher. Ein besseres.

Zu dem Zeitpunkt war ich mir allerdings noch nicht ganz sicher, ob es das bei Marlies und Werner auch sein würde.

»Wen hast du uns denn da mitgebracht?« Lächelnd musterte Werner Iza von oben bis unten, wobei er ziemlich lange in ihrem künstlichen Dekolleté verharrte. Im nächsten Augenblick gefror sein Lächeln. »Sie ist doch nicht vom Pflegedienst?«

Einzig und allein in Pornofilmen sahen Krankenpflegerinnen so aus wie Iza, weshalb ich mich kurz fragte, wie es um die Internetnutzung meines greisen Schwiegervaters bestellt war.

»Nein. Das ist Iza. Iza, das ist Werner.«

Die beiden schüttelten einander die Hände, wobei Werner immer noch sehr skeptisch wirkte.

»Freut mich, Sie kennenzulernen.« Iza lächelte ihn entwaffnend an.

»Iza ist Austauschstudentin, sie kommt aus Rumänien.«

»Und was studieren Sie?«, fragte Werner misstrauisch.

»Äh …« Iza sah mich ratlos an.

»Ihr Fach ist der Psychologie zuzuordnen«, sagte ich schnell. »Psychologisches Kommunikationsmanagement nennt sich das.«

»Was es heutzutage nicht alles gibt …« Er drehte sich zur Treppe. »Marlies? Hier ist eine Psychologiestudentin aus Rumänien!«

»Dann gib ihr ein bisschen Geld«, rief meine Schwiegermutter von oben.

Werner sah Iza fragend an. »Wollen Sie Geld?«

»Nein.«

»Iza soll hier wohnen«, sagte ich.

Werner zog eine Augenbraue hoch, drehte sich dann aber wieder zum Treppenhaus. »Sie will hier wohnen!«, rief er nach oben. »Kommst du mal?«

Kurz darauf schleppte sich meine Schwiegermutter die Treppe herunter. Schon von Weitem sah ich, dass sie den Lippenkonturstift mit dem Kajal verwechselt hatte, wodurch sie einen »Thea Gottschalk mit schwerer Augenentzündung«-Look bekommen hatte.

»Wir sind doch kein Hotel«, sagte Marlies schnaufend, als sie unten angekommen war. Auch sie musterte Iza von oben bis unten. Ich beeilte mich, den beiden die Situation zu erklären, bevor Marlies sich negativ über Iza äußern konnte.

»Wie gesagt, Iza studiert hier, und ihr wisst ja, wie katastrophal die Wohnungsmarktsituation ist.« Meine Schwiegereltern nickten synchron, ohne den Blick von Iza zu nehmen. »Und als Austauschstudentin aus Rumänien ist sie auch nicht auf Rosen gebettet«, fuhr ich fort. »Deshalb gibt es für sie nur noch eine Möglichkeit, ihr Studium in Deutschland fortzusetzen: Sie könnte euch im Haushalt helfen und euch dort unterstützen, wo ihr Unterstützung wollt.« Bewusst vermied ich das Wort *braucht*. »Das wäre alles völlig kostenlos für euch, ihr würdet sie im Gegenzug nur hier wohnen lassen. Wie hört sich das für euch an?«

Marlies zog die Stirn kraus, und ich befürchtete, dass sie nun zum Protest ansetzen würde. Doch bevor sie etwas sagen konnte, griff Iza beherzt nach Marlies' Hand und hielt sie hoch, sodass sie die rot lackierten Fingernägel direkt vor ihren Augen hatte.

»Die sind wunderschön«, sagte Iza fast ehrfurchtsvoll. »Das ist das Karminrot von Tenetdor, oder?«

Ein Lächeln zeigte sich auf Marlies' Gesicht. »Sie kennen Tenetdor?« Überrascht sah meine Schwiegermutter mich an. »Kein Mensch kennt heute noch Tenetdor.«

Ich zuckte ahnungslos mit den Schultern. Von mir hatte Iza diese Information nicht.

»Meine Mutter hat früher von einer Tante aus dem Westen die Nagellacke geschickt bekommen.« Strahlend und sehr behutsam strich Iza mit der Fingerspitze über einen von Marlies' lackierten Nägeln. »Sie hat alle aufbewahrt, auch nachdem die Sowjetunion zusammengebrochen war. Die halten ja ewig.«

»Eine ganz besondere Qualität.« Marlies nickte lächelnd.

»Ja. Ich habe sie schon als Kind heimlich benutzt. Diese intensiven Farben, diese Härte des Lacks … einmalig. Das hat nur Tenetdor.« Iza hielt die eigenen lackierten Finger hoch. »Dagegen kackt dieser hier doch völlig ab.«

»Tenetdor war schon außergewöhnlich. Ich war dort übrigens Vertriebsleiterin!« Marlies platzte fast vor Stolz.

»Toll! Kein Lack hält besser als der von Tenetdor.«

»Dafür waren wir bekannt. Für die Haltbarkeit und für den Glanz.«

Iza strich erneut über Marlies' lackierte Nägel. »Sieht man wirklich. Ich wusste nicht, dass man die Sachen noch kaufen kann.«

»Kann man auch nicht«, mischte ich mich in das Kosmetikfachgespräch ein. »Der Laden ist seit Jahren dicht.«

»Aber ich habe noch alle Farben da«, sagte Marlies. »Wollen Sie …?«

Iza schien ihr Glück kaum fassen zu können. »Sehr, sehr gerne!«

Marlies hakte sich bei Iza unter und zog sie den Flur entlang. Werner sah den beiden kopfschüttelnd nach.

»Die scheinen sich ja schon geeinigt zu haben«, murmelte er. »Hoffentlich werde ich jetzt nicht völlig vergessen.«

Ich klopfte ihm aufmunternd auf die Schultern. »Keine Sorge. Dich kann man doch gar nicht vergessen. Also kann Iza bei euch bleiben?«

»Meinetwegen. Sie scheint nett zu sein.«

»Ist sie wirklich.«

»Du musst mir aber eben helfen, das Gästezimmer auf Vordermann zu bringen. Das ist ein bisschen unordentlich.«

Ein bisschen unordentlich war eine gewaltige Untertreibung. Der Raum war mitnichten mal eben schnell auf Vordermann zu bringen. Marlies und Werner nutzten das Zimmer offenbar seit Jahren nur noch als eine Art Abstellkammer, was mir nicht bewusst gewesen war, da ich hier ebenfalls seit Jahren keinen Fuß mehr hineingesetzt hatte. Warum auch. Frische Luft musste genauso lange von hier ferngehalten worden sein, es muffelte wie in einer alten Kleiderkiste, und in den Ecken waren dunkle Stockflecke zu sehen.

»Hier muss unbedingt ein Maler durch«, sagte ich zu Werner, nachdem ich die Fenster aufgerissen hatte und Luft und Licht in den Raum strömten.

Zu meiner Überraschung sah er das genauso. »Wenn du eh schon Handwerker bestellst, können die uns vielleicht auch eine ebenerdige Dusche ins Bad bauen. Es wird für Marlies doch langsam recht mühsam, immer in die Wanne zu klettern.«

»Und für dich wahrscheinlich auch«, sagte ich gedankenlos.

»Für mich?« Sofort wurde Werners Stimme spitzer. »Nein, ich habe damit überhaupt keine Probleme. Aber für die junge Dame …«

»Iza.«

»Genau. Für sie wäre es wahrscheinlich auch angenehmer.«

»Kein Problem. Wenn ich sowieso schon jemanden bestelle, dann kann er euch auch gleich ein behindertengerechtes Bad einbauen.«

Ich hätte wissen müssen, dass das Wort *behindertengerecht* für Werner ein ähnlicher Trigger war wie für den Teufel das Weihwasser – oder für mich *Wechseljahrbeschwerden*.

»Behindertengerecht?« Sein Gesicht wurde rot. »Was soll das denn heißen? Glaubst du vielleicht, wir kommen in unserem Haus nicht mehr zurecht?«

Ich unterdrückte ein Seufzen. Wenn ich noch einen Millimeter meiner diplomatischen Fähigkeiten einbüßte, konnte ich Iza wieder mit nach Hause nehmen.

»Sorry. Aber so nennt man das heute. Dieser ganze Genderwahnsinn wird mir auch manchmal zu viel.« Ich redete wirr, so viel stand fest.

Werner schien das ähnlich zu sehen. »Ich dachte, Gendern wäre was mit Geschlechtern …«

»Ja, auch. Ich sag ja, ich komm damit durcheinander!« Ich lachte leicht irre auf. »Wie dem auch sei. Ich kümmere mich darum, dass ihr ein *modernes* Bad bekommt, in dem Marlies keine Probleme mehr hat. Okay, Werner?«

In dem Moment kamen Marlies und Iza ins Gästezimmer.

»Guckt mal, wie schlank ich mal war!«, rief meine Schwiegermutter begeistert und wies mit einer ausladenden Handbewegung auf Iza, die wie ein Model hinter ihr ins Zimmer stolzierte. Sie trug ein altes Petticoat-Kleid von Marlies, das an ihr ausgesprochen hip und trendy aussah.

»Marlies hat alle Kleider von früher aufbewahrt!«, sagte sie strahlend.

»Nicht alle. Aber die schönsten schon. Hier im Gästezimmer sind die Schränke auch noch voll. Du kannst dich gerne bedienen. Die Kleider stehen dir wahnsinnig gut.« Mütterlich bewundernd blickte Marlies auf Iza und fügte mit einem Seitenblick zu mir hinzu: »Du hast ja leider nicht die Figur dafür.«

»Es ist auch nicht wirklich mein Style«, sagte ich leise.

»Meiner schon!« Iza wirkte ausgesprochen fröhlich und gut gelaunt.

»Du kannst dir alles aus den Schränken nehmen, was du willst. Ich freue mich ja so, wenn die Kleider noch mal an die Luft kommen! Los, wir gucken mal, was wir noch finden.« Marlies öffnete den Kleiderschrank, und Iza gab einen verzückten Laut von sich.

»Die Sachen sind aus den Sechzigern, oder?«

Marlies strahlte. »Ein hervorragender Jahrgang!«

Ich konnte also beruhigt zur Arbeit fahren. Es war eine große Erleichterung, dass sowohl Iza als auch meine Schwiegereltern nun mit einem Schlag versorgt waren. Hugo hatte am Boden der Güllegrube auch erst mal einen guten Platz ergattert, jetzt musste ich mich nur noch um Freddy kümmern, dann konnte ich dieses Kapitel abschließen.

Ich atmete tief durch. So langsam schienen sich meine Probleme zu lösen.

»Du bist spät dran«, begrüßte mich Pablo, als ich ins Küchenstudio eilte.

»Ich war noch auf der Baustelle.« So ganz gelogen war das nicht. Sowohl der Schrebergarten als auch das Haus meiner Schwiegereltern waren in gewisser Weise Baustellen.

»Hab ich mir schon gedacht«, sagte Pablo. »Ich weiß doch, dass auf dich Verlass ist. Wie ist denn die Lage?«

»Unverändert.« Davon war auszugehen. »Ich kläre jetzt noch ein paar Sachen, dann kommen wir hoffentlich voran.« Dieser Satz hatte sich in meiner beruflichen Karriere bewährt und war universell einsetzbar.

In meinem Büro telefonierte ich zuerst mit dem Architekten, der auch keine Erklärung für den Mäusebefall hatte und mir versicherte, das ganze Haus nach möglichen Schlupflöchern abgesucht zu haben.

»Komischerweise tauchen immer wieder Viecher in der Küche auf.« Er klang hochgradig genervt. »Ich will die Verantwortung da nicht an Sie abgeben, Frau Steinhammer, aber vielleicht ist da vonseiten Ihrer Handwerker was schiefgelaufen?«

Das Spiel kannte ich schon. »Wir sind nur im Innenbau tätig, das wissen Sie. Das Problem kann also gar nicht durch Fehler von unserer Seite entstanden sein. Aber wie dem auch sei, es geht ja darum, dass wir die Sache in den Griff kriegen. Und dabei sollten wir Hand in Hand arbeiten.«

Lösungsorientiert zu arbeiten war schon immer meine Stärke gewesen. Sich gegenseitig die Schuld in die Schuhe zu schieben brachte schließlich niemandem etwas.

Wir diskutierten noch eine Weile am Telefon, bis wir so weit waren, dass er die Kosten für den Kammerjäger übernehmen würde, wozu er ohnehin verpflichtet war. Aber Hauptsache, man hatte die Sache noch mal durchgekaut.

Den Rest meines Arbeitstags verbrachten ich mit den neusten Sonderwünschen von Frau Wugner, die den rosa Marmor nun auch an den Küchenwänden wollte.

Als ich am späten Nachmittag nach Hause kam, war niemand da, die Kinder beim Sport oder ihren Freunden und Jörn bei der Arbeit. Ich genoss die Ruhe, machte mir einen Kaffee und schrieb erst mal Eva, fast so, als wäre mein Leben normal.

Sorry noch mal, dass ich neulich so taktlos war.

Wie immer kam Evas Antwort prompt. Sie war mit ihrem Handy verwachsen. Noch. Denn spätestens wenn das Baby auf der Welt war, würde sich das ändern. Neben zig anderen Dingen.

Gibt nichts zu entschuldigen. Kommst du mit, das Babyzimmer aussuchen?

Ich antwortete mit einem Daumen hoch, und wir verabredeten uns für den nächsten Nachmittag. Dann rief ich unseren Haus- und Hofhandwerker an, mit dem ich auch beruflich viel zu tun hatte.

»Wenn Cathy Wugner noch irgendeinen Sonderwunsch hat, lehne ich den Auftrag rückwirkend ab«, sagte er zur Begrüßung stöhnend. »Ehrlich, Frau Steinhammer, das ist die schlimmste Kundin, die Sie mir jemals aufs Auge gedrückt haben.«

Ich musste lachen. »Ich weiß. Aber zum Glück müssen Sie ja nicht umsonst arbeiten.«

»Das ist nichts anderes als Schmerzensgeld. Geht es schon wieder um die Mäuse? Ich habe mit dem Architekten bereits …«

»Nein, nein«, unterbrach ich ihn und erläuterte die Baumaßnahmen, die im Hause meiner Schwiegereltern notwendig geworden waren. »Haben Sie dafür noch Kapazitäten frei?«

»Ich muss mal in meinen Terminkalender gucken, aber ich schätze, das kriegen wir hin.«

»Was schätzen Sie, was das grob kosten wird?«

»Sie können jemanden von der Krankenkasse kommen lassen, wenn Ihre Schwiegereltern eine Pflegestufe …«

»Nein, das müssen wir auslassen«, unterbrach ich ihn.

»Okay. Es ist ein bisschen schwierig, das so am Telefon abzuschätzen. Wenn ich nur die Badewanne ändern muss … aber wenn ich gleich dabei bin, wäre es bestimmt auch sinnvoll, die Toilette zu erhöhen, Griffe anzubringen, vielleicht auch rutschfeste Fliesen …«

»Und das Gästezimmer müsste gestrichen werden.«

»Hm. Das wird das Geringste sein.«

»Irgendeine Zahl?«

»Also unter zehntausend wird es schwierig.«

Damit hatte ich gerechnet. »In Ordnung. Legen Sie bitte so schnell wie möglich los.«

Richtig. Normalerweise bespreche ich mit meinem Mann Investitionen in dieser Größenordnung. Ich weiß, ich hatte das schon einmal versäumt. Und im Gegensatz zum Schrebergartenkauf gab es bei der Renovierung des Bades auch keinen Grund, Jörn im Vorfeld nichts davon zu erzählen. Ich kann Ihnen nicht genau sagen, warum ich damals den Auftrag an die Handwerker einfach so rausgegeben habe, ohne vorher den Familienrat einzuberufen. Vielleicht weil Jörn und ich schon so oft darüber gesprochen hatten, dass seine Eltern dringend ein neues Bad brauchten, und ich sowieso alles regelte, was die beiden betraf. Vielleicht hatte ich aber auch einfach nicht daran gedacht, die Angelegenheit mit ihm zu besprechen.

Eigentlich ja auch egal. Die Notwendigkeit der Renovierungsmaßnahmen stand außer Frage, und Geld zählte damals zum Glück nicht zu unseren Problemen.

Stellen Sie sich mich an dieser Stelle bitte hysterisch lachend vor …

Ich bekam fast einen Herzinfarkt, als Jörn plötzlich im Wohnzimmer stand.

»Was machst du denn hier? So früh?« Ich fasste mir an mein pochendes Herz. »Du hast mich zu Tode erschrocken.«

»Tut mir leid. Ich bin schon eine ganze Weile da.« Prüfend sah er mich an. »Mit wem hast du telefoniert?«

»Pilinski Bau, wieso?«

»Ah, dachte ich doch, dass ich so was gehört habe.«

Ich wurde misstrauisch. »Belauschst du heimlich meine Telefonate?«

»Nein, von heimlich kann keine Rede sein, so laut, wie du immer sprichst.«

»Aber warum bist du nicht reingekommen?«

»Ich wollte dich nicht stören«, sagte Jörn. »Hörte sich so an, als wenn du ihm einen Auftrag gegeben hast?« Er lachte gekünstelt. »Aber das kann ja nicht sein, weil du so was ja vorher mit mir besprechen würdest. Hast du jedenfalls gesagt, nachdem du mal eben ein paar Tausender für einen Schrebergarten ausgegeben hast.«

Jörn wirkte ungewöhnlich ungehalten.

»Es gibt überhaupt keinen Grund, sich so aufzuregen«, sagte ich mit möglichst beruhigender Stimme. »Deine Eltern kriegen ein neues Bad, das haben wir zigmal besprochen, und jetzt habe ich es in Auftrag gegeben.«

»Aber so was kostet doch mindestens fünftausend Euro!«

»Eher zehn.« Ich räusperte mich. Das konnte doch kein Problem sein! Jörn verdiente nun wirklich gut, und mein Teilzeitgehalt konnte sich auch sehen lassen.

»Sag mal, spinnst du?« Überraschenderweise wurde Jörn laut. Ich konnte mich nicht daran erinnern, wann er mir gegenüber jemals laut geworden war. »Erst der Schrebergarten und dann noch ein Umbau? Du vernichtest ja alle unsere Ersparnisse!«

»Jetzt reg dich doch nicht so auf. Im Januar kommt dein Bonus, der ist mindestens doppelt so hoch wie die Umbaukosten.«

»Ach ja? Und das weißt du jetzt schon, oder was?«

Du meine Güte, was war der Mann plötzlich dünnhäutig! Wäre er eine Frau, hätte ich auf Menopause getippt, aber das fiel ja wohl weg.

»Du hast immer einen guten Bonus bekommen«, sagte ich vorsichtig.

»Weihnachten steht auch vor der Tür!«

»Ich weiß. Aber das war doch nie ein Problem ...«

»Die Kinder wollen in den Ski-Urlaub!«

»Jörn, wir sind Doppelverdiener ...«

»Ach ja?« Jetzt brüllte er fast. Dann wandte er sich ab und rieb sich die Schläfen, als hätte er gerade einen schlimmen Migräneanfall bekommen.

Ich bekam ein ungutes Gefühl in der Magengegend. »Was ist los?«, fragte ich mit belegter Stimme. »Gibt es Probleme?«

Jörn rang sichtbar nach Worten. Er schwitzte, obwohl es nicht besonders warm im Haus war. Nervös ging er auf und ab und fasste sich immer wieder an den Kopf.

Langsam bekam ich es mit der Angst zu tun. »Bist du krank? Hast du einen Gehirntumor? Bin ich eigentlich nur noch von Tod umgeben?«

Abrupt blieb er stehen und sah mich irritiert an. »Nein. Wir kommst du darauf? Ist jemand gestorben?«

Erleichtert atmete ich durch. »Ach, egal. Jetzt sag schon, was los ist.« Solange es keine weiteren Toten gab, konnte mich nichts mehr schocken. Dachte ich.

Jörn räusperte sich. »Sie haben mich gefeuert.«

»Was?« Besorgt eilte ich zu ihm und nahm ihn in die Arme. »Das ist ja schrecklich. Du Armer. Warum? Einfach so?«

»Betriebsbedingt. Der Laden läuft einfach nicht mehr.«

»Und das fällt denen so plötzlich ein? Da kommst du heute völlig ahnungslos ins Büro, und sie legen dir einfach die Kündigung auf den Tisch?« Ich konnte es nicht fassen.

Jörn druckste ein bisschen herum, bevor er weitersprach. »Sie ... haben mir vor sechs Wochen gekündigt.«

Es dauerte eine Weile, bis mich die Worte erreicht hatten. »Ich verstehe nicht ... hattest du mir was davon gesagt?« Auch wenn ich es mir nicht vorstellen konnte, aber es war nicht vollkommen ausgeschlossen, dass ich diese Information wieder vergessen hatte. Ich vergaß im Moment ja schließlich alles.

Jörn ließ nun den ganzen Oberkörper hängen und fuhr sich mit den Händen durchs Gesicht. »Es tut mir leid, Liv. Ich hab mich nicht getraut, es dir zu sagen. Und ich hab ja noch mein Gehalt bekommen, da dachte ich, ich erzähle dir alles später, wenn ich vielleicht schon was Neues habe …«

»Hast du?«

Jörn schüttelte betrübt den Kopf.

»Aber … du bist jeden Morgen ins Büro …?«

»Ins Café.«

Jetzt war ich wirklich baff. »Du … hast sechs Wochen lang jeden Tag im Café verbracht?« Und mich mit deinen Eltern, den Kindern, dem Haushalt und all dem Scheiß alleine gelassen?

Doch diesen Satz konnte ich nicht mehr aussprechen. Ich war fassungslos – und zusätzlich nun auch noch in Geldnot.

In afrikanischen oder asiatischen Kulturen gelten Frauen, deren Menstruation ausbleibt, als weise und anbetungswürdig. In unserer westlichen Kultur gilt für solche Frauen dagegen häufig der Satz: »Jetzt wird sie etwas seltsam.« Und was ist mit den Männern?

9

Jörn und ich hatten eine veritable Krise, und die konnte ich beim besten Willen nicht den mangelnden Hormonen zuschreiben. Dass Jörn gefeuert worden war, konnte ja vorkommen. Aber dass er es mir verschwiegen hatte, konnte ich ihm nur schwer verzeihen. War das das Ende unserer Ehe? So viele Beziehungen gingen in unserem Alter kaputt, unser halber Freundeskreis ließ sich gerade scheiden, Eva und Torge zählten eindeutig zu den Ausnahmen in Sachen Familienstatus. Gehörten wir womöglich auch bald zu den Getrennten?

Meine erste Reaktion auf Jörns überraschendes Schweigegeständnis war: Schweigen. Sobald er den Raum betrat, verließ ich ihn, ging entweder eine Stunde vor oder nach ihm ins Bett und versuchte, so wenig wie nur möglich in seiner Nähe zu sein. Hätten wir ein Gästezimmer gehabt, wäre ich dort eingezogen. Hatten wir aber nicht, sodass sein nächtliches Schnarchen im Moment das Einzige war, was ich von ihm hörte.

Jörns Strategie schien meiner zu ähneln, jedenfalls hatte ich nicht das Gefühl, als suchte er meine Nähe. Er versuchte, so viel wie nur möglich bei seinen Eltern zu sein. Vielleicht aus schlechtem Gewissen, weil er die letzten Wochen lieber im Café gesessen hatte, anstatt sich um sie zu kümmern, vielleicht aber auch, um Iza besser kennenzulernen. Zum Glück schienen sich die beiden gut zu verstehen, jedenfalls hatte Iza mir das gesagt. Mit Jörn redete ich ja nicht.

Ach so, bevor jetzt eine von Ihnen denkt, zwischen Jörn und Iza könnte was laufen – nope. Derartigen Spekulationen kann ich gleich mal den Wind aus den Segeln nehmen. Denn von zwei Dingen war ich trotz meiner chaotischen Lebenssituation damals felsenfest überzeugt: dass Jörn mich liebte und dass ich mich auf Iza verlassen konnte. Letzteres war zwar nur ein Bauchgefühl, aber normalerweise ließ mich das nie im Stich.

Ich war tief beleidigt, das traf es wohl am besten. Verletzt, dass er mir nicht vertraut hatte, aber beleidigt, weil er mich vor Feigheit einfach mit allem allein gelassen hatte, anstatt mir unter die Arme zu greifen. Wenn er hier gewesen wäre an diesem Freitag, der alles verändert hatte, vielleicht wäre das dann alles gar nicht passiert? Vielleicht hätte er Hannes' Handy gefunden und ihn sofort zur Rede gestellt, anstatt Freddy im Schrebergarten zu erschlagen? Aber er hatte sich lieber seinem Latte und einem Stück Sahnetorte gewidmet, anstatt mir mit dem pubertierenden Nachwuchs zur Seite zu stehen. Und das nur, um die Fassade des erfolgreichen Mannes noch ein paar Wochen aufrechtzuerhalten, obwohl sie natürlich sowieso irgendwann zusammengebrochen wäre. So ein Lügenkonstrukt ließ sich schließlich nicht für alle Ewigkeit halten, spätestens wenn die Lohnzahlungen eingestellt worden wären, hätte ich es ja bemerkt. Oder hatte er womöglich wirklich geglaubt, ich würde das übersehen? Das beleidigte mich noch mehr.

Das tägliche Miteinander wurde allerdings sehr schnell sehr schräg. Ich erwischte mich dabei, wie ich zu unseren Kindern *Sag deinem Vater*-Sätze sagte, während Jörn nur zwei Meter neben mir stand. Und auch wenn die Kinder das zunächst meiner Schusseligkeit zuschrieben, war es nur eine Frage der Zeit, bis sie etwas bemerkten. Nach ein paar Tagen war klar, dass sie die Lage gecheckt hatten. Da sie alle drei in einem Alter waren, in dem sich der ganze Kosmos eigentlich nur um sie drehte, war es erstaunlich, dass sie etwas von unserer Krise mitbekamen. Und ein klares Zeichen dafür, wie ernst diese war. Offenbar verhielt ich mich auffälliger, als ich es nach Freddy und Hugos Tod getan hatte.

Zunächst fielen mir ihre besorgten Blicke auf. Dieses kurze, schnelle Zu-mir-Herüberschauen, wenn ich Jörn mal wieder demonstrativ ignorierte. Danach ein schneller Augenkontakt mit den Geschwistern, denen man sonst nie ins Gesicht sehen würde.

Alle Alarmglocken gingen bei mir an, als Sofie mit einer Tasse heißer Schokolade in der Hand zu mir ins Wohnzimmer kam, wo ich am Laptop gerade meine E-Mails kontrollierte. Sie gab mir den Kakao und setzte sich zu mir.

Genauso hatte ich es früher gemacht, als die Kinder noch klein waren. Mit einer heißen Schokolade hatte ich ein Problemgespräch eingeläutet, in dem es meistens um Ärger in der Schule oder ähnlich Schwerwiegendes ging. Dass meine Tochter dieses Ritual aufgriff, berührte mich. Sofort stiegen mir die Tränen in die Augen.

»Lasst ihr euch scheiden?«, fragte Sofie mit einer so zarten Kleinmädchenstimme, dass ich fast eine zitternde Unterlippe bekommen hätte. Ich sah meiner Tochter an, dass es ihr genauso ging. In diesem Moment war sie überhaupt nicht so abgeklärt und erwachsen, wie sie sonst immer versuchte vorzugeben. Sie war mein kleines Mädchen, das sich fürchterliche Sorgen um ihre Eltern machte.

Spontan nahm ich sie in die Arme und drückte sie an mich, was ich schon viel zu lange nicht mehr getan hatte. »Wie kommst du denn darauf?«

Sie zuckte mit den Schultern. »Du verhältst dich so, Papa verhält sich so. Außerdem ist Papa plötzlich dauernd bei Oma und Opa.«

»Ist Papa depressiv?« Paul war unbemerkt dazugekommen. Er hatte eine Tüte Gummibärchen in der Hand und legte sie vor mir auf den Tisch. Süßes und Probleme schien in den Gehirnen meiner Kinder untrennbar miteinander verknüpft zu sein, und ich fragte mich kurz, ob das gut war. »Als Lucas Mutter die Chemo …«

»Papa ist nicht depressiv«, unterbrach ich Paul und legte meinen anderen Arm um ihn. Unser Jüngster sah richtig mitgenommen aus, und ich wurde sofort von einem schlechten Gewissen übermannt. Wie konnte ich meinen Kindern nur solche Sorgen zumuten?

»Aber irgendwas ist doch los?« Nun war Hannes auch dazugekommen, und erschrocken stellte ich fest, dass er am meisten unter der Situation zu leiden schien. Jedenfalls hatte mein cooler Sohn, der hemmungslos Drogen eingekauft und sie sogar an seine Großeltern weitergegeben hatte, Tränen in den Augen und war leichenblass. »Es liegt an mir, oder?«, fragte er leise.

»Schatz, nein!« Ich stand auf und eilte zu ihm, nahm ihn in die Arme und drückte ihn innig an mich. »Es liegt nicht an dir. Bitte glaub mir das.«

»Wieso sollte es denn ausgerechnet an dir liegen?«, fragte Sofie, und trotz ihrer Sorge war ein leicht spöttischer Unterton in ihrer Stimme zu hören. »Weil du der Mittelpunkt der Welt bist, oder was?«

Ich blickte auf. »Es liegt an keinem von euch. Das alles hat nichts mit euch zu tun.«

»Dann sag doch endlich, was los ist!«, bat Paul mit zittriger Stimme.

Meine drei Kinder sahen mich mit besorgten, ja fast aufgelösten Mienen an. Ich konnte mich nicht daran erinnern, wann das das letzte Mal der Fall gewesen war. Wahrscheinlich noch nie. Sie machten sich ernsthaft Sorgen, und der Grund dafür war nur der, dass Jörn und ich uns seit ein paar Tagen anschwiegen. Schweigen war schlimmer als Streiten, das hätte ich eigentlich wissen müssen.

Erst in diesem Moment wurde mir klar, dass ich mich meinen Kindern gegenüber letztlich genauso verhalten hatte wie Jörn in den Monaten zuvor. Aus Feigheit, weil ich nicht wusste, wie ich es ihnen erklären sollte, hatte ich es vorgezogen zu schweigen. Dabei waren die Einzigen, die ein Recht darauf hatten, sich so zu benehmen, meine pubertierenden Kinder. Ihr Schweigen, ab und zu unterbrochen von hysterischen Schreianfällen, war altersgerecht. Jörns Schweigen war dagegen einfach feige gewesen und meins nur dumm. Es war Zeit, es zu beenden.

»Papa hat seinen Job verloren.«

Meinen Kindern fiel synchron die Kinnlade herunter.

»Sind wir jetzt Hartz vier?«, fragte Paul erschrocken.

»Nein. Ich verdiene ja schließlich auch was.«

»Aber nicht so wie Papa«, meinte Sofie.

»Und du sprichst nicht mehr mit ihm, weil er arbeitslos geworden ist?« Hannes schien das nicht fassen zu können. »Wie fies bist du denn!«

Bemerkenswert, wie schnell er aus dem Betroffenheitsmodus in den Vorwurfsmodus wechseln konnte.

»Natürlich spreche ich noch mit ihm!« Für wen hielten die mich eigentlich? »Es gab jetzt nur viel zu organisieren, sodass ich häufig unterwegs war.«

»Willst du ihn verlassen?« Sofie nagte nervös an ihrer Nagelhaut.

»Nein!«, rief ich, und das kam aus dem tiefsten Inneren meines Herzens.

Nein, ich wollte Jörn nicht verlassen, wollte unsere Familie nicht zerstören und hatte auch kein Interesse an einem kompletten Neuanfang, von dem Dr. Rieker so ein großer Fan war. Ich liebte Jörn nach wie vor, auch wenn ich ihn gerade saudoof fand.

Es musste sich allerdings etwas ändern, definitiv. Denn mit Schweigen und Aus-dem-Weg-Gehen änderte sich gar nichts. Wir mussten an unseren Problemen arbeiten, und das so vorbildlich wie nur möglich, damit unsere Kinder lernten, dass das machbar war, dass man sich nicht sofort trennen musste, wenn es mal irgendwo hakte. Auch wenn unser Haken gerade ganz schön groß war.

»Kannst du bitte dafür sorgen, dass es wieder so wird wie früher?« Paul sah mich mit seinen großen Augen so herzzerreißend an, dass ich nichts anderes tun konnte, als zu nicken.

»Papa ist oben«, sagte Hannes auffordernd.

Ich atmete tief durch und stand entschlossen auf. »In Ordnung.«

Jörn lag auf dem Bett, sein iPad in der Hand. Er blickte nur kurz auf, als ich das Schlafzimmer betrat, und widmete sich dann wieder dem Internet.

Zögerlich setzte ich mich auf die Bettkannte. »Wir müssen reden.«

Erleichtert atmete er auf und legte sein iPad zur Seite »Ja. Das finde ich auch.« Er setzte sich auf und räusperte sich. »Darf ich anfangen?«

Ich kam mir vor wie in einem Lehrfilm zur Paartherapie. »Bitte.«

»Ich möchte mich als Erstes bei dir entschuldigen.«

»In Ordnung.«

»Es war ein großer Fehler, dir nichts von meiner Kündigung zu erzählen.«

»Das kann man wohl sagen. Wie hat es bloß so weit kommen können?«

»Der Firma geht es schon länger nicht mehr gut …«

»Das meine ich nicht«, unterbrach ich ihn. »Wie konnte es passieren, dass du mir so etwas Wichtiges verschweigst? Ich habe immer gedacht, wir erzählen uns alles?«

Bei meinen letzten Worten hätte ich mich fast verschluckt, so falsch kamen sie mir in dem Moment vor, in dem ich sie aussprach. Es gab da schließlich zwei ziemlich wichtige Dinge, die ich meinem Mann ebenfalls verschwiegen hatte. Das eine hieß Freddy und das andere Hugo. Aber alles musste man in einer Ehe eben auch nicht miteinander teilen. Wie hieß es so schön? *Kleine Geheimnisse sind die perfekte Gewürzmischung für eine schmackhafte Ehe.*

Ich war mir nicht sicher, ob es diesen Spruch wirklich gab oder ob ich ihn mir gerade ausgedacht hatte.

Jörn seufzte. »Es war alles nicht einfach für mich. Weißt du, von den Jüngeren in der Firma wurde bislang keiner gekündigt, nur wir alten Säcke mussten gehen. Gleichzeitig verliere ich immer mehr Haare …«

»Wie bitte?«

»Ja, hier, guck mal.« Er strich sich über den Kopf. Tatsächlich waren seine Locken an ein paar Stellen etwas dünner geworden.

»Mag ja sein. Aber ich seh den Zusammenhang zwischen Jobverlust und Haarverlust noch nicht.«

»Na ja. Ich stelle einfach fest, dass ich wirklich nicht mehr zu den Jungen gehöre.«

»Okay, verstehe«, sagte ich nachdenklich. »Aber das hat doch alles nichts mit uns zu tun?«

»Irgendwie schon. Da unten läuft es auch nicht immer so, wie ich es will.« Er seufzte und fügte leise hinzu: »Ich habe immer öfter Erektionsstörungen.«

Das überraschte mich nun wirklich. »Davon hab ich noch nichts gemerkt.«

Jörn rollte mit den Augen: »Du willst ja auch nie!« Erneut stieß er einen tiefen Seufzer aus. »Wahrscheinlich findest du mich nicht mehr so attraktiv wie früher.« Frustriert griff er sich in seinen kaum sichtbaren Bauchansatz. »Ist ja auch kein Wunder.«

Keine Frage, wenn sich hier jemand in den Wechseljahren befand, dann war es Jörn. Ich erkannte alle Symptome wieder, von der depressiven Verstimmung über das veränderte Verhalten, Gewichtszunahme und Haarausfall bis hin zum Libidoverlust.

»Willkommen im Club.« Ich lächelte ihn an.

»Was meinst du damit?« Jörn blickte erstaunt auf.

»Nun, findest du vielleicht, dass ich mich normal benehme? Ich vergesse alles, habe Stimmungsschwankungen und Schlafstörungen. Und ich hadere auch mit meinem Aussehen.«

»Du siehst super aus! Wie immer!« Es klang tatsächlich ehrlich.

»Ich werde eindeutig älter. Mein Bindegewebe verdient seinen Namen nicht mehr, und wahrscheinlich willst du gar nicht wissen, unter welchen Wechseljahrbeschwerden ich sonst noch so leide.« Ich zählte sie ihm trotzdem auf.

Jörn war völlig überrascht. »Du und in den Wechseljahren? Aber du hast doch noch deine Periode!«

»Schon lange nicht mehr.«

Er zog spöttisch lächelnd eine Augenbraue hoch. »Bisschen vergesslich bist du wirklich, was? Wie lange liegt deine letzte Regel jetzt zurück? Ein, zwei Wochen?«

»Aaaah!«, brach es etwas zu laut aus mir heraus, als mir schlagartig meine blutverschmierte Hose und die Periodenausrede einfiel, die ich nach Freddys Ableben verwendet hatte. »Jaja, aber so, wie das abgelaufen ist, war das alles nicht normal. Na, ich erspare dir die Details. Ich war jedenfalls schon bei Dr. Rieker, und so wie es aussieht, bin ich voll in den Wechseljahren.«

Jörn sah mich liebevoll-kopfschüttelnd an. »Ich hatte keine Ahnung. Warum hast du mir nichts davon erzählt?«

»Ich weiß es nicht. Wahrscheinlich musste ich erst mal selbst damit klarkommen.«

Jörn nickte. »So ging es mir auch.« Unsicher knetete er seine Hände. »Kriegen wir das wieder hin?«

»Mit der Jugend? Nein, die ist leider vorbei.« Ich grinste schief.

Jörn nahm mich in die Arme. »Aber das mit uns? Kriegen wir das hin, gemeinsam alt zu werden?«

Ich drückte ihn an mich. »Natürlich kriegen wir das hin. Jetzt sind wir schon gemeinsam halb-alt geworden, da werden wir den Rest auch noch wuppen.«

Wir küssten uns, und das war ein sehr schönes Gefühl. Vertraut, voller Liebe, zwar mit wenig Leidenschaft, aber das war egal.

»Von jetzt an keine Geheimnisse mehr, versprochen?«, sagte Jörn.

»Wir müssen uns um unsere Finanzen kümmern«, versuchte ich den abrupten Themenwechsel.

»Vielleicht sollten wir als Erstes den Schrebergarten wieder abstoßen«, schlug Jörn vor.

»Ich weiß nicht …« Ich wusste sehr wohl, dass ich das nicht wollte. Solange Freddy unter dem Kompost weilte, würde ich den Garten unter keinen Umständen abgeben. Natürlich war der Kompost keine Dauerlösung, lange konnte ich es nicht mehr hinauszögern, bis Jörn und die Kinder den Schrebergarten mal sehen wollten, und spätestens dann konnte es mit Freddy und vor allen Dingen mit seinem Geruch heikel werden. Seit fast zwei Wochen lag er jetzt da – ich brauchte dringend eine Grablösung.

»Aber wir müssen irgendwie an Geld kommen«, sagte Jörn. »Ich weiß nicht, wie schnell ich einen neuen Job finde. In meinem Alter ist das alles nicht mehr so einfach. Und vorgestern war ein außerplanmäßiges Pferderennen …«

»Aber du warst doch bei deinen Eltern!« Ich löste mich aus seiner Umarmung. »Du hast deinen Vater doch hoffentlich davon abgehalten, wieder zu wetten?«

Jörn presste die Lippen aufeinander und schüttelte kaum merkbar den Kopf.

»Aber warum denn nicht?«

»Ich weiß es nicht … es war so'n Vater-Sohn-Ding, wir beide alleine auf Jück …«

»Du hast auch Geld gewettet?«

»Nur ganz wenig, ehrlich.«

Ich beschloss, nicht weiter nachzufragen. Auf dem nächsten Kontoauszug würde ich sehen, wie viel Geld mein lieber Mann auf den Kopf gehauen hatte – und wie viel sein Vater. Mich überkam das komische Gefühl, dass ich mich in naher Zukunft um unsere Finanzen kümmern musste. Ich ganz allein. Vielleicht war das so etwas wie ausgleichende Gerechtigkeit. Die meisten unplanmäßigen Ausgaben der letzten Tage gingen schließlich auf meine Kappe.

»Vielleicht kann ich im Küchenstudio aufstocken«, überlegte ich laut.

»Es wäre gut, wenn wir möglichst kurzfristig an Geld kämen. Wir sind leider schon ganz schön überm Dispo.«

»Na toll …« Fieberhaft dachte ich nach. Ich war mir sicher, dass ich von Pablo mit offenen Armen begrüßt würde, wenn ich nach einer Vollzeitstelle fragen sollte. Aber dennoch würde es auf jeden Fall bis Anfang nächsten Monats dauern, bis ich mehr Geld bekäme. Eine kurzfristige Lösung musste anders aussehen. Ich konnte Pablo um einen Vorschuss bitten, hatte dabei aber ein schlechtes Gewissen, weil es für das Küchenstudio im Moment auch schwierig war. Es gab so wenige Handwerker, dass nicht selten ein Auftrag abgelehnt werden musste, während man gleichzeitig um den Ausgleich der Rechnungen bat, die längst hätten bezahlt werden müssen.

Ich dachte kurz an Iza, wunderte mich aber sofort über mich selbst. Iza gehörte nun wirklich nicht zu den Highclass-Escort-Damen, die fünfhundert Euro und mehr die Stunde kassierten. Sie hatte sich am Eigelstein die Beine in den Bauch gestanden, um dann für vielleicht fünfzig Euro mit irgendeinem Typen mitzugehen. Auf gar keinen Fall konnte ich sie um Geld bitten. Dann wäre ich mir ja fast vorgekommen wie Freddy.

Freddy … ging es mir durch den Kopf. Er lag da ja nicht alleine. Eine Ecstasy-Tablette brachte zehn Euro, und wenn diese verdammte Sporttasche, die neben ihm unter dem Kompost lag, auch nur bis zur Hälfte mit dem Zeug gefüllt war, dann würde ich damit die Umbaumaßnahmen bei meinen Schwiegereltern locker bezahlen können.

Sollte ich die Drogen wirklich verkaufen?

Wenn der Östrogenspiegel sinkt, reagiert frau empfindlicher auf die Stresshormone Adrenalin und Noradrenalin. Abgesehen davon, dass diese beiden Stressvögel für weitere Hitzewallungen verantwortlich sind, haben sie ursprünglich die Funktion, unseren Körper voll und ganz auf Flucht oder Angriff einzustellen. Und was für die Begegnung mit Mammuts galt, gilt für die mit Drogendealern allemal. Dreimal dürfen Sie raten, wofür sich mein Körper entschieden hat, Flucht oder Angriff. Ich nehme an, Sie ahnen es.

10

Unsere Schulden waren größer als gedacht, wie ich feststellte, als ich endlich die Kontoauszüge überprüfte. Wir waren nicht nur weit im Dispo, nein, wir hatten das Dispolimit auch schon fast erreicht. Den nächsten Großeinkauf würde ich nicht mehr mit der EC-Karte bezahlen können. Wenn Hannes nun zum Friseur gehen und *Seiten auf Kontostand* fordern würde, müsste er eigentlich mit blutiger Kopfhaut nach Hause kommen.

Unsere Ersparnisse waren dank unserem neuen Schlafzimmer, dem Schrebergarten und der Wettleidenschaft meines Schwiegervaters gewaltig geschrumpft, oder, besser gesagt: nicht mehr vorhanden. Ich hielt es also für einen wahrlich bedenkenswerte Idee, den Verkauf von Freddys Drogen zumindest in Betracht zu ziehen. Sie hatten nun mal einen gewissen Wert, und mit ihnen selbst konnte ich nichts anfangen, ich konnte sie Pilinski Bau schließlich schlecht als Bezahlung in die Hand drücken.

Ich zermarterte mir den Kopf, was ich sonst noch für Möglichkeiten hatte, kurzfristig an Geld zu kommen, um diese maue Situation wenigstens für ein paar Wochen überbrücken zu können. Mit meiner besten Freundin konnte ich über alles sprechen, es gab keinerlei Tabus zwischen uns. Sollte Geld da jetzt etwa eines sein?

Ich hatte mich mit Eva in der Stadt verabredet, um nach Kindermöbeln Ausschau zu halten. Eva hatte ein Café an der Mittelstraße vorgeschlagen, was ich ein bisschen unglücklich fand, da die zwei Ikea-Filialen Kölns vor den Toren der Stadt lagen.

»Wir fahren nicht zu Ikea.« Eva wirkte außerordentlich gut gelaunt. »Bei den Jungs haben wir gespart, wo wir nur konnten. Für die Kleine soll es jetzt mal was richtig Gutes sein.«

Ich imitierte ein Buzzer-Geräusch. »Denkfehler! Du hättest mal besser in die Kindermöbel der Jungs investiert, dann hätte eure Kleine jetzt auch noch was davon. Aber jetzt, da der Wurm nun wirklich definitiv euer letztes Kind sein wird, macht es doch auch keinen Sinn mehr, die Kohle in langlebige Wickelkommoden zu stecken.«

Eva lachte nur und schwärmte mir von den schicken Kinderboutiquen in der teuren Mittelstraße vor. Es war bemerkenswert, wie schnell sie innerhalb von wenigen Tagen von Schockstarre auf Vor-Freude-Überschäumen umgeschaltet hatte.

Nein, wir Menschen sind nicht ausschließlich von Hormonen geleitete Wesen, weder die schwanzgesteuerten Männer noch die den Nestbau betreibenden Frauen. Natürlich haben wir immer noch unseren Verstand, den wir jederzeit einsetzen könnten. Ich schreibe extra »könnten« und nicht »können«, da sich beide Geschlechter im Rausch der Hormone einfach viel zu selten rational verhalten. Ich denke, dass Rausch das richtige Wort für diesen Zustand ist. Wenn wir zu viel Alkohol trinken – oder meinetwegen auch andere Drogen intus haben –, arbeitet unser Verstand schließlich auch nicht mehr zuverlässig. Eva war damals eindeutig hormonbesoffen. Ich dagegen hatte eher einen Kater.

»Wir wollen diesmal alles anders machen.« Eva strahlte übers ganze Gesicht. »Ich werde aufhören zu arbeiten, und Torge geht auch erst mal für eine Weile in Teilzeit. Wir wollen einfach so viel Zeit zu fünft verbringen, wie es nur geht.«

»Umso wichtiger, das Geld zusammenzuhalten«, sagte ich schwach. Mir war längst klar geworden, dass ich Eva auf gar keinen Fall fragen konnte, ob sie mir etwas leihen würde.

»Von unseren Ersparnissen können wir eine Zeit überbrücken.« Eva strich sich über den Bauch. »Aber die Kleine soll auf keinen Fall darunter leiden.«

»Du meinst, sie leidet, wenn ihr Bettchen nicht fünfhundert, sondern nur hundert Euro gekostet hat?«

Eva lachte wieder, obwohl ich nach meinem Dafürhalten nichts Lustiges gesagt hatte.

Sagenhafte fünftausendsiebenhundert Euro gaben wir in den nächsten drei Stunden für Kinderwagen, Wickelkommode, Bettchen, Laufstall, Wandtattoo, Teppich und diverse Strampler aus. Ich war froh, dass heute mein *Hausfrauentag* war und ich mir am Ende dieses Shoppingmarathons ein Glas Prosecco reinzwitschern konnte, oder auch zwei, während Eva rundum zufrieden an ihrem Wasser nippte.

Falls meine Gynäkologin zufällig mitlesen sollte, erlauben Sie mir eine kurze Bemerkung: Ich trinke normalerweise nie tagsüber, und auch abends nur selten. Und mir ist absolut bewusst, dass Alkohol niemals eine Lösung ist. Aber wenn einem klar wird, dass man nun wirklich ins Drogengeschäft einsteigen muss, erscheint einem Mineralwasser auch nicht als Lösung.

Ich würde also versuchen müssen, das Ecstasy zu verkaufen. Aber wie sollte ich das Zeug an den Mann bringen? Auf keinen Fall wollte ich es jungen Leuten im Alter meiner Kinder andrehen, das kam überhaupt nicht infrage. Was war mit der Altersklasse von Marlies und Werner? Hatte mein Schwiegervater nicht gesagt: Wer mit achtzehn Drogen nimmt, ist wahnsinnig, wer mit achtzig keine nimmt, auch?

Ich schüttelte über mich selbst den Kopf. Die Vorstellung, durch die Gänge eines Altenheims zu laufen und den greisen Bewohnern Ecstasy aufzuschwatzen, war einfach nur absurd. Und unverantwortlich! Ich hatte ja gesehen, in was für einer Verfassung meine Schwiegereltern gewesen waren, nachdem die berauschende Wirkung nachgelassen hatte. Wie viele in dem Alter hatten ein schwaches Herz und würden so einen Rausch gar nicht überleben! Und eine Massenmörderin wollte ich nun wahrlich nicht werden, auch wenn ein gewisser Grundstein für eine solche Karriere möglicherweise schon gesetzt war.

Es wäre schön gewesen, wenn ich mir ein wenig Basiswissen für diesen Job hätte aneignen können. Vor lauter Verzweiflung gab ich bei Google »Wie verkauft man am besten Drogen« ein, und tatsächlich spuckte mir die Suchmaschine diverse Ergebnisse aus. Ich überflog die Artikel, in denen meistens irgendein Dealer über sein Business schwadronierte, und stellte ziemlich schnell fest, dass sie mir nicht weiterhelfen würden – dann fiel mir eine Person ein, die das vielleicht doch konnte.

Als ich am späten Nachmittag bei meinen Schwiegereltern auftauchte, hatte ich eine Reisetasche mit Sweatshirt, Jeans und Jogginghosen bei mir. Sofie hatte großzügigerweise einen Teil ihres unendlichen Klamottenfundus gespendet, und ich war froh, Iza endlich ein paar normale Anziehsachen mitbringen zu können.

In einem schicken Sechzigerjahre-Kostüm öffnete sie mir die Tür, und ich war für einen Moment baff. Iza sah aus wie Audrey Hepburn. Der graue Tweed figurbetont geschnitten, schmal in der Taille, mit einem Schößchen und halblangen Ärmeln versehen. Dazu ein Rock aus demselben Stoff, kniebedeckend und hinten geschlitzt. Die lange schwarze Mähne hatte sie zu einem Pferdeschwanz gebunden, und bis auf die extremen Fingernägel sah sie sehr Sechzigerjahre-gerecht aus.

»Dir steht dieser Vintage-Look ganz hervorragend«, sagte ich anerkennend.

»Das findet Marlies auch!« Iza strahlte übers ganze Gesicht. »Mir gefällt es auch richtig gut.«

»Ich hab dir noch ein paar Sachen mitgebracht. Vielleicht kannst du sie ja gebrauchen.«

Iza warf einen Blick in die Tasche. »Zum Sport! Prima! Danke.«

Es gab tatsächlich noch Menschen, die Joggingkleidung nur zum Sport anzogen. In meiner Familie lebten sie nicht.

Marlies und Werner saßen vor dem Fernseher, jeder hatte einen Teller mit Schnittchen vor sich. Sie waren ordentlich gekleidet und sahen zufrieden aus, die Wohnung war aufgeräumt und offenbar frisch gesaugt. Ich winkte grüßend in den Raum.

»Psst!«, zischte Marlies. »Das ist gerade interessant.«

Ich warf einen Blick auf den Fernseher, auf dem eine Tierdoku lief.

Werner zwinkerte mir zu. »Geht um Insekten fressende Fische. Marlies hasst Insekten. Genau wie Jörn. Hast du ihn mitgebracht? Er hat doch jetzt mehr Zeit, wo er sich beruflich neu orientiert.«

Beruflich neu orientiert war also die offizielle elterngerechte Version, dachte ich, schüttelte aber nur bedauernd den Kopf und wandte mich wieder zu Iza. »Du scheinst alles im Griff zu haben?«

»Absolut. Wir haben bisher keine Probleme. Deine Schwiegereltern sind total reizend.«

»Die einen sagen so, die anderen so.«

Iza lachte. »Ich weiß. Dasselbe haben sie über dich auch gesagt!«

Ich unterdrückte das Gefühl der Empörung, das sich in mir ausbreiten wollte, und zog Iza am Arm aus dem Raum. »Ich muss dich was fragen.«

»So geheim?«

»Ja. Die beiden sollen es nicht hören.«

Iza grinste mich breit an, während wir aus dem Zimmer gingen. »Praktiken?«

»Wie bitte?«

»Du hast Fragen zu ein paar Sexpraktiken. Lass mich raten: BDSM?«

Ich hatte nur eine höchst vage Vorstellung, was das überhaupt genau war. »Nein, hat nichts mit Sex zu tun.« Ich räusperte mich. Für einen Moment kam es mir fast komisch vor, Iza so etwas zu fragen. Denn sie fand sich in der bürgerlichen Welt meiner Schwiegereltern so fabelhaft zurecht, als hätte es ihre Vergangenheit nie gegeben. Aber wen sollte ich sonst fragen? »Was mache ich, wenn ich über einen nicht unerheblichen Vorrat an Ecstasy-Tabletten verfüge?«

»Ich wusste gar nicht, dass du Drogen nimmst.«

»Mache ich auch nicht. Ich will sie verkaufen. Jugendliche und alte Leute scheiden aus. Ich will nur Abnehmer, die wissen, was sie tun, genug Geld haben und deren Leben ich nicht damit ruiniere.«

Iza grinste breit. »Davon kenne ich einen Haufen.«

Ich atmete erleichtert durch. »Danke. Kannst du mich in Kontakt mit denen bringen?«

»Wenn du willst, kannst du die Sache heute Abend schon über die Bühne bringen.« Sie drehte sich noch mal kurz um, als wollte sie sich vergewissern, dass Marlies und Werner sie auch wirklich nicht hören konnten, und fuhr fort: »Heute Abend ist im Shania White Party.«

»Shania?«

»Ein illegaler Puff, ein bisschen außerhalb, in der Nähe von Hürth.«

»Okay. White Party – also alle in weißen Kleidern?«

Iza sah mich an, als hätte ich etwas völlig Bescheuertes gesagt. »Nein. Überall haufenweise Koks natürlich.«

»Natürlich.« Hätte ich mir denken können. »Ich bin mir nicht sicher, ob ich auch Koks habe.«

Weißes Pulver hatte ich in Freddys Koffer gesehen, aber theoretisch konnte das auch Heroin oder sonst was sein. Und was würde dann passieren? Wenn sich jemand eine Line Heroin durch die Nase zog? Platzte dann womöglich das Gehirn? Ich hatte nicht den Schimmer einer Ahnung.

»Glaub mir, das ist denen da vollkommen egal. Hauptsache, es knallt.«

»Soviel ich weiß, tut es das.« Dass das Ecstasy wirkte, hatte ich bei Marlies und Werner gesehen. »Aber wenn es da schon haufenweise Koks gibt, warum sollten die dann noch Ecstasy von mir kaufen?«

Iza tippte sich gegen die Nase. »Nasenscheidewand. Damit hat dort jeder Zweite Probleme. Die sind froh, wenn sie sich zwischendurch mal ne Pille einwerfen können.«

»Okay. Davon habe ich nun wirklich genug.«

»Dann bist du da richtig.« Iza lächelte mich wissend an. »Allzu oft hast du das noch nicht gemacht, richtig?«

Ich seufzte. »Das kann man wohl sagen.«

»Hat dein Bruder dich darum gebeten?«

»Ich bin Einzelkind.«

»Ach … hab ich mir fast schon gedacht …«

»Sagst du mir die genaue Adresse von dem Laden?«

Iza schien durch mich hindurchzuschauen, war mit ihren Gedanken offensichtlich woanders.

»Iza? Die Adresse?«

»Sorry.« Sie musterte mich von oben bis unten. »Du willst da so hin? In Jeans und Sweatshirt?«

»Du hast doch gesagt, ich muss nichts Weißes anziehen.«

»Weiß muss es nicht sein. Aber in dem Outfit fällst du dort auf wie ne Nonne im Stripclub.«

Ich blickte an mir herunter. »Nonne?«

»Metaphysisch gemeint.«

»Metaphorisch?«

»Ist ja auch egal. So kannst du auf keinen Fall gehen. Ich guck mal, was ich noch dahabe.«

Kurz darauf breitete Iza einige Stücke aus ihrer Arbeitskollektion vor mir aus. Schon an ihr hatten die Sachen eng und knapp gesessen. Wie sollte das erst bei mir sein? Mein Körper hatte mit ihrem nun so rein gar nichts zu tun, war deutlich fülliger und kurzbeiniger.

»Ich pass da niemals rein«, sagte ich also, als sie mir einen tief dekolletierten Fetzen vorhielt.

»Je enger, desto besser. Glaub mir. Deine Tittis werden daraus ganz fantastisch hervorquellen.«

»Meine was werden was?« Ich musste ein ziemlich dämliches Gesicht gemacht haben, jedenfalls lachte Iza lauthals los.

»Schlüpf mal rein!« Sie gab mir noch einen passenden Minirock dazu.

Schlüpf mal rein. Das hatte meine Mutter das letzte Mal zu mir gesagt, als ich vierzehn war. Und schon damals hatte das Prozedere in der Umkleide nicht viel mit *Reinschlüpfen* zu tun gehabt, doch jetzt war es meilenweit davon entfernt. Baucheinziehen und Luftanhalten waren die Grundvoraussetzung, um auch nur einen einzigen Knopf des Oberteils schließen zu können. Beim Rock konnte ich das gänzlich vergessen, er saß allerdings auch mit offenem Knopf wie eine zweite Haut.

Während Iza in den Vintage-Klamotten von Marlies wie eine Stilikone wirkte, verwandelte ich mich in eine dralle Puffmutter, für die Stil das Ende des Besens war. Hautenger Minirock, knappes Oberteil mit fast aufspringenden Knöpfen, High Heels, auf denen mir schwindelig wurde – noch nicht mal Karneval würde ich so rumlaufen.

Kleine Randbemerkung an alle Leserinnen jenseits der Karnevalshochburgen: Es gibt haufenweise Leute, die Karneval so rumlaufen, egal welchen Geschlechts. Je nuttiger, desto beliebter. Glauben Sie mir.

Ich stöckelte möglichst leise den Flur entlang und hoffte inständig, dass Marlies und Werner mich in dieser Aufmachung nicht sahen. Die Tierdoku war offensichtlich zu Ende, irgendeine Vorabendserie dudelte aus dem Kasten. Als ich gerade dachte, ich hätte es unbemerkt zur Haustür geschafft, hörte ich den entsetzten Schrei meiner Schwiegermutter, die hinter mir in den Flur getreten war.

»Liv!«

Langsam drehte ich mich um. »Ich … geh auf eine Sitzung.« Karneval schien mir die nächstliegende Ausrede für mein Erscheinungsbild zu sein.

»Es ist doch erst der Neunte Elfte!«

»Die sind halt recht früh dran.«

»Vor dem Elften Elften gibt es nirgendwo Karneval – weder in Köln noch sonst wo auf dem Planeten!« Marlies wurde sichtbar nervös, ihre Unterlippe bewegte sich rauf und runter, und sie konnte nicht aufhören, mich zu mustern. »Weißt du, wie du aussiehst?«

»Ich befürchte schon.«

»Aber … du hast doch nicht …?« Aufgeregt drehte sie sich um. »Werner! Liv hat eine Affäre!«

»Habe ich nicht!«, rief ich und dachte: Schön wär's. Mit einer Affäre hätte ich ein paar klassische Normale-Leute-Probleme. Mit zwei Toten und einem bevorstehenden Drogendeal spielten meine Probleme eindeutig in einer anderen Liga.

Nun kam auch Werner in den Flur getrippelt. Ernst sah er mich an. »Eine Ehe hat Höhen und Tiefen. Aber wenn du während eines Tiefs fremdgehst, zieht dich das nur noch weiter nach unten. Glaub mir, ich kenn das.«

Erstaunt merkte Marlies auf. »Ach ja? Und woher?«

»Aus Erzählungen«, antwortete Werner wie selbstverständlich. Es klang überraschend glaubwürdig.

»Ich habe jedenfalls keine Affäre«, sagte ich noch mal mit Nachdruck. »Hat wirklich was mit Karneval zu tun.«

Werner schüttelte entschieden den Kopf. »Zwei Tage vorm Elften gibt es nirgendwo Karneval.«

»Das habe ich ihr auch schon gesagt.«

»Früher war das vielleicht so«, entgegnete ich und näherte mich der Haustür. »Früher gab es ja auch nur im Sommer Erdbeeren. Heute ist das anders.« Schnell öffnete ich die Tür. Ich hörte noch, wie Werner Marlies fragte, was mein Outfit mit Erdbeeren zu tun habe, da war ich schon aus dem Haus.

Auf dem Weg zum Schrebergarten wuchs meine Nervosität. Ich musste die Drogen holen, zum Puff bringen und dort verkaufen. Was, wenn ich unterwegs in eine Polizeikontrolle geraten würde? Was, wenn die Puff-Party-Besucher bemerkten, dass sie es mit einem Laien zu tun haben? Würden sie mich abzocken? Und wenn ja, was sollte ich dann tun? Und überhaupt, wie sollte ich meine potenziellen Kunden ansprechen? Hey, ich hab da was, was eventuell interessant für dich sein könnte?

»Nein«, sagte ich laut zu mir selbst. Beim Verkaufsgespräch würde ich den direkten Einstieg wählen, beschloss ich, als ich den Wagen vor der Schrebergartenanlage parkte. *Wollen Sie Ecstasy kaufen?* – das würde mein Einstiegssatz sein. Alles andere machte die Sache unnötig kompliziert.

Ich stöckelte zu meinem Schrebergarten, wobei ich aufpassen musste, dass ich mit den hohen Hacken nicht umknickte. Zum Glück war die Anlage erwartungsgemäß wie ausgestorben, kein Mensch weit und breit. Bis auf einen.

»Frau Steinhammer?« Herr Kriemer war wie aus dem Nichts vor mir aufgetaucht. Offenbar war er von einem Seitenweg gekommen, er schob einen Fahrradanhänger vor sich her. Erstaunt musterte er mich. »Ist heute schon der Grillabend?«

Ich lachte kurz, aber leicht hysterisch auf. »Was Sie für Vorstellungen haben!«

»Ich dachte ja nur, wegen …« Er deutete auf mein Outfit.

»Nach Feierabend schlüpfe ich gerne in meine Wohlfühlklamotten, das ist alles, Herr Kriemer.«

Schnell ging ich weiter, bloß nicht noch einen Spruch von dem alten, geifernden Typen bekommen.

Als ich meine Parzelle betrat, konnte ich Freddy schon vom Gartentor aus riechen. Warum war es auch noch so warm? Wir hatten November, verdammt noch mal. Ein bisschen Frost wäre durchaus jahreszeitengerecht gewesen! Aber bei zwölf Grad und Nieselregen ging eine Leichenlagerung leider mit einer nicht unbedeutenden Geruchsbelästigung einher. Und diese machte mir erneut klar, dass ich für Freddy eine andere Lösung brauchte.

Die Plane hatte ich mit zwei Handgriffen vom Kompost heruntergezogen und die Tasche schnell ausgegraben. Eine Hand von Freddy stellte sich mir dabei in den Weg, und sie war erstaunlich grau. Oder eher grünblau. So genau konnte ich das in der Dunkelheit nicht sehen. Jedenfalls passte die Farbe zum Geruch. Schnell buddelte ich sie wieder ein.

Erst die Drogen, dann Freddy, sagte ich mir. Eins nach dem anderen.

Erleichtert atmete ich auf, als ich wieder im Auto saß, die Tasche neben mir auf dem Beifahrersitz. Herr Kriemer hatte die Anlage offensichtlich verlassen, jedenfalls hatte ich ihn nicht mehr gesehen.

Ich zog den Reißverschluss der Sporttasche auf und verschaffte mir einen Überblick über den Inhalt. Damals – wie lange war das jetzt eigentlich her? Gerade mal zwei Wochen, stellte ich erschrocken fest. Es kam mir vor, als wäre es in einem anderen Leben gewesen. De facto war es zumindest das Ende eines anderen Lebens gewesen. Jedenfalls hatte ich damals nur kurz in die Tasche hineingeschaut, wusste daher nichts Konkretes über Menge und Diversität des Stoffes.

Nachdem ich mich durch die zahllosen kleinen Plastiktütchen gewühlt hatte, war ich mir sicher, dass der Großteil der Drogen Ecstasy war. Oder zumindest Tabletten, die, nach allem, was ich wusste, nur Ecstasy sein konnten. Das weiße Pulver – ob Kokain, Heroin oder Zucker – machte nur einen Bruchteil der Tütchen aus. Keine zwanzig, wenn ich das richtig sah. Ähnlich war es mit dem Gras. Koks und Marihuana zählten also nicht zu Freddys Kernkompetenz, waren vielleicht so etwas wie die Quengelware an der Kasse, die nervigen Kunden noch schnell aufs Auge gedrückt wurde, wenn die Gier besonders groß war.

Wenn ich daran dachte, dass all das in Hannes' Blut, Lunge, Gehirn hätte landen können, wurde ich unsagbar wütend. Dass sich Drogendealer an Jugendliche heranmachten, war wirklich das Letzte, und in dem Moment schmolz der winzige kleine Rest an Bedenken dahin, die ich wegen des Drogenverkaufs noch gehabt hatte. Auf der Party würde es nur Typen à la Freddy treffen, davon war ich überzeugt.

Eine halbe Stunde später hatte ich die Adresse erreicht, die Iza mir genannt hatte. Dass das *Shania* ein illegaler Puff war, war ein Witz. Wie konnte ein so auffälliges Gebäude mitten in der Pampa illegal sein? Jedem vorbeifahrenden Streifenpolizisten musste sofort auffallen, was in dem dreistöckigen Haus getrieben wurde. Entweder drückten die Behörden ganz gewaltig beide Augen zu, oder alle Parteien hatten sich irgendwie arrangiert, was ich auch nicht ausschließen konnte. In Köln wurde sich schließlich dauernd arrangiert.

Das *Shania* musste früher eine Art Großraumdisco gewesen sein, so ländlich und einsam würde man sonst höchstens einen Puff planen – und dass das alles von vorneherein so ausgeklüngelt worden war, wollte ich dann doch nicht glauben. Die Gegend hier war ländlich, normale Wohnhäuser gab es wenige, und als mir mein Navi *Ziel erreicht* mitteilte, waren links und rechts der Straße nur noch Wiesen. Am Ufer eines kleinen Flusses, der sich malerisch um das Gebäude schlängelte, stand das *Shania*. Drei Etagen, alle rot beleuchtet, herzförmige Lampen in den Fenstern, ein bulliger Türsteher vor dem Eingang. Auf dem Parkplatz nur fette Angeberkarren, Lamborghini, Porsche, tiefergelegte BMWs in allen Größenordnungen. Die Typen mit Goldkettchen, die Damen ähnlich gekleidet wie ich. Hier wurde definitiv kein Klischee ausgelassen. Wäre es eine Kostümparty unter dem Motto *Nutten und Zuhälter* gewesen, hätte ich das auch geglaubt.

Ich bin mir sicher, dass ich in meinen normalen Klamotten niemals am Türsteher vorbeigekommen wäre. Aber jetzt nickte er mir nur kurz zu und winkte mich durch, als ich debil lächelnd auf ihn zugestöckelt kam.

Doch dann fiel sein Blick auf meine Sporttasche. »Aufmachen!«

»Da ist nichts Besonderes drin.«

»Aufmachen!«

Der Kerl war nicht nur ein Freund von Einwortsätzen, er ließ mit seiner Mimik auch keinen Zweifel daran, dass er sich einen Blick in meine Tasche verschaffen würde, ob ich nun kooperieren wollte oder nicht.

Ich versuchte, das aufkommende Herzrasen mit einer einigermaßen tiefen Atmung unter Kontrolle zu bekommen, und lächelte ihn so entwaffnend wie nur möglich an.

»Ich werde die Tasche ja aufmachen«, begann ich mit zuckersüßer Stimme. »Ich will nur, dass Sie vorher wissen, dass ich hier niemandem Konkurrenz machen möchte.«

Er musterte mich demonstrativ von oben bis unten und verzog spöttisch das Gesicht. »Ach was.«

Unverschämter Mistkerl, dachte ich nur. Aber mir blieb nichts anderes übrig, als den Reißverschluss der Tasche ein Stück weit aufzuziehen.

Fachmännisch warf er einen Blick hinein und fuhr einmal mit der Hand durch die Tütchensammlung. Für eine Millisekunde zog ein Hauch von einem Lächeln über sein Gesicht.

»Von Benji?«

Wer zur Hölle war Benji? »Wie kommst du darauf?«, fragte ich möglichst belanglos.

»Die Farbe. Benjis Farbe. Guter Stoff.«

Ich betrachtete die Tabletten, die einen leichten Blaustich hatten. Okay. Das war also Benjis Farbe. Gut zu wissen.

»Willst du?« Ich bemühte mich, mit möglichst fester Stimme zu sprechen.

Er nickte. »Wie viel?«

Was meinte er jetzt? Wie viele Tabletten ich dabeihatte? Wie viel der ganze Scheiß wert war? Oder ging es um den Stückpreis?

»Stück zehn Euro«, antwortete ich in der Hoffnung, seine Frage damit beantwortet zu haben.

Er zog einen pinkfarbenen Schein aus seiner Hosentasche. »Ich nehm fünfzig.«

»Alles klar.« Der Typ hatte also einfach so einen Fünfhundert-Euro-Schein in seiner Buxe. Wenn das bei den Partygästen auch so laufen würde, wäre ich hier schnell durch.

Mit klopfendem Herzen zählte ich die Ware ab und reichte sie ihm im Tausch gegen den pinkfarbenen Schein. Kam nicht oft vor, dass ich so etwas in die Hände bekam. Wie ein Smartie warf er sich eine Tablette in den Mund und signalisierte mir mit einer Handbewegung, dass ich weitergehen konnte.

Ein leichtes Glücksgefühl stieg in mir auf. Ich hatte die Party noch nicht mal betreten und bereits fünfhundert Euro eingenommen. Hatte ich ein schlechtes Gewissen? Nicht ausgeprägter als ohnehin schon in den letzten zwei Wochen. Der Türsteher machte nun wahrlich nicht den Eindruck, als wenn er durch mich an Drogen herangeführt worden wäre. Im Gegenteil. Ich hatte es ganz offensichtlich mit einem Vollprofi zu tun gehabt.

Im Eingangsbereich dieser sympathischen Partylocation wurde mir klar, dass das Motto *White Party* überaus ernst genommen wurde. In meiner Vorstellung hätte sich ab und zu mal jemand mit ein bisschen Koks in die Waschräume zurückgezogen, so wie man das aus amerikanischen Filmen kennt. Pustekuchen. Schalen mit weißem Pulver standen gefühlt an jeder Ecke, und dauernd beugte sich irgendjemand darüber und sog das Zeug hemmungslos durch die Nase ein.

Ich hatte keine Ahnung, ob das wirklich alles Kokain war oder sich vielleicht jemand einen Spaß erlaubt und Brausepulver in den Schalen verteilt hatte, aber die Partygäste wirkten ausnahmslos so, als wäre der beste Stoff am Start. Die Leute waren aufgedreht und exaltiert, tanzten wie die Irren und machten wahllos miteinander rum. Es war Sodom und Gomorrha.

»Ari sagt, du hast E dabei?« Eine enorm schlanke Frau mit grotesk vergrößerten Lippen und Brüsten stand vor mir. »Ich vertrag das Scheißkoks nicht. Hatte schon zweimal Nasenbluten.«

»Das tut mir leid.« Tat es nicht. »Zehn pro Tablette.«

»Tablette!« Sie kicherte blöde. »Bist du von der Krankenkasse?«

»Nein.«

»Ich nehme zwanzig.«

Ich suchte das Zeug heraus und überlegte, den Stoff teurer zu machen, verwarf den Gedanken aber wieder. Wenn ich eines nicht wollte, dann Diskussionen und Ärger. Lieber möglichst schnell alles unters Volk bringen.

Es war tatsächlich viel leichter als gedacht, die bläulichen Pillen zu verkaufen, und es lief erstaunlich problemlos. Da waren die dankbaren Nasenbluter, die kein Koks mehr ziehen konnten, und die enthemmten Kokser, die den aufputschenden Effekt des weißen Pulvers durch meine blaue Pille noch mal verstärken wollten. Die Dinger gingen weg wie warme Semmeln. Absurderweise wurde langsam zum Problem, dass ich nicht mehr wusste, wohin ich die ganzen Scheine stecken sollte, da mein enges Outfit naturgemäß über wenige Taschen verfügte.

Ich stopfte mir gerade einen weiteren Hunderter in den BH, als ein vielleicht vierzigjähriger Mann meine Ware prüfte. Er sah nicht ganz so assi aus wie der Rest der Gäste – oder sagen wir *anders assi*. Er trug einen schmal sitzenden, fast engen Anzug, der sichtbar teuer war. Darunter ein körperbetontes T-Shirt mit tiefem V-Ausschnitt, das seine extreme Brustmuskulatur geradezu zur Schau stellte.

»Woher hast du das Zeug?«, fragte er tonlos.

»Von Benji«, sagte ich. Eine Antwort, die schon den ganzen Abend problemlos funktioniert hatte. Offensichtlich war dieser Benji ein Qualitätsgarant.

»Ich bin Benji.«

Das kam überraschend.

»Schön«, sagte ich lächelnd und kam mir etwas wahnsinnig vor. Aber an diesen Zustand hatte ich mich inzwischen fast gewöhnt.

»Finde ich auch. Komm mal mit.«

Er packte mich am Arm, ziemlich fest, wirkte dabei aber immer noch nicht richtig unfreundlich. Doch es war sofort klar, dass er keinen Widerspruch dulden würde. Ich musste jetzt mitgehen, wohin auch immer Benji mit mir gehen wollte. Wenn ich mich weigern oder gar wehren sollte, würde er mir etwas tun, Schläge, Prügel oder Schlimmeres, daran hatte ich keinen Zweifel.

Er brachte mich zu einem verspiegelten Fahrstuhl, vor dem ein Pärchen gerade kopulierte, schubste die beiden zur Seite, sodass sie zu Boden fielen, was sie nicht sonderlich zu stören schien, da sie dort einfach in ihrem Tun fortfuhren. Benji schob mich in den Fahrstuhl und drückte auf den obersten Knopf.

Während der kurzen Fahrt sagte er kein Wort, hielt mich aber immer noch am Arm fest. Hatte er etwa Angst, ich könnte ihn plötzlich niederschlagen? Oder wollte er mich nur einschüchtern? Das war ehrlich gesagt nicht mehr nötig. Auch wenn ich versuchte, mir nichts anmerken zu lassen, bibberte ich innerlich vor Angst. Wie sollte ich hier heil wieder rauskommen? Aus dem Fahrstuhl konnte ich nicht fliehen, das war klar. Ich lotete meine Möglichkeiten aus. Ein beherzter Tritt in die Kronjuwelen, sobald wir den Aufzug verlassen hatten? Mit den Fingern in die Augen stechen? Ein Schlag gegen den Kehlkopf? Nichts davon hatte ich jemals getan. Wieso sollte es beim ersten Mal klappen? Ausgerechnet in einer Nahkampfsituation mit einem durchtrainierten Drogendealer?

Im dritten Stock angekommen gingen wir über einen plüschigen Teppich den Flur entlang, an dessen Ende er eine Tür aufstieß.

In der Mitte des großen Raumes stand ein überdimensionaler Schreibtisch. Rechts daneben ein Barwagen, auf dem sich bestimmt hundert Flaschen Hochprozentiges befanden. Außerdem eine Glasschale mit einem Eisblock, in dem ein Eispickel steckte. Links neben dem Tisch ein Sofa, in dessen Kissen man vermutlich hätte versinken können. Der dicke, plüschige Teppich war auch hier überall ausgelegt, und in Kombination mit den ebenso dicken Vorhängen wirkte der ganze Raum wie das Klischee eines Puffbesitzerbüros. Zumal alles in Dunkelrot gehalten war.

Hinter dem Schreibtisch saß ein Mann, der ungefähr im Alter wie Benji sein musste. Durch ein goldenes Röhrchen zog er gerade eine Line. Leider hatte er das Fenster hinter sich geöffnet, sodass ein Großteil des weißen Pulvers durch den von uns ausgelösten Windstoß vom Tisch gefegt wurde. Der Mann verharrte einen Moment in einer Art Schockstarre, dann sprang er genervt auf.

»Warum, denkst du, sage ich wohl immer: Anklopfen? Tür zu, aber schnell!«

»Sorry, Klemens.«

Klemens? Können Sie sich vorstellen, wie mich dieser Name überrascht hat? Als Kind hießen Verbrecher für mich Toni oder Al. Seit Neustem auch Freddy oder Benji. Aber Klemens?

Ich habe mal einen Artikel darüber gelesen, dass Kinder mit bestimmten Vornamen benachteiligt werden, Sie kennen die Diskussion sicher. Kevins und Chantals haben es demnach deutlich schwerer als alle Konrads und Luises in diesem Land. Und Klemens gehört für mich eindeutig in die Konrad-Luise-Fraktion und nicht mit einem Haufen Koks vor der Nase in diesen schmierigen Puff.

Ich weiß nicht, von welchen Vorurteilen ich in der Situation geleitet war, aber irgendwie hatte ich das Gefühl, dass ein Verbrecher mit dem Namen Klemens deshalb besonders schlimm sein musste. Vielleicht weil ich glaubte, dass er nicht in die Sache reingerutscht war wie vielleicht ein Kevin. Er hatte sich aus freien Stücken für diesen Weg entschieden – schlimmer konnte es nicht sein.

»Was ist los?« Klemens lehnte sich lässig gegen die Fensterbank und starrte auf die Tasche in meiner Hand. »Was ist das?«

»Die Alte verkauft Zeug aus meiner Herstellung.«

Die Alte? In allen Filmen, die ich je in meinem Leben gesehen hatte, wurden kriminelle, als Prostituierte hergerichtete Frauen grundsätzlich als *die Kleine* bezeichnet! *Die Alte* wurden höchstens Puffmütter genannt, die wirklich alt waren, also siebzig plus oder mehr!

»Und wie kommt die Schlampe an den Stoff?«

So! Schlampe war mir dann doch lieber als Alte. Schlampe war immerhin das Attribut meines Outfits, da konnte ich mich nicht beklagen.

Was gingen mir da eigentlich gerade für irre Gedanken durch den Kopf? Immerhin befand ich mich in einer potenziell lebensbedrohlichen Situation, sollte ich mich da nicht besser auf etwas anderes konzentrieren als auf frauenfeindliche Äußerungen?

Benji und Klemens sahen mich auffordernd an.

»Ach, Sie sprechen mit mir? War mir nicht klar. Wie war noch mal die Frage?«

»Willst du mich verarschen?« Klemens' Stimme hatte einen bedrohlichen Unterton angenommen.

»Nein.«

»Dann antworte gefälligst anständig. Ist dir eigentlich klar, in was für einer Scheiße du gerade steckst?« Klemens' Gesichtsausdruck ließ keinen Zweifel daran, dass es eine ganz gewaltige Scheiße war.

Jetzt hatten sowohl mein Körper als auch mein Gehirn das Gefahrenlevel dieser Situation erkannt. Mein Herz raste, und das

Adrenalin rauschte in großen Mengen durch meine Adern. Ich spürte, wie mir die Hitze ins Gesicht schlug, schlimmer als je zuvor.

Bitte keine Hitzewallung, nicht jetzt!, dachte ich noch, als mir auch schon der Schweiß ausbrach, so stark und in solchen Mengen, wie ich es noch nie erlebt hatte. Niemals hätte ich gedacht, dass es noch eine Steigerung zu dem geben könnte, was ich bei Hugos Grabsuche erlebt hatte. Aber die gab es. Ich konnte kaum noch atmen, fächelte mir Luft zu, wedelte an meinem engen Oberteil, bei dem es nichts zu wedeln gab. Der Schweiß lief mir an den Brüsten herunter, und ich sah aus, als hätte ich einen Milcheinschuss.

Benji beobachtete das Szenario irritiert. »Bist du auf Turkey?«

Warum dachte eigentlich ständig jeder, dass ich auf Entzug war?

»Ich hab mit Drogen nichts zu tun«, brachte ich hervor.

Benji grinste breit. »Nee, ist klar. Deshalb auch das ganze Zeug in deiner Tasche.«

Okay, da hatte er einen Punkt. Aber ich hatte keine Kraft mehr, ihm die genaueren Umstände zu erklären oder, besser gesagt: eine gute Ausrede an den Mann zu bringen. Ich war kurz davor zu verglühen.

Erst einmal in meinem Leben hatte sich mein Körper so angefühlt wie jetzt: als ich in einer hundert Grad heißen Sauna war und ein verrückter Saunameister wedelnd einen Aufguss machte. Fluchtartig war ich damals hinausgerannt, da ich sonst vermutlich erstickt wäre. Und genauso fühlte ich mich jetzt auch.

»Ich brauche Luft, ich brauche dringend frische Luft!«, gab ich stöhnend von mir und stürmte auf Klemens zu, der immer noch an der Fensterbank lehnte. Im nächsten Augenblick allerdings nicht mehr.

Ich kann nicht mehr genau sagen, wie es passierte. Kurz bevor ich das Fenster erreicht hatte, rutschte ich mit meinen schweißnassen Füßen in den High-Heels aus und kippte nach vorne. Mit enorm viel Schwung – ja, ich musste dringend etwas abspecken – fiel ich gegen Klemens, und der fiel rücklings aus dem Fenster.

Nicht schon wieder, dachte ich nur, während ich für einen winzigen Moment den kühlen Wind genoss, der durch Klemens' Todessturz ins Zimmer wehte.

»Du bist tot, Bitch!«, brüllte Benji in dem Moment. Wie ein wild gewordener Stier raste er mit hochrotem Kopf auf mich zu. Es war nichts anderes als ein Reflex, dass ich nach dem Eispickel griff, der auf dem Barwagen lag.

Ich schwöre Ihnen, dass ich ihn nicht in Benjis Bauch gerammt habe. Vielmehr lief der Typ förmlich in den Eispickel hinein. Alles in allem war es wirklich eine Verkettung unglücklicher Umstände. Aber das änderte natürlich nichts an den Fakten. Schon wieder zwei Tote.

Während Benji überraschend schnell verblutete, dachte ich darüber nach, dass ich dringend meinen Hormonhaushalt in Ordnung bringen musste, sonst würde ich irgendwann noch ernsthaft Schwierigkeiten bekommen. Wobei ich mich schon fragte, wie es überhaupt noch schlimmer hätte werden können. Aber Probleme waren ja bekanntlich dafür da, dass man sie löste. Und mir blieb nichts anderes übrig, als erst mal klar Schiff zu machen.

Ich beugte mich so weit aus dem Fenster, wie es nur ging, konnte Klemens' Leiche aber nirgendwo sehen. Er musste in den Bach gefallen sein, der neben dem Haus so malerisch seine Runden zog. Gut. Wenn er tief genug war, würde ihn so schnell keiner finden. Vielleicht trug ihn die Strömung auch weit genug und ließ ihn erst in Holland wiederauftauchen. Wer in Köln von der Hohenzollernbrücke fiel, wurde ja auch erst in Düsseldorf wieder gesehen. Dieses Flüsschen war zwar nicht der Rhein, aber ein Rinnsal war es auch nicht.

Klemens schien mir also einigermaßen versorgt zu sein. Aber was war mit Benji? Wie sollte ich die Leiche ganz alleine aus dem dritten Stock nach unten bringen und entsorgen – ohne dass die zig Partygäste etwas davon mitbekamen? Auch wenn die noch so zugekokst waren, eine blutige Leiche würden sie vermutlich trotzdem noch wahrnehmen. Und wenn ich ihn auch aus dem Fenster warf? Aber konnte ich das schaffen? Benji war ein großer Kerl und das Gegenteil von schmächtig. Wie sollte ich ihn über die Fensterbank wuppen?

Fieberhaft dachte ich nach, während mein Körper zu frieren begann. So heiß mir eben noch gewesen war, so kalt war mir jetzt. Mein durchgeschwitztes knappes Outfit machte die Situation nicht gerade besser.

Frierend ging ich auf und ab und rieb dabei die Arme an meinen Körper. Immer, wenn ich an dem Barwagen vorbeikam, sah ich auf die unzähligen Schnapsflaschen und überlegte, ob ich mir einen Schluck gönnen sollte. Wodka, Tequila, Rum – in den verschiedensten Ausführungen, bestimmt fünfzig Flaschen standen dort. Nichts davon würde ich freiwillig trinken.

Abrupt blieb ich stehen und schnappte mir eine Flasche Wodka.

»Achtundvierzig Umdrehungen. Das ist ordentlich …«

Der Rum daneben war ähnlich hochkarätig, so wie alle anderen Schnäpse auch. Es gab sogar achtzigprozentigen Absinth, gleich mehrere Flaschen verschiedener Hersteller. Insgesamt hatte ich es hier mit bestimmt fünfzig Litern hochbrennbaren Gesöffs zu tun. Der plüschige Teppich, die roten Vorhänge, all das musste doch brennen wie Zunder.

Mein Blick fiel auf die Leiche. Auf den Eispickel, der aus Benjis Bauch ragte. Auf den eng sitzenden und vermutlich sehr teuren Anzug, der vom Blut versaut war. Auf die riesige Lache, die sich unter dem Körper gebildet hatte.

Was hätte ich denn sonst tun sollen?

Ich hatte nicht damit gerechnet, dass das Feuer so schnell Fahrt aufnehmen würde. Nachdem ich den Inhalt sämtlicher Schnapsflaschen über Benji, Teppich und Sofa ausgeschüttet hatte, ließ ich ganz klassisch ein brennendes Streichholz fallen, als wäre ich in einem Tarantino-Film. Dann musste ich meine Füße wirklich in die Hand nehmen. Klemens' Büro brannte extrem flott, und ich hatte Mühe, schnell genug rauszukommen. Nachdem ich durchs Treppenhaus nach unten gerannt war, stellte ich fest, dass die Bumsparty unverändert auf Hochtouren lief.

Zögernd blieb ich zwischen den zugedröhnten und kopulierenden Leuten stehen. Sie hatten mir nichts getan, es war meine moralische Pflicht, sie vor dem Flammeninferno zu warnen.

Ich drehte mich zu einem jungen Mann, der mit halb geschlossenen Augen neben mir an der Wand lehnte.

»Entschuldigung? Riechen Sie das? Ich glaube, ich rieche Feuer.«

»Aha … Aaaaah …«, machte der Typ, und erst jetzt sah ich, dass eine rothaarige Person an seinem Penis saugte. Bis auf meine Wenigkeit hatte praktisch jede und jeder hier im Raum irgendein Geschlechtsteil in der Hand, im Mund oder in einer anderen Körperöffnung. Von denen würde mir heute keiner mehr zuhören.

Okay, das hatte keinen Sinn. Ich musste verschwinden. Kurz vorm Ausgang drehte ich mich noch mal um und brüllte: »Es brennt!« Aber auch dafür erntete ich nur verwunderte Blicke. Wenn überhaupt.

Ich kann Sie beruhigen. So wie ich das mitbekommen habe, ist keiner der Partygäste zu Schaden gekommen. Nein, ich weiß das natürlich nicht zu einhundert Prozent, aber in der Zeitung stand am nächsten Tag, dass man nur eine Leiche in der Ruine des Shania gefunden habe. Die anderen haben es demnach alle nach draußen geschafft, also beruhigen Sie sich bitte. Ich bin nach wie vor keine Massenmörderin. Doch ich gebe zu, dass meine Hitzewallung aus dem Ruder gelaufen war. Und zwar gewaltig.

Mein Adrenalinspiegel war immer noch extrem hoch, als ich in den Wagen sprang und vom Puff wegfuhr. Im Rückspiegel sah ich, wie die Partygäste kreischend aus dem Gebäude rannten, aus dem inzwischen dichte Rauchwolken drangen. Wie eine Fackel brannte das *Shania* von oben nach unten ab. Aus der Ferne hörte ich die Sirenen.

Ich drückte das Gaspedal durch und versuchte, mich zu beruhigen, während ich über die Straße raste. Benji und das ganze Büro hatten gebrannt wie ein Kaminanzünder. Das hatte ich noch gesehen. Beim besten Willen konnte ich mir nicht vorstellen, dass man dort noch irgendwelche verwertbaren Spuren finden würde. Man las ja immer wieder davon, dass die Brandspezialisten herausfinden konnten, ob es sich um einen Unfall oder Brandstiftung handelte. Das mit den Flaschen würden sie also vielleicht rekonstruieren können. Und ob die Drogen wohl vollständig verbrennen würden? Die Tasche hatte ich in Klemens' Büro liegen gelassen, allzu viel dürfte nicht davon übrigbleiben. Was war mit möglichen Hinweisen auf mich? Fingerabdrücke? DNA-Spuren? Nein, das konnte ich mir nicht vorstellen. Und falls sie etwas finden sollten, wäre es kein Weltuntergang. Schließlich gab es ja keine Vergleichsspuren von mir.

Ich atmete durch und fasste mir an die Brust. Mein BH fühlte sich immer noch ausgestopft an, so wie damals, als Eva und ich uns als junge Mädchen Papiertaschentücher in die viel zu großen BHs gestopft hatten. Nur dass es diesmal keine Tempos waren, sondern jede Menge Hundert-, Zweihundert- und Fünfhundert-Euro-Scheine.

Auch wenn der Abend insgesamt sicherlich eher durchwachsen gewesen war, aus finanzieller Sicht war er ein voller Erfolg.

Wechseljahre sind keine Krankheit. Ob mit oder ohne Medikamente, irgendwann sind sie vorbei. Jede Frau sollte im Gespräch mit ihrer Ärztin abwägen, ob sie ihre Beschwerden mit einer Hormontherapie lindern und damit gewisse Risiken auf sich nehmen will oder nicht. Wenn allerdings bereits zu Beginn der Menopause mehrere Leichen Ihren Weg pflastern, dann greifen Sie nach jedem Strohhalm.

11

Ich kam mitten in der Nacht nach Hause. Jörn saß auf der Schuhbank im Flur, das Handy in der Hand. Hier hatten wir gemeinsam gesessen, als Hannes das erste Mal ausgegangen und die Zeit vergessen hatte. Telefonisch war er nicht zu erreichen gewesen, und auf Nachrichten hatte er nicht reagiert, sodass wir die halbe Nacht krank vor Sorge im Hausflur gesessen und auf unsere Handys gestarrt hatten, in der Hoffnung, ein Lebenszeichen von ihm zu bekommen.

Genauso saß Jörn jetzt auch da, als ich um kurz nach Mitternacht das Haus betrat. Sein Anblick rührte mich. Ich hatte nicht damit gerechnet, dass er sich Sorgen gemacht hatte, und für einen Augenblick vergaß ich, was in den letzten Stunden passiert war.

»Du hast auf mich gewartet? Aber Schatz …«

Ich wollte ihn umarmen, an mich drücken und ihm sagen, wie süß ich das fand. Aber dazu kam ich nicht, da Jörn sofort aufsprang.

»Du hast eine Affäre?«, fragte er fassungslos und musterte mich von oben bis unten.

Ich rollte mit den Augen. Das fehlte mir gerade noch. »Deine Mutter hat dich angerufen?«

»Allerdings. Wo warst du?« Er schnupperte in die Luft. »Und warum riechst du so komisch?«

Jetzt fiel es mir auch auf. Ich stank wie ein feuchtes Kaminfeuer. »Das ist eine lange Geschichte.«

Jörn stemmte die Hände in die Hüften. »Keine Geheimnisse! Das hatten wir uns versprochen!« Er sackte wieder auf die Schuhbank und ließ verzweifelt den Kopf hängen. »Du warst bei einem anderen. Kaminfeuer, Bärenfell, so was, stimmt's?«

»Wer hat denn heute noch ein Bärenfell ...«

»Ist doch egal.« Mit feuchten Augen blickte er auf. »Gibt es einen anderen, Liv?«

Energisch schüttelte ich den Kopf und sah ihn ernst an. »Ich habe keine Affäre. Bitte glaub mir. Es gibt keinen anderen Mann in meinem Leben.« Jedenfalls keinen lebenden, dachte ich noch und durchforstete mein Gehirn nach einer Ausrede. »Auf dem Militärring hat ein Wagen gebrannt, und ich habe beim Löschen geholfen. Die Fahrerin war völlig aufgelöst, kam mit dem Feuerlöscher nicht klar, da konnte ich ja schlecht einfach weiterfahren. Also hab ich das für sie gemacht.«

Jörn schwieg eine Weile, als müsste er die Informationen erst mal sacken lassen. Ich war mir nicht ganz sicher, ob er mir glaubte.

»Und wo warst du?«

»Wie gesagt, ich habe dieser Frau geholfen.«

»Das habe ich schon verstanden. Aber du bist ja nicht von meinen Eltern zu diesem Unfall gefahren. In den Klamotten.« Jörns Stirn hatte sich in Falten gelegt.

»Ich war auf einer Kostümprobe.«

»Was?«

Ich musste mir jetzt dringend etwas Besseres einfallen lassen, Jörn würde mir diesen Stuss niemals glauben. Aber leider fiel mir nichts ein. Also beschloss ich einen Taktikwechsel und lächelte ihn bedeutungsvoll an.

»Mehr kann ich dir leider noch nicht sagen. Ist eine Überraschung.«

Ich beugte mich zu ihm herunter und küsste ihn, ziemlich leidenschaftlich, jedenfalls bemühte ich mich darum. Es war der älteste und billigste Trick der Welt, um Männer auf andere Gedanken zu bringen. Und er funktionierte auch diesmal. Ich setzte mich auf seinen Schoß und begann, sein Hemd aufzuknöpfen, während er sich an meinem Oberteil zu schaffen machten. Plötzlich hielt er inne.

»Dein BH raschelt.«

Verdammt. Das Geld! »Ja, das kommt vom Feuer.«

»Wie bitte?«

Ich dankte dem Himmel, dass in dem Moment die Haustür aufging. Sofie und Hannes starrten uns entsetzt an.

»Macht ihr hier rum?« Hannes war sichtlich geschockt.

»Oh Gott! Das krieg ich nie wieder aus dem Kopf!« Sofie imitierte einen Kotzanfall.

»Wo kommt ihr überhaupt so spät her?«, ging ich reflexhaft in den Angriffsmodus über, während ich versuchte, mein Oberteil wieder zu schließen. Hatte Hannes nicht Hausarrest?

»Vofi-Party«, erklärte Jörn mir, der von dem Hausarrest nichts wusste. »Und so spät ist es noch gar nicht. Jedenfalls nicht für die beiden.«

Ich nickte nur. Die Vorfinanzierungsparty für den Abiball, kurz Vofi, hatte ich ganz vergessen.

»Los, komm weg hier«, sagte Sofie in ungewöhnlicher Verbundenheit zu ihrem Bruder. »Ich bin traumatisiert.«

»Hat Mama Fickklamotten angezogen?«, hörte ich Hannes noch flüstern, als die beiden die Treppen hinaufliefen. »Für Papa?!«

»Es ist einfach nur krank.«

Dann schlug erst Sofie die Zimmertür zu, danach Hannes.

Ich sah Jörn schulterzuckend an und grinste schief.

»Paul übernachtet bei einem Kumpel«, sagte er und hatte schon wieder diesen anzüglichen Ton in der Stimme. »Der kommt nicht mehr.« Er wollte sich gerade wieder an meinem Oberteil zu schaffen machen, als ich seine Hand festhielt.

Demonstrativ schnüffelte ich an meinen Arm. »Ich rieche wirklich schlimm. Wie wäre es, wenn ich duschen gehe und du im Bett auf mich wartest?«

Sie fragen sich, wie ich nach dem Abend noch Sex haben konnte? Ob mich nicht andere Dinge beschäftigt haben? Sie fragen völlig zu Recht. Aber dieser Sex war wichtig. Nicht nur, um Jörn auf andere Gedanken zu bringen, auch für mich. Nach all den Abgründen, die ich an diesem Abend gesehen hatte, tat mir etwas menschliche Nähe einfach gut. Ja sicher, ich war vom Kopf her nicht ganz bei der Sache – aber haben Sie das nicht selbst auch schon mal erlebt?

Ich bin davon überzeugt, dass Sie dieses nächtliche Kopfkino kennen. Jedenfalls wenn Sie eine Frau sind, bei Männern scheint so ein Gedankenkarussell deutlich weniger verbreitet zu sein. Sogar in der Phase, in der Jörn mir seine Arbeitslosigkeit verschwiegen und den morgendlichen Gang ins Büro vorgegaukelt hatte, hatte er Lust auf Sex gehabt. Und auch seine Ein- und Durchschlaffähigkeit hatte unter dem Stress der letzten Wochen nicht gelitten. Im Gegensatz zu uns verfügen Männer nämlich über die wunderbare Eigenschaft, das Denken abstellen zu können – und das meine ich jetzt wirklich so, wie ich es sage. Ich finde das tatsächlich wunderbar, absolut hilfreich und tausendmal besser, als sich stundenlang einen Kopf zu machen. Männer sind gesegnet, dass sie das Denken einfach einstellen können.

Das halten Sie für eine gewagte These? Ich nicht. Jörn war in dieser Nacht jedenfalls voll bei der Sache, so leidenschaftlich und technisch versiert konnte man nur sein, wenn das Gehirn auf Sexmodus geschaltet hatte.

Während mein Mann also alle Register seines sexuellen Repertoires zog, dachte ich darüber nach, was nach einem Brand von einer Leiche übrigbleiben könnte, ob Knochen oder Zähne oder noch was anderes. Typisch Frau eben.

Okay, vermutlich gibt es nicht so viele Frauen, die ausgerechnet solche Gedanken beim Liebesspiel haben. Aber ich wette, dass jede von Ihnen schon mal eine Einkaufsliste oder eine PowerPoint-Präsentation durchgegangen ist, während er Sie mit seinem Pointer verwöhnt hat.

Verzeihen Sie bitte dieses Wortspiel.

Den Rest der Nacht verbrachte ich dann wieder einmal schlaflos. Die Gedanken an das Geschehene ließen mich nicht los. Während sich Jörn neben mir schnarchend durch die Nacht träumte, sah ich immer wieder die Bilder des brennenden Puff-Büros vor mir, Klemens' Fall aus dem Fenster, Benjis unglücklichen Stolperer in den Eispickel. Es kam mir vor, als stammten sie aus einem anderen Leben, als wäre das alles nicht mir passiert, als hätte ich es nur aus der Ferne beobachtet oder als wäre es ein Film gewesen und ich die unbeteiligte Zuschauerin. Aber so war es nicht, und diese nicht zu bestreitende Tatsache hielt mich hellwach.

Das ganze restliche Wochenende hatte ich mit Migräne und ohne Schlaf im Bett verbracht. Dementsprechend fertig erschien ich am Montag in meiner Mittagspause bei meiner Frauenärztin, die sich angesichts meiner sichtbaren Schlaflosigkeit ebenfalls besorgt zeigte.

»Und Sie haben gar nicht geschlafen?«

Ich schüttelte den Kopf. »Am Wochenende so gut wie gar nicht. Sonst ist es nicht ganz so schlimm.« Nach einer Leiche schlief ich einfach noch schlechter. »Sind meine Laborwerte da?«

»Ja.« Dr. Rieker zog einen Zettel aus meiner Patientenakte. »Ihr Hormonspiegel zeigt einen deutlichen Abfall. Ihr Progesteron ist viel zu niedrig, das erklärt auf jeden Fall Ihre Schlaflosigkeit.«

»Abgesehen von den ganzen Leichen.«

»Wie meinen Sie?« Dr. Riekers Augenbrauen wanderten zwei Zentimeter höher.

Und meine auch. Ich war felsenfest davon überzeugt gewesen, dass ich diesen Satz nur gedacht und nicht gesagt hatte.

»Ich bin ständig so durcheinander«, sagte ich schnell. »Ich vergesse dauernd irgendetwas, weiß nicht mehr, warum ich in den Raum gegangen bin, wo meine Schlüssel oder meine Brille ist, ja, selbst die Namen meiner Kinder verwechsle ich am laufenden Band. Und dann rede ich manchmal irgendwas daher, was völlig aus dem Zusammenhang gerissen ist. Vielleicht drehe ich ja durch!«

Meine Ärztin lächelte. »Nein, keine Sorge, das ist alles ganz typisch. Und bei Ihren Werten durchaus zu erwarten.«

Dr. Rieker war der Meinung, dass ich unter relativ starken Wechseljahrbeschwerden litt. Das sah ich genauso. Sie klärte mich ausführlich über alle Pro- und Kontra-Argumente einer individuell auf mich abgestimmten Hormontherapie auf.

»Sehe ich das richtig«, fragte ich am Schluss nach, »dass das Hauptargument gegen diese neuen Hormontherapien die fehlenden Langzeitstudien sind?«

»Für die neuen bioidentischen Hormone, ja. Wir wissen einfach nicht, was sie in zwanzig Jahren für Langzeitfolgen haben könnten, da es sie noch nicht so lange gibt.«

Das Risiko war es mir wert.

Dr. Rieker verschrieb mir eine Hormoncreme, die ich mir einmal am Tag auf den Arm schmieren sollte, außerdem noch eine Vaginalsalbe mit den dazugehörigen Zäpfchen. In drei Monaten sollte ich zur Kontrolle wiederkommen.

»Aber es wird Ihnen schon viel eher besser gehen«, machte meine Ärztin mir Hoffnung. »Besonders die Schlaflosigkeit müsste durch das zugeführte Progesteron rasch verschwinden.«

»Ich bekomme also mein altes Leben zurück?« In meiner Stimme schwang ein bisschen zu viel Pathos mit, jedenfalls für diejenigen, die nichts von meinem umtriebigen Verhalten der letzten Tage wussten.

»Na ja, was heißt schon das alte Leben.« Dr. Rieker lächelte mich aufmunternd an. »Die Hormone lindern Ihre Wechseljahrbeschwerden, aber sie können die Zeit nicht zurückdrehen. Ich will offen zu Ihnen sein. Wir können den Verfall nicht stoppen. Das geht nicht. Wir können die Alterungsprozesse des Körpers nur etwas verzögern. Sport wird für Sie ein ganz neues Thema werden. Die meisten jungen Frauen, die zu mir in die Praxis kommen, treiben Sport, um ihre Figur in Schuss zu halten. Spätestens ab der Menopause treiben Frauen Sport, um einigermaßen normal weiterleben zu können.«

Ich wartete auf ein Anzeichen in ihrem Gesicht, dass sie einen Witz gemacht hatte. Aber da kam nichts.

»Zwischen dem dreißigsten und sechzigsten Lebensjahr verlieren Sie als Folge der normalen Alterungsprozesse dreißig Prozent der Muskelmasse«, fuhr Dr. Rieker unbeirrt fort. »Bei Frauen kommt durch den Hormonmangel irgendwann noch das Risiko der Osteoporose hinzu, auch wenn wir dagegen jetzt mit bioidentischen Hormonen angehen. Sport ist trotzdem extrem wichtig.«

»Ich wollte eh ein bisschen Gewicht reduzieren«, sagte ich.

»Orientieren Sie sich nicht zu sehr an der Waage«, riet Dr. Rieker. »Muskelaufbau ist das Einzige, was zählt, und Muskeln wiegen mehr als Fett. Kleine Rettungsringe sollten Sie nicht stören. Im Schnitt nehmen Frauen in den Wechseljahren fünf Kilo zu.«

»Oh bitte …« Das war das Letzte, was ich jetzt noch hören wollte.

»Frau Steinhammer«, sagte meine Ärztin mahnend, »erinnern Sie sich nicht an meine Worte? Bald wird eine ganze Menge Ballast von Ihnen abfallen. Wenn die Hormone Sie nicht mehr dirigieren, sind Sie frei! Frei!«

»Außer ich komme ins Gefängnis …«, murmelte ich, vermutlich wieder in der Annahme, die Worte nur zu denken.

Dr. Rieker brach in schallendes Gelächter aus. »Schön, Ihren

Humor haben Sie jedenfalls nicht verloren. Warten Sie ab, die Hormonsalben wirken schnell. Sie werden sich ratzfatz besser fühlen.«

Auf dem Weg aus der Praxis fühlte ich mich tatsächlich schon besser. Allein die Aussicht, dass sich meine Verfassung durch die Hormonsalben bald ändern würde, hob meine Laune. Außerdem weckte es die Hoffnung in mir, dass die mörderische Episode in meinem Leben jetzt endlich ein Ende fand.

Jetzt würde alles wieder gut werden, das spürte ich ganz genau.

Ich schnappte mir mein Handy und rief Eva an, die hormonell ja nun auch in einer herausfordernden Phase steckte.

»Uns macht der Wetterumschwung zu schaffen«, antwortete sie auf meine Frage nach ihrem Befinden. Sie war also schon in der Uns-Phase. »Zieht ja richtig fieses Novemberwetter auf, die nächsten Tage soll es nur regnen und stürmen.«

»Und das merkt der Embryo?«

»Lena.«

»Wie bitte?«

»Sie wird Lena heißen. Embryo sagt man in dem Monat nicht mehr.«

»Schöner Name. Und Lena merkt, wenn es draußen irgendwann regnen soll?«

»Weiß ich nicht. Jedenfalls fühle ich mich wie gerädert.«

Dafür brauchte ich kein Novembertief.

»Hast du dir schon Gedanken über die Entbindung gemacht?« Ich musste bei der Frage selbst grinsen. Damals, als wir unsere Kinder auf die Welt gebracht hatten, herrschte ein Riesenhype um die Geburt eines Babys. Kreißsäle waren zu Wohlfühloasen umgestaltet worden, mit Sternenhimmel an der Decke und beruhigenden Farben an den Wänden. Ich hatte keine Ahnung, was heute Geburtstrend Nummer eins war, damals war es jedenfalls ein Gebärbett, in dem der Partner zusammen mit der werdenden

Mutter liegen konnte, was meiner Beobachtung nach niemals irgendwer gemacht hat. Dafür war eine Geburt dann doch eine viel zu wenig kuschelige Angelegenheit.

»Ich weiß es noch nicht genau. Bin ja die totale Risikogeburt, in meinem Alter. Vielleicht wird es auch ein Kaiserschnitt, mal gucken.«

»Ist das okay für dich?« Ich wusste noch, wie ich damals von anderen Müttern bemitleidet worden war, als die Zwillinge per Kaiserschnitt auf die Welt kamen.

Eva prustete los. »Meinst du das ernst? Von wegen verpasstes Geburtserlebnis und so?«

Jetzt musste ich auch lachen. »Hätte ja sein können.«

»Ehrlich gesagt nicht!«

»Stimmt.«

Gut gelaunt verabredeten wir uns fürs Wochenende, um noch mal in Sachen Babyshopping voll aufzudrehen.

Leider hielt meine positive Stimmung nicht lange an. Sie wurde schlagartig zerstört, als ich auf dem Nachhauseweg am Schrebergarten vorbeifuhr.

Zuerst wirkte die Szenerie, die ich aus dem Auto nur von weitem sah, sehr malerisch. Einträchtig werkelten Iza und meine Schwiegereltern zwischen Pflanzen und Sträuchern herum und machten den Garten winterfest. Werner harkte das Laub und brachte es immer wieder zum Komposthaufen, wo er es mit der Harke in den restlichen Kompost einarbeitete.

Ich trat auf die Bremse. Warum zur Hölle … Einen Wimpernschlag später war ich aus dem Wagen und sprintete los. In Sekundenschnelle hatte ich meine Parzelle erreicht und sprang über den Gartenzaun wie ein Tennisspieler über das Netz. Als ich bei Werner war, hob er gerade mit verwundertem Gesichtsausdruck Freddys Arm an. Im Laufen griff ich nach einer Ladung Laub und warf sie auf den toten Arm, während ich meinen Schwiegervater vom Kompost stieß, sodass wir beide zu Boden fielen.

»Nicht so stürmisch, nicht so stürmisch«, sagte Werner lachend.

»Hast du dir wehgetan?« Ich zog ihn wieder auf die Beine.

»Nein. Ich bin ja gut gepolstert. Aber warum schmeißt du mich einfach so in den Matsch?«

»Das Laub. Du sollst dich nicht so viel bücken, Werner.«

»Und aus Rücksicht auf meine Knochen wirfst du mich also um.« Mein Schwiegervater ging schnurstracks zurück zum Kompost. »Mein Rücken hält das schon aus.«

»Komm da mal lieber weg.« Ich hielt ihn am Arm fest.

»Nee, ich hab da was gesehen. Ich glaube, da liegt eine Leiche.«

Er sagte das mit so einer normalen Stimme, dass ich unter anderen Umständen laut gelacht hätte. Tat ich jetzt aber nicht.

»Was hast du gesagt, Schatz?« Marlies war zu uns gekommen.

»Ich glaube, im Kompost liegt eine Leiche.«

Auch Iza war nun zu uns herangetreten. Mit aufgerissenen Augen starrte sie mich an. Tonlos formte sie mit den Lippen: »Hugo?«

Wie sollte Hugo denn aus der Güllegrube in den Kompost kommen? Zuerst wollte ich den Kopf schütteln, aber dann schien es mir klüger, Iza unauffällig mit Mimik und Gesten zu signalisieren, dass das durchaus denkbar war und wir meine Schwiegereltern hier lieber wegbringen sollten. Zum Glück verstand Iza schnell.

»Komm, Wernerchen.« Sie legte ihm den Arm um die Schultern und bugsierte ihn Richtung Tor. »Es wird langsam ganz schön kalt. Wir gehen nach Hause.«

»Aber die Leiche?«

»Die ist ja schon kalt. Darum müssen wir uns nicht kümmern.« Iza zwinkerte Marlies zu, die nur nickte.

»Ich bin mir sicher, dass da was war«, ließ Werner nicht locker. »Roch auch so komisch.«

»Der Kompost stinkt schon seit einer ganzen Weile. Außerdem lässt du doch dauernd einen fahren!«, sagte Iza, und Werner musste lachen.

»Da hast du recht, Mädchen.« Amüsiert ließ er sich von ihr aus dem Schrebergarten führen. »Was kochst du denn heute?«

»Was du willst, Werner, was du willst.«

Zufrieden hakte sich mein Schwiegervater bei Iza unter. Bevor sie mit ihm das Grundstück verließ, warf sie mir noch einen bedeutungsvollen Blick zu, den ich nicht so recht zu deuten wusste.

»Ich glaube, jetzt wird er langsam wirklich dement«, flüsterte Marlies mir zu.

»Alt werden ist echt nichts für Weicheier«, sagte ich nur, und Marlies nickte seufzend.

»Das gilt für den da auch.« Ich wies mit dem Kopf zu Herrn Kriemer, der langsam auf uns zukam.

»Ich geh dann mal.« Marlies klopfte sich den Dreck von den Händen und verließ den Schrebergarten, nickte noch kurz Herrn Kriemer zu und eilte Werner und Iza hinterher.

Herr Kriemer grüßte wortkarg und blickte dann neugierig über den Zaun. »Sie haben sich schon Unterstützung für die Gartenarbeit geholt?«

»Meine Schwiegereltern«, erklärte ich. »Meine Freundin haben Sie ja schon kennengelernt. Muss ja alles winterfest gemacht werden.«

»So frostig wird der Kölner Winter nicht. Denken Sie ans Angrillen.«

Ich nickte nur.

Herr Kriemer wies auf den Komposthaufen. »Den müssen Sie besser vor Regen schützen. Die Tage soll es schütten wie verrückt. Ein echter Novembersturm scheint da im Anmarsch zu sein.«

»Ja, ich kümmere mich darum.« Ich räusperte mich und hoffte, dass Herrn Kriemer nichts Ungewöhnliches an dem Kompost auffiel.

»Fragen Sie doch mal beim Stallkamp nach«, schlug Kriemer vor. »Der kann Ihnen bestimmt mit ein paar Planen aushelfen.«

»Stallkamp? Ist das der Landwirt? Der mit der Güllegrube?«

Kriemer merkte auf. »Haben Sie damit ein Problem? Geruchsbelästigung? Gab früher schon mal ein paar Beschwerden deshalb. Wir können Unterschriften sammeln und …«

»Auf gar keinen Fall«, ging ich dazwischen. »Die Grube stört mich überhaupt nicht. Und überlegen Sie mal, was das für Baumaßnahmen mit sich bringen würde, der ganze Lärm – nee, nee. Alles im grünen Bereich. Ich riech da gar nichts.«

»Dann ist ja gut.« Kriemer schnupperte in der Luft. »Bisschen komisch riecht es hier aber schon.«

»Das ist der Kompost. Wie gesagt, ich kümmere mich darum.«

»Ja, der Stallkamp kann da bestimmt mit Planen aushelfen.« Kriemer schickte sich an weiterzugehen. »Müssen Sie aber schnell machen, der Sturm steht vor der Tür, und außerdem muss der Stallkamp ins Krankenhaus. Neuer Schrittmacher. In ein paar Tagen ist der erst mal weg. Und Sie wissen ja, wie lange so was dauert.«

»Ehrlich gesagt nicht.«

»Ganz schön lange. Und in dem Alter weiß man doch nicht, ob er noch mal zurückkommt.«

»In Ordnung. Danke für den Tipp.«

»Vorne am Eingang steht ein Fahrradanhänger im Kabuff. Den können Sie sich für die Planen gerne ausleihen. Mit dem Auto möchte ich Sie hier ehrlich gesagt nicht noch mal rumfahren sehen. Jetzt bei dem Regen können die Wege das gar nicht vertragen.«

»Klar. Danke.«

»Gut. Tschö.« Und weg war er.

Erleichtert sah ich mich noch mal um. Im nächsten Augenblick zuckte ich erschrocken zusammen, als mein Blick auf Freddys Ellenbogen fiel, für den mein Laubwurf nicht gereicht hatte und der immer noch aus dem Kompost lugte. Mit einem Satz war ich bei ihm und packte in Windeseile ein paar weitere Ladungen Blätter darauf.

»Das war knapp«, murmelte ich. Das war es wirklich. Wären Kriemer oder meine Schwiegereltern mit einer etwas besseren Sehkraft ausgestattet, hätten sie den verdammten Ellenbogen durchaus als solchen erkennen können. Okay, mein Schwiegervater hatte ihn bemerkt, aber zum Glück hatten das alle auf seine beginnende Demenz geschoben, inklusive er selbst. Hatte Iza ihn gesehen? Und wenn ja, konnte man vom Ellenbogen auf die dazugehörige Person schließen?

Das Klingeln meines Handys lenkte meine Aufmerksamkeit von der nervigsten toten Person in meinem Leben zur nervigsten lebenden.

»Frau Wugner. Was kann ich für Sie tun?« Ich konnte mich nicht mehr zu einer flötenden Kundenberatungsstimme motivieren.

»Das Fundament für den Küchenblock ist heute gegossen worden!« Cathy Wugner hatte sich dagegen durchaus zu ihrer üblichen Kundenstimme aufraffen können. Sie klang empört wie immer.

»Das ist schön, dann sind wir da ja im Zeitplan.«

»Sind wir nicht! Das wird überhaupt nicht fest! Ist die reinste Wackelpartie!«

Ich hatte mal gelesen, man soll innerlich bis zehn zählen, dann würde sich der Impuls, laut loszuschreien, von alleine erledigen.

»Beton braucht einige Tage, bis er völlig ausgehärtet ist«, sagte ich so ruhig, wie es mir möglich war.

»Ich bin nicht blöd!«, regte sich Cathy Wugner lautstark aus. »Das ist mir natürlich auch klar. Aber was machen wir, wenn die Mäuse in der Zeit darüberlaufen? Eine womöglich stecken bleibt?«

»Der Kammerjäger war nach meinen Informationen doch schon da …«

»Und woher weiß ich, dass er alle erwischt hat?«

Ich dachte an mein Gespräch mit dem Handwerker und den Verdacht, den er über Cathy Wugner geäußert hatte.

»Der Kammerjäger hat alles rausbekommen.« Ich wunderte mich selbst, wie gefährlich meine Stimme plötzlich klang. »Wenn jetzt wieder Tiere auftauchen sollten, dann können wir davon ausgehen, dass es sich um Sabotage handelt. Und dann hätten wir den Übeltäter auf Video.«

»Aber die Überwachungsanlage ist doch noch gar nicht ...«

»Doch«, unterbrach ich sie wieder streng. »Die Kamera im Eingangsbereich funktioniert. Es ist zwar noch nicht das endgültige Modell, aber es würde einen möglichen Übeltäter in jedem Fall aufzeichnen.«

Für einen Moment herrschte Totenstille in der Leitung. »Dann ist ja gut«, sagte Frau Wugner schließlich und legte auf.

So schnell hatte ich sie noch nie von der Backe bekommen. Und dafür gab es nur zwei Erklärungen: Entweder man durfte sich von dieser Person nicht alles gefallen lassen und musste einfach strenger mit ihr ins Gericht gehen oder sie war die verdammte Saboteurin.

Seufzend blickte ich auf den abgedeckten Freddy. Es wäre zu schön, wenn ich ihn auch endlich von der Backe bekäme. Aber der Typ war einfach hartnäckig.

Dünnhäutigkeit ist weit verbreitet, wenn
die Hormone sich verabschieden. Dieses Gefühl,
den Alltag nicht mehr gewuppt zu bekommen
und schnell die Nerven zu verlieren, scheint eine
Paradedisziplin der Menopause zu sein.
Das kann so weit gehen, dass eine Frau in Tränen
ausbricht, nur weil sie keinen Parkplatz findet.
Oder eine Leiche in unzählige Stücke
zerhackt, weil der Verwesungsgeruch ihr
tierisch auf den Keks geht.

12

In der Nacht lag ich wieder schlaflos neben Jörn, obwohl ich die Hormonsalbe überall da hingeschmiert hatte, wo ich sie hinschmieren sollte. Aber eine sofortige Wirkung hatte das Zeug natürlich nicht. Das kam mir an diesem Abend allerdings durchaus entgegen, denn ich wollte jetzt gar nicht schlafen. Ich brauchte dringend einen Plan und überlegte hin und her, was ich mit Freddy machen könnte. Und bevor mir keine Lösung einfiel, verbot ich mir jedes Anzeichen von Müdigkeit.

Nachdem ich gut zwei Stunden auf dem Problem herumgedacht hatte, war mir klar, dass jeder Lösungsansatz aufs selbe hinauslief: die Güllegrube, in der Hugo munter vor sich hin verweste. Auch für Freddy schien mir das der einzige sichere Ort zu sein, die einzig machbare Entsorgungsmethode. Alle Alternativen – Verbrennen, Vergraben, in Säure Auflösen – scheiterten an den Mitteln oder daran, dass ich das alleine nicht bewerkstelligen konnte. Und Iza konnte ich in diesem Fall nun schlecht um Hilfe bitten. Zudem erschien es mir unklug, noch länger mit Freddys Umbettung zu warten. Das angekündigte Sturmtief saß mir im Nacken. Hinzu kam, dass ich nicht wusste, was Iza am Nachmittag gesehen hatte und ob sie womöglich selbst noch mal im Komposthaufen nach dem Rechten sehen wollte.

Deshalb hatte ich abends zuvor auch noch bei Bauer Stallkamp geklingelt. Der Mann war noch viel älter und gebrechlicher, als ich ihn in Erinnerung hatte. Dass er Iza und mich neulich nicht gehört hatte, wunderte mich überhaupt nicht mehr. Er hörte mich selbst jetzt kaum.

Nachdem ich ihn ein paarmal schreiend nach den Abdeckplanen gefragt hatte, erkundigte ich mich noch nach seinem Gesundheitszustand. Er habe schon seine Sachen gepackt, hatte er mir geantwortet, noch am Abend wolle er im Krankenhaus einchecken. Morgen dann jede Menge Voruntersuchungen, übermorgen die Operation und dann relativ schnell direkt in die Reha. Vier Wochen sei er mindestens fort, schätzte Bauer Stallkamp, der trotz seiner gesundheitlichen Verfassung ziemlich gut gelaunt wirkte. Ich hatte ihm noch alles Gute gewünscht, mich verabschiedet und mit seinen Planen meinen Kompost bedeckt.

Der Bauernhof war also vollständig verlassen. Sicherlich würde mal jemand nach dem Hof schauen, aber bestimmt nicht am ersten Tag.

Es gab keinen Grund mehr zu warten, aber zig Gründe, es nicht zu tun.

Lautlos kletterte ich aus dem Bett. Ich hielt sogar den Atem an, setzte ganz langsam einen Fuß vor den anderen, um möglichst geräuschlos aus dem Zimmer zu schleichen. Zum Glück schnarchte Jörn so laut, dass er alle anderen Geräusche übertönte.

Um auf keinen Fall Jörn oder eines der Kinder zu wecken, beschloss ich, mit dem Rad zum Schrebergarten zu fahren. Es war inzwischen ganz schön windig, das Laub flog mir um die Ohren, und die Luft roch nach Regen.

Ich trat in die Pedale und musste daran denken, wie ich vor nicht allzu langer Zeit hinter Hannes hergeradelt war, wie alles angefangen hatte, dieses neue, absolut unschöne Kapitel in meinem Leben, das nun hoffentlich seinen Abschluss fand. Bei aller Nervosität, die ich in mir trug, bei allen Zweifeln, ob ich Freddy auch wirklich alleine in die Grube schaffen konnte, freute ich mich ein bisschen darauf, bald am Ziel zu sein.

Freddy war das letzte Problem, das ich lösen musste, also jetzt abgesehen von unseren Geldproblemen, Jörns Arbeitslosigkeit, Werners Wettleidenschaft, Hannes' Drogenaffinität – aber angesichts des bevorstehenden Leichentransports erschien mir das alles wie Pipifax.

In ein paar Stunden würde ich nur noch die Probleme haben, die andere Leute auch hatten. Dann würde ich endlich mein altes Leben wiederhaben.

Jetzt kommen Sie mir bitte nicht wieder damit! Mir ist auch klar, dass ich meine Schuld nicht einfach so mit Freddy in die Grube werfen und vergessen konnte. Das hatte ich auch gar nicht vor! Und wenn ich von Entsorgung rede, dann ist das nicht despektierlich gemeint, auch wenn es sich vielleicht für die eine oder andere so anhören mag. Aber was erwarten Sie denn von mir? Sollte ich eine offizielle Trauerfeier für diesen Mistkerl organisieren und mich danach auf der Wache melden? Wem sollte damit geholfen sein?

Oh Mann, meine Nerven. Bitte entschuldigen Sie. Ich bin immer noch verdammt dünnhäutig, obwohl ich im Gegensatz zu der Nacht damals längst auf Hormonen bin. Aber so sehr mir dieser bioidentische Kram auch heute noch hilft: Ein Wundermittel gegen ein schlechtes Gewissen ist es leider nicht.

Das Wetter wurde immer mieser. Der Wind hatte sich zu einem leichten Sturm entwickelt, der den bisher erst leichten Nieselregen überall auf meinem Körper verteilte, auch unter den Klamotten. Die Plane, die ich noch vor wenigen Stunden über den Komposthaufen gelegt hatte, hatte sich an einigen Stellen bereits aus der Verankerung gelöst, die zugegebenermaßen auch noch nicht bombenfest gewesen war. Ich hatte ja gewusst, dass ich hier noch mal ranmusste.

Herr Kriemer hatte jedenfalls mit seiner Warnung recht gehabt, der Kompost musste schnellstens winterfest gemacht werden, sonst würde sich alles noch zu einer mittleren Schlammlawine entwickeln.

Als Erstes musste ich Freddy jetzt wieder ans Tages- beziehungsweise Nachtlicht befördern.

Nicht so viel darüber nachdenken, ermahnte ich mich selbst und fuhr tatkräftig mit der Schaufel in den Kompost. Schon beim zweiten Mal stieß ich gegen einen Widerstand und hörte ein lautes Knacken. Na toll. Offensichtlich hatte ich jetzt auch noch einen von Freddys Knochen gebrochen.

Ich schluckte die Übelkeit herunter, die sich in mir ausbreitete, und ging nun vorsichtiger vor. Es dauert zwar etwas länger, aber irgendwann lag Freddy vor mir.

»Du siehst scheiße aus«, murmelte ich, als ich in das grün-grau verfärbte Gesicht sah. In seinen Nasenlöchern bewegte sich etwas, und ich wollte gar nicht wissen, was es war. An seinem Hals war eine tiefe Wunde, die recht frisch aussah.

Oh Mann. Ich hatte ihm eben offensichtlich den Kehlkopf zertrümmert, fast den Kopf abgehackt. Sorry, dachte ich kurz. Dann packte ich Freddy an den Füßen und zog ihn mit viel Mühe auf die Wiese, die eigentlich keine mehr war.

Inzwischen schüttete es wie aus Eimern, und in Sekundenschnelle war ich bis auf die Unterwäsche durchnässt. Es fiel mir von Schritt zu Schritt schwerer, den glitschigen und nassen Körper hinter mir herzuziehen.

Wie viel hatte der Typ zu Lebzeiten auf die Waage gebracht? Neunzig? Hundert? Bestimmt.

Ich spürte, wie mein Rücken unter der ungewohnten Belastung zu stöhnen begann. Da er das nicht lautstark tun konnte, äußerte er sein Missfallen durch einen stechenden Schmerz, der mir bis in die Beine fuhr. Ich hatte das Gefühl, Freddy keinen Zentimeter mehr bewegen zu können. Aber ich hatte keine Wahl. Wir standen inzwischen in der Mitte der Wiese, hier konnte er auf keinen Fall bleiben.

Also weiter.

Der schlimmste Teil lag noch vor mir. Ich musste Freddy den Hang hochzerren und versuchen, ihn von da Richtung Güllegrube zu befördern. Letzteres dürfte relativ einfach sein, jemanden den Abhang hinunterzuziehen war jedenfalls leichter als hinauf.

Ich mobilisierte alle meine Kräfte und zerrte weiter an ihm, wobei ich versuchte, ihm nicht ins Gesicht zu schauen. Aber so sehr ich mich auch bemühte, die Maden in Nase und Mund waren leider nicht zu übersehen.

Nein, man konnte sagen, was man wollte, die Verwesung an sich war kein schöner Vorgang. Jedenfalls optisch nicht, sonst von der Natur ja durchaus sinnvoll ausgedacht.

Ich versuchte, mich auf meine Arbeit zu konzentrieren. Inzwischen schmerzte mein Rücken so stark, dass ich es kaum noch aushielt. Während ich krampfhaft versuchte, den Körper hinter mir herzuziehen, wollte ich die ganze Aktion am liebsten abbrechen. Aber ich konnte nicht! Ich musste das zu Ende bringen! Wie sollte ich das nur alles schaffen? Ganz alleine und ohne Hilfe?

Ich kämpfte mit den Tränen, und eine Welle des Selbstmitleids überrollte mich. Wieso war ich bloß in so eine schreckliche Situation geraten? Warum ich? Warum immer ich?

Es ist mir bewusst, dass Selbstmitleid eines der bescheuertsten und sinnbefreitesten Gefühle überhaupt ist. Es bringt einen nicht weiter als bis zum Boden, wo man dann irgendwann heulend hockt und sich selbst bedauert. Ich weiß nicht, warum uns die Natur mit diesem Gefühl bedacht hat, aber die Wechseljahre machen es nicht gerade besser, das kann ich Ihnen sagen.

Rückblickend denke ich, dass ich mich damals wahnsinnig einsam gefühlt habe, wie ich da im strömenden Regen neben der Leiche im Matsch hockte. Alleine und überfordert, wie ich es viel-

leicht schon eine ganze Weile zuvor gewesen war, ohne es bewusst wahrgenommen zu haben.

Endlich hatte ich den Hang erklommen und blickte auf den Bauernhof, der unter mir lag. Jetzt hatte ich das Schlimmste geschafft, jetzt musste der Kerl nur noch entspannt hier runterkullern. Ich hatte bei Hugo erlebt, wie schnell und zielsicher das laufen konnte.

Ich streckte den Rücken durch und versuchte dann, Freddy in eine angemessene Startposition zu bringen. Ich legte ihn so hin, dass er seitlich hinunterrollen konnte. Das würde schneller gehen und weniger Spuren hinterlassen, als wenn ich ihn an den Füßen bis nach unten ziehen würde. Entschlossen versetzte ich ihm einen schwungvollen Schubs.

»Oh.« Freddy nahm ganz schön Fahrt auf, mehr, als ich erwartet hatte. Und jetzt bekam er auch noch einen leichten Linksdrall. »Bleib in der Spur!«, entfuhr es mir unsinnigerweise, aber natürlich hörte Freddy nicht auf mich. Ob ich ihn einholen und wieder in die richtige Richtung lenken konnte? Ich musste es versuchen.

Auf dem nassen und gar nicht mal so unsteilen Hang bekamen sowohl die rollende Leiche als auch ich immer mehr Tempo. Wie ein kleines Kind, das nicht bremsen konnte, wenn es irgendwo hinunterlief, wurde auch ich immer schneller. Mein Rücken erklärte mich gerade für wahnsinnig und schickte Notsignale bis in die Zehenspitzen. Aber es half alles nichts. Ich wurde schneller und schneller. Und Freddy auch.

Dann sah ich den Stacheldraht.

Er grenzte das kleine Gebiet ab, hinter dem früher die Schafe gegrast hatten. Ich erinnerte mich daran, wie ich mal als Kind in einen Stacheldraht gelaufen war. Eine Narbe zierte meinen Oberschenkel noch heute. Nein, das wollte ich nicht noch mal erleben.

Ich hatte keine andere Wahl, als mich aufs Hinterteil zu werfen und mit den Händen krampfhaft nach dem Gestrüpp zu greifen, über das ich hinwegrutschte. Mein Rücken zeigte mir den ausgestreckten Mittelfinger, und Unmengen an Adrenalin fluteten meinen Körper. Der Stacheldraht kam näher und näher, und ich unterdrückte einen panischen Schrei. Wenige Meter vor dem Zaun blieb ich endlich im Schlamm stecken.

Anders als Freddy. Dessen verwesender Körper rutschte unter dem Zaun hindurch – leider nicht komplett. Sein von der Schaufel ohnehin schon strapazierter Hals geriet so unglücklich in den Draht, dass dieser wie eine Guillotine fungierte und das bereits desolate Fleisch spielend durchtrennte. Freddys Kopf kullerte nach rechts, der Körper nach links, und im Stacheldraht hingen einige unschöne Fetzen irgendwas. Und während die kopflose Leiche endlich zum Stillstand gekommen war, war der verdammte Schädel verschwunden.

Für einen Moment lag ich einfach nur im Schlamm und ließ die Regentropfen auf mich niederprasseln. Wie konnte eine Ausgangssituation, die an Beschissenheit eigentlich nicht zu übertreffen war, noch so eine Steigerung nehmen? Was war das jetzt? Die beschissenste alle möglichen Scheißsituationen?

Ich brauchte ein paar Minuten, um mich einigermaßen zu sammeln. Es gab nur eine Möglichkeit: Ich musste pragmatisch vorgehen. Als Erstes den Kopf suchen, bevor der noch von irgendeinem Tier gefunden wurde. Dann den Körper aus dem Schafsgatter ziehen und zur Güllegrube bringen. Kopf und Körper hinein, Fleischreste vom Zaun pflücken und ebenfalls in die Grube. Klappe zu und fertig.

Ich rappelte mich hoch, schaltete das Licht an meinem Handy ein und leuchtete sorgsam den Boden ab. Zum Glück hatten mich meine Kinder damals davon überzeugt, ein wasserfestes Handy zu kaufen. Sie hatten zwar eher daran gedacht, dass mir das gute Stück irgendwann ins Klo fallen würde, anstatt bei einer Schädelsuche im strömenden Regen zum Einsatz zu kommen, aber das war jetzt ja egal.

Erschrocken zuckte ich zusammen, als ich nach einer Weile fündig wurde. Der Kopf lag mitten in einer großen Pfütze, das Gesicht spiegelte sich im Wasser, und es sah fast so aus, als wollte Freddy gerade auftauchen und den Rest seines massigen Körpers nach oben stemmen.

Es ist nur ein Kopf, sagte ich mir. Nur ein stinkiger Schädel, nichts Schlimmes.

Ich packte ihn an den Haaren, hielt ihn am ausgestreckten Arm weit von mir fern und brachte ihn zur Grube. Dann eilte ich zurück zum Schafsgatter, kletterte vorsichtig durch den Stacheldrahtzaun und zerrte den Körper ebenfalls Richtung Grube. Obwohl mein Rücken kurz davor war, endgültig den Geist aufzugeben, nahm ich meine letzten Kräfte zusammen und versuchte, die massive Metallabdeckung zu öffnen. Die Klappe klemmte, ich zog noch kräftiger daran, ich rüttelte, trat dagegen, zog noch mal. Nichts passierte.

Die Grube war verschlossen. Der alte Stallkamp musste sie vor seinem Krankenhausaufenthalt noch abgesperrt haben.

In Schockstarre stand ich da. Warum hatte ich das nicht überprüft? Ich hätte mir die ganze Plackerei sparen können, wenn ich vorher gecheckt hätte, ob die Grube noch offen war!

Jetzt konnte ich die Tränen nicht mehr zurückhalten und heulte los wie ein Schlosshund.

Warum musste ich immer so viel Pech haben? Warum konnte der verdammte Dealer nicht einen anständigen Beruf lernen, warum musste er Schülern Drogen verkaufen und junge Frauen auf den Strich schicken?

Ich hatte jedes Zeitgefühl verloren und keine Ahnung, wie lange ich da im Regen stand und heulte. Aber irgendwann spürte ich, wie sich mein Selbstmitleid veränderte. Zuerst machte sich die Wut nur ganz leise bemerkbar. Dann wurde sie immer lauter, bis ich so einen Hass auf Freddy bekam, dass ich die Nerven verlor. »Du verdammter Mistkerl! Du hast mir das alles eingebrockt!«, schrie ich die kopflose Leiche zu meinen Füßen an. Der Regen prasselte so laut, dass meine Schreie darin untergingen. Aber meine Wut nicht.

Mein Blick fiel auf die Axt, die neben dem gehackten Holz lag. Ich war völlig außer mir, als ich sie mir schnappte und den Körper kurzerhand in seine Einzelteile zerlegte.

Ich erspare Ihnen jetzt die Details, auch wenn ich ahne, dass die eine oder andere von Ihnen es genauer wissen möchte. Eines kann ich Ihnen allerdings versichern: Es war eine fürchterliche Schweinerei.

Als mein Adrenalin-Wutrausch seine Wirkung verlor, ließ ich erschöpft die Axt sinken und griff mir an den schmerzenden Rücken. Dann blickte ich auf die vielen kleinen Freddy-Stücke, die vor mir lagen. Was genau hatte mir diese Aktion gebracht? Das Entsorgungsproblem hatte ich durch die Zerkleinerung nicht gelöst. Das Zeug da musste genauso verschwinden wie zuvor Freddy am Stück, so viel stand fest.

Ich weiß nicht, wie lange ich auf das gemischte Hack gestarrt habe und ob ich vielleicht hoffte, die Leichenteile würden dadurch verdampfen oder sich sonst irgendwie entmaterialisieren, was sie natürlich nicht taten. Aber wenigstens fielen mir dann die Müllbeutel ein, die ich gesehen hatte, als ich mit Iza den Branntkalk aus der Scheune holte.

Es war ein komisches Gefühl, schon wieder in dieses alte Gemäuer zu gehen, um etwas zu finden, was ich für die Entsorgung einer Leiche benötigte. Ich musste nicht mehr suchen, wusste inzwischen genau, wo ich die notwendigen Teile fand, und kam mir dadurch merkwürdig professionell vor, auch wenn ich das Gegenteil davon war (siehe Leichen-Massaker).

Ich verpackte Freddy sorgsam in den Müllsäcken, pflückte die kleinen Fleischteile vom Zaun, legte sie zu dem Kopf und knotete alles zu.

Nun ist eine zerteilte Leiche noch nicht automatisch besser als eine ganze. Da aber die Güllegrube als Grabstätte für Freddy definitiv ausschied, musste ich ihn ja irgendwie wieder den verdammten Abhang hochkriegen. Und wenigstens das sollte jetzt eindeutig leichter gehen.

Es war trotzdem ein hartes Stück Arbeit.

Sack für Sack trug ich Freddy zurück zum Schrebergarten. Als ich ihn endlich komplett auf meinem Grundstück hatte, eilte ich noch mal zurück, um alle blutigen Spuren zu beseitigen, die der Regen noch nicht wegschwemmt hatte. Zum bestimmt zwanzigsten Mal kraxelte ich danach den Abhang wieder hoch, die Fitness-App in meinem Handy überschlug sich vermutlich gerade vor Freude. Ich dagegen war langsam, aber sicher wirklich fertig. Jedenfalls mit mir. Mit Freddy hatte ich noch ein bisschen Wegstrecke vor mir.

Ich starrte auf den Komposthaufen, und mir war klar, dass der Kerl da nicht mehr reindurfte, egal, wie kleinteilig er jetzt war. Ich rief mir alle Mafia-Filme in Erinnerung, die ich je gesehen hatte, und spulte im Schnelldurchlauf zu den Stellen, an denen Leichen entsorgt wurden.

Und plötzlich hatte ich eine Idee.

Ich holte den Fahrradanhänger von Herrn Kriemer aus dem Kabuff am Eingang und befestigte ihn an meinem Rad. Jetzt beförderte ich damit eben keine Planen, sondern Leichenteile, konnte dem Ding ja auch egal sein. Zum Glück war es ein alter Anhänger, den ich einfach nur mit einer Drahtschlaufe am Gepäckträger anhängen musste – mit diesem Konstrukt durfte ich auf keinen Fall in eine Verkehrskontrolle kommen. Haha. Mit einer richtigen Anhängerkupplung wäre sonst natürlich alles tofte gewesen.

Nervös achtete ich darauf, dass auch alle Teile von Freddy in den Anhänger kamen und nichts von ihm zurückblieb. Die Vorstellung, dank meiner menopausalen Schusseligkeit einen Fuß oder Arm liegen zu lassen, ließ mein Herz rasen. Ich kontrollierte alles bestimmt fünfmal, bevor ich den Anhänger verschloss und mich aufs Fahrrad schwang. Dann trat ich in die Pedale.

Das Aufteilen auf die Säcke hatte leider nichts an Freddys Gesamtgewicht geändert, sodass ich ganz schön zu trampeln hatte. Aber so wurde mir wenigstens wieder warm, zudem konnte ich Schleichwege fahren, die mit dem Auto nicht passierbar gewesen wären. Trotzdem brauchte ich fast eine Stunde, bis ich endlich an der Baustelle der Villa von Cathy Wugner und ihrem Gatten angekommen war.

Mit einem Blick vergewisserte ich mich, dass an der Haustür immer noch der Kameradummy hing. Zum Glück ließ das aufwendige Videoüberwachungssystem nach wie vor auf sich warten, sodass ich Freddy unbemerkt peu à peu in die Villa tragen konnte.

»Hier wirst du noch richtig Spaß haben«, sagte ich leise, als ich den ersten Beutel in den Sockel des Küchenblocks packte. »Hier wird es viel Sex geben, das gefällt dir bestimmt.«

Der Beton war noch weich. Trotzdem verdrängten Freddys Leichenteile natürlich eine nicht unerhebliche Menge des Baumaterials, und ich musste äußerst vorsichtig vorgehen, damit das Zeug nicht auf den Boden schwappte. Es war extrem mühsam – einen Eimer Beton rausnehmen, einen Fuß reinstecken, weiterer Eimer raus, nächster Fuß rein – und inzwischen war es nicht mehr nur mein Rücken, der mich erschöpft fragte, ob ich noch alle Tassen im Schrank hatte.

Es war schon halb sechs am Morgen, als ich den Beton über dem letzten Sack glattstrich, in dem sich Freddys Kopf befand. Seine Nase wölbte sich noch leicht hervor, ich drückte sie herunter und glättete erneut die Oberfläche, wartete, aus Angst, die Nase könnte wiederauftauchen wie ein Ballon, den man unter Wasser drückte. Aber nichts passierte. Freddy war komplett einbetoniert.

Erleichtert atmete ich durch. Alles sah super aus, kein Mensch würde je einen Unterschied bemerken. Sollte ich mal einen Ratgeber zum Thema Leichenentsorgung schreiben, würde diese Methode definitiv einen Platz darin bekommen.

Ich verdrängte alle geschmacklosen Gedanken und stand einfach nur ganz ruhig da.

Das war's. Ich war fertig. Endlich konnte ich mit diesem Mist abschließen. Für immer. Wenn ich für mich einen Weg finden würde, mit allem klarzukommen, würde niemals ein Mensch erfahren, was sich in dem Küchenblock befand und wie es dahin gekommen war. Zum Glück war das alles endlich zu Ende, und ich empfand eine ungeheure Erleichterung, fühlte mich wie befreit.

»Liv?«

Sie können sich vorstellen, was für einen Beinahe-Herzinfarkt ich in dem Moment bekommen habe. Der Schreck löste eine körperliche Reaktion in mir aus, ich zuckte nicht nur schlagartig zusammen, mein Magen verkrampfte sich zeitgleich mit meinem Rücken, wodurch mein ganzer Oberkörper ein einziger stechender Schmerz war. Außerdem rasten Tausende Gedanken durch meinen Kopf, und erstaunlicherweise dachte ich sogar für eine Millisekunde, dass das Freddys Stimme gewesen sein könnte. Allein daran sehen Sie, wie es um mein Nervenkostüm bestellt war.

»Pablo! Was machst du denn hier?« Ich versuchte, meinen Chef entwaffnend anzusehen.

»Die Frage ist doch wohl eher, was *du* hier machst.« Er musterte mich von oben bis unten. In den Händen hielt er einen viereckigen Behälter, der mit einem Handtuch abgedeckt war.

»Ich bin gerade erst angekommen, keine zwei Minuten hier.«

»Du bist klatschnass. Und es hat vor über einer Stunde aufgehört zu regnen.«

»Hitzewallungen«, sagte ich augenrollend. »Sei froh, dass du ein Mann bist. Das ist kein Spaß.«

Besorgt kam er auf mich zu. »Du bist in den Wechseljahren?«

»Du sagst das so, als wäre es eine fiese Geschlechtskrankheit!«

Pablo zuckte mit den Schultern. »Na ja, ist es doch auch irgendwie.«

»Sehr witzig.«

Erneut ließ er den Blick über meinen durchnässten Körper wandern. »Und weil du Hitzewallungen hast, bist du klatschnass geschwitzt?«

Ich nickte.

»Und die Hitze hat den Beton zum Schmelzen gebracht, weshalb du damit komplett eingesaut bist, oder wie soll ich das verstehen?« Pablo wies mit einer vorwurfsvollen Handbewegung, wie ich sie eigentlich nur von meiner Mutter kannte, auf meine Kleidung. Mit der anderen hielt er nach wie vor den Behälter fest.

»Ähm …« Mir fiel nichts mehr ein.

»Was zur Hölle hast du hier veranstaltet, Liv?«

Was sollte ich ihm darauf antworten? Ich entschied mich für die Wahrheit, wenn auch nicht die volle. Ich erzählte ihm von Jörns Arbeits- und von Cathy Wugners Charakterlosigkeit, von meinem zeitlichen Druck bei der Umsetzung der Küche, von einer Nachtschicht, die ich einlegen musste – ich verschwieg, welcher Natur diese war –, von meiner Angst, alles zu verlieren und bald zum alten Eisen zu gehören, und von meinem schmerzenden Rücken.

»Du verstehst das nicht, Pablo. Du bist jung und ungebunden, das ist was anderes, als wenn du in meinem Alter für eine Familie zuständig bist!« Ich merkte, wie mir eine Träne die Wange herunterlief.

Mein Chef verzog den Mund. »Erstens bin ich nur zwei Jahre jünger als du …«

»Was?« Das überraschte mich nun wirklich. Ich hatte Pablo auf höchsten fünfunddreißig geschätzt.

»Botox und Filler.« Er zog die Augenbrauen hoch, was nur eingeschränkt möglich war. »Und zweitens bin ich überhaupt nicht ungebunden. Ich bin seit zwölf Jahren mit meinem Mann zusammen.«

Das kam überraschend. »Ich dachte, ihr hättet euch getrennt? Vor …«, ich dachte nach, »… drei Jahren?«

»Nein.«

»Vier?«

»Wir sind noch zusammen.«

»Aber er ist aus der Firma raus?«

»Ja.«

Okay, hier ließ sich jemand ganz schön was aus der Nase ziehen. »Und warum hast du ihn danach nie mitgebracht? Weihnachtsfeier? Sommerfest?«

»Da ist er nicht der Typ für.«

»Aber du hast nie von ihm erzählt!« Wenn man Pablo nach seinem Urlaub gefragt hatte, bekam man immer den Bericht einer Einzelperson zu hören. Er sagte grundsätzlich »ich fahre nach« oder »ich hatte ein tolles Hotel in«. Nichts von seinem verwendeten Vokabular ließ den Schluss zu, dass er in einer Beziehung war. »Hast du deinen Mann bewusst von uns ferngehalten?«, fragte ich erstaunt.

»Nein.«

»Aber du hast ihn totgeschwiegen!«

Ich sah, wie Pablo schlucken musste. Dann nickte er zögernd. Im selben Moment nahm ich ein merkwürdiges Fiepen wahr, ignorierte es aber.

»Warum hast du das getan?« Ich verstand das nicht. »Wir leben im einundzwanzigsten Jahrhundert! Und auch noch in Köln! Es gibt doch keinen Grund, eine schwule Beziehung nicht offen zu leben!«

»Das hat überhaupt nichts mit schwul oder hetero zu tun«, murmelte er.

»Womit denn dann?«

»Na mit ihm.« Wieder zögerte er. »Tobi sitzt seit drei Jahren im Knast.«

Ich lachte erleichtert auf. »Ach so!«

Pablo verzog den Mund. »Merkwürdige Reaktion.«

Das stimmte. Schnell bemühte ich mich um einen ernsteren Gesichtsausdruck. Wieder hörte ich dieses Fiepen. »Was hat er angestellt?«

»Er ist unschuldig. Und das sage ich nicht einfach nur so. Er ist da in etwas hineingeraten, eins führte zum anderen …«

Ich nickte verständnisvoll. »Wie viele Tote?«

Pablo fiel alles aus dem Gesicht. »Was? Nein! Kreditbetrug – angeblich! Aber eigentlich waren das nur Missverständnisse.«

»Verstehe, verstehe.« Gottogott, eines Tages redete ich mich noch um Kopf und Kragen.

»Na ja, jedenfalls bin ich deshalb hier.«

Jetzt stand ich völlig auf dem Schlauch und verstand kein Wort mehr. Pablo kam morgens in aller Herrgottsfrühe auf eine Baustelle, weil sein Partner wegen Kreditbetrugs im Knast saß?

Plötzlich realisierte ich, woher das Fiepen kam. »Warum macht das da so komische Geräusche?« Ich wies auf den abgedeckten Behälter in Pablos Händen.

Er grinste schief und zuckte mit den Achseln. »Ich schätze, sie haben ein bisschen Schiss.«

»Wer?«

Ich ahnte, wie die Antwort ausfallen würde, und zog mit einer ruckartigen Bewegung das Tuch herunter. Zum Vorschein kam ein handelsüblicher Käfig, wie man ihn in Zoogeschäften für einen Hamster oder ein Meerschweinchen kaufen würde. Oder eben für Mäuse. Bestimmt zwei Dutzend der kleinen Nager tummelten sich im Streu.

»Du? Aber …?«

Er zuckte entschuldigend mit den Achseln. »Der Elektriker hat mich angesprochen, ob deine Idee mit der Kamera-Attrappe auch wirklich okay ist. Ich wusste also, dass ich noch unbemerkt hier reinkomme.«

»Das erklärt vielleicht, warum du heute hier bist«, sagte ich. »Aber das ist doch nicht der erste Schub Mäuse, den du hier ablieferst.«

Pablo machte ein abwägendes Gesicht. »Eher so Fuhre fünf oder sechs.« Wieder grinste er.

Es kam nicht oft vor, dass ich sprachlos war, aber jetzt war es definitiv so weit.

»Warum?«, entfuhr es mir nach einem Moment. »Die kleinen Biester haben uns so viele Probleme gemacht! Wochenlang hatten wir es deshalb mit einer fast hysterischen Kundin zu tun! Alles hat sich verzögert und hingezogen – was ist bloß los mit dir? Hast du ein Alkoholproblem? Drogen? Wahnvorstellungen? Schizophrene Paranoia?« Das schienen mir im Moment die wahrscheinlichsten Erklärungen für sein Verhalten zu sein.

»Nein. Herr Wugner war Tobis *Wirtschafts- und Steuerberater.*« Er sprach das Wort aus, als würde es bei ihm einen Würgereiz auslösen. Eine Erklärung für sein Nager-affines Verhalten war das aber noch nicht.

»Meine Steuerberaterin geht mir auch manchmal auf den Geist«, antwortete ich. »Setze ich deshalb hundert Ratten in ihren Vorgarten aus? Nein!«

»Das sind keine Ratten.«

»Pablo!«

»Ist ja gut, ich erkläre dir alles.« Er stellte den Käfig auf den Boden und streichelte mit seinem Finger eine Maus, die neugierig den Kopf durchs Gitter steckte. »Tobi hat gedacht, er könne sich auf Wugner verlassen. Aber tatsächlich hat er ihn mit irgendwelchen dubiosen Finanzmodellen total in den Abgrund gezogen. Wir hätten fast die Firma verloren.«

»Dubiose Finanzmodelle heißt …?«

»Verbrecherische Geldwäscherei, von der nur Wugner etwas hatte.«

»Warum hast du ihn nicht angezeigt?«, fragte ich und dachte daran, dass ich das ja nun auch nicht getan hatte, als ich Freddys Dealertum auf die Schliche gekommen war.

»Dafür hing Tobi zu tief mit drin.« Pablo sah mit einem Mal ganz traurig aus. »Wugner ist ein schlauer Fuchs. Er hatte alles so gedreht, dass Tobi wie der Hauptschuldige aussah.«

Für einen Moment schwiegen wir, und ich ließ diese neuen Informationen sacken. So ganz verstand ich immer noch nicht, warum Pablo die Baustelle sabotiert hatte.

Er sah mich einige endlose Sekunden an, als ich ihn danach fragte.

»Ich kann dir doch vertrauen, Liv?«

»Voll und ganz.« Ich versuchte, die Sache richtig zu einzuordnen. »Damals hatte nur dein Mann mit Wugner zu tun, dich kannte das Ehepaar nicht. Du hast die Bauarbeiten künstlich in die Länge gezogen und damit die Kosten enorm in die Höhe getrieben.«

Pablo nickte. »Um so wenigstens das Geld wieder reinzukriegen, das uns durch Wugner verloren gegangen ist.«

Ich begriff es immer noch nicht. »Aber war das nicht total riskant? Wugner hätte den Vertrag mit dir doch kündigen und einen anderen Küchenbauer nehmen können.«

Jetzt schüttelte mein Chef den Kopf und grinste breit. »Wenn man so ein kriminelles Arschloch wie Wugner ist, nicht. Er hat mir vorab achtzigtausend Euro in bar gegeben.«

»Geldwäsche …«

»Was auch immer. Jedenfalls hatten wir mündlich vereinbart, dass damit alles bezahlt ist.«

»Verstehe. Und von dem Bargeld kann er jetzt natürlich niemandem erzählen.«

Pablos Grinsen wurde immer breiter. »Korrekt. Und für die *unerwarteten* neuen Ausgaben habe ich offizielle Rechnungen an seine Firmenadresse geschickt.«

»Und die haben das einfach so bezahlt?«

»Seine Frau leitet offiziell das Sekretariat, auch wenn sie da vermutlich nie auftaucht. Ich habe alle Rechnungen extra an sie adressieren lassen.«

Langsam bekam ich die Puzzleteile in meinem Kopf zusammen. »Aber findest du das nicht immer noch alles ganz schön riskant? So ein Typ hetzt einem doch auch schnell mal ein paar Schläger auf den Hals.«

»Die Sorge hatte ich natürlich auch, aber bisher ist nichts passiert. Ich nehme an, dass Frau Wugner davon ausgeht, sie habe mit ihren Extrawünschen die hohen Kosten angerichtet, und das hat sie ihrem Gatten mal schön verschwiegen. Außerdem weiß sie anscheinend nichts von der vorherigen Barzahlung. Jedenfalls hat sie bisher gut hunderttausend Euro überwiesen.«

Ich pfiff anerkennend. »Nicht schlecht … erstaunlich, dass sie solche Summen vor ihrem Mann geheim halten kann.« Wenn ich daran dachte, was bei uns zu Hause los war, nachdem ich heimlich einen Schrebergarten geshoppt hatte.

»Wugner selbst ist wohl irgendwo zur Kur oder so, vielleicht weiß er noch gar nichts davon.«

»Dann ist es nur eine Frage der Zeit, bis du Ärger bekommst.«

Pablo machte ein zuversichtliches Gesicht. »Im Moment sieht es ganz gut aus. Tobis Verfahren wurde vor einer Weile wiederaufgenommen, unser Anwalt hat ein paar gute Beweise sammeln können. Vielleicht ist es auch einfach eine Frage der Zeit, bis der Scheiß-Wugner endlich Ärger bekommt. Jedenfalls wartet ein

Schreiben der Staatsanwaltschaft auf ihn, wenn er aus der Kur zurückkommt.«

Ich blickte mich in der halb fertigen Küche um. »Immerhin kriegen sie auch was für ihr Geld.«

Klar, hier würde irgendwann alles nur vom Allerfeinsten sein, die teuersten Fliesen, die exklusivsten Geräte, maßangefertigte Möbel. Aber für knapp zweihunderttausend Euro hätten die Wugners den ganzen Spaß auch noch mal mit Blattgold bepinseln lassen können.

Andererseits dürfte sie der Verlust des Geldes vermutlich nicht besonders jucken, vielleicht bemerkten sie ihn noch nicht mal. Wer mit so viel Bargeld hantierte, verlor wahrscheinlich schnell den Überblick.

Pablo sah mich ernst an. »Kannst du das für dich behalten, Liv?«

»Ja. Das kann ich.«

»Gut. Dann frage ich auch nicht weiter nach, was du um diese Uhrzeit wirklich hier gemacht hast.«

Wir sahen uns für einen Moment schweigend an und nickten im stillen Einverständnis.

Und obwohl alles, was ich angerichtet hatte, viel, viel schlimmer war als das, was Pablo getan hatte, spürte ich, dass uns etwas verband, und ich wusste, ich konnte ihm vertrauen. Und er wusste es umgekehrt genauso.

Gemeinsam hockten wir uns neben den Mäusekäfig.

»Morgen oder übermorgen kommt die richtige Überwachungsanlage«, sagte ich. »Dann ist Schluss mit der Attrappe.«

»Ich weiß.«

Es war ein unausgesprochenes Versprechen, das wir uns gaben, als wir gemeinsam die Seitenklappe öffneten und die kleinen Vierbeiner in ihre Freiheit ließen.

»Hoffentlich kriegt der Kammerjäger sie nicht«, sagte ich, während ich die Tiere dabei beobachtete, wie sie sich neugierig schnuppernd umsahen.

»Die sind als Schlangenfutter gezüchtet worden«, meinte Pablo. »Jeder Tag ist für die ein Plus auf dem Lebenskonto. Ich glaube, das wissen sie zu schätzen.«

»Bestimmt.« Auch wenn ich mir da nicht ganz sicher war, hoffte ich doch sehr, dass die Kleinen durchkommen und ein hübsches Zuhause in der neureichen Villa finden würden. Die Vorstellung, dass die Wugners auch in Zukunft kleine pelzige Untermieter haben würden, gefiel mir, auf eine zugegebenermaßen etwas gehässige Art, ganz gut.

Manche Frauen erleben die Wechseljahre generell als Zeit des Umbruchs. Ob Sie diese Phase als Krise oder als Chance betrachten, hängt natürlich auch von Ihren persönlichen Umständen ab. Viele Frauen sehen in den Veränderungen durchaus Vorteile. Sie erwarten größere persönliche Freiheit und schaffen Veränderungen in Beruf oder Partnerschaft. Und auf die Regelblutung – mal ehrlich, darauf kann doch nun wirklich jede gut verzichten.

13

Drei Wochen waren seit dieser regnerischen Nacht vergangen. Drei Wochen, in denen Pablo und ich so getan hatten, als wenn wir uns nie auf der Baustelle getroffen hätten. Wir hatten kein Wort mehr darüber verloren, die Luxusküche von Cathy Wugner eingebaut, alle Extrawünsche der Dame beachtet und natürlich in Rechnung gestellt. Warum ihr Mann nicht verhinderte, dass sie die Überweisungen tätigte, konnte ich zwar nicht nachvollziehen – aber es gab ja so einiges bei diesem Paar, was sich meinem geistigen Horizont entzog.

In diesen drei Wochen passierte aber noch etwas anderes. Ich arbeitete jetzt Vollzeit und hatte von Pablo sogar den Titel »Studioleiterin« bekommen. Mir war nicht ganz klar, ob diese Beförderung Teil unseres Schweigeabkommens war, aber wenn das der Fall sein sollte, konnte ich beruhigt sein. Denn dann ging mein Chef davon aus, dass *ich* diejenige war, die über *sein* kriminelles Tun schweigen sollte. Was im Gegenzug nichts anderes bedeutete, dass er keine Ahnung hatte, was den Küchensockel so massiv machte.

Jörn wollte sich jetzt erst mal um Haus, Kinder und seine Eltern kümmern und sich dabei überlegen, wie er sich als Berater selbstständig machen könnte. Mein Vollzeit-Gehalt im Küchenstudio war zwar nicht schlecht, kam aber nicht an sein früheres Beratergehalt heran. Doch das war uns im Moment egal. Wir waren beide froh, dass wir diese Ehekrise überstanden hatten.

Und wir hatten unser Leben neu sortiert. Jörn schien es tatsächlich zu genießen, so viel Zeit mit seinen Eltern zu verbringen. Natürlich war er manchmal genervt, aber ich spürte, dass er es eigentlich mochte, Mama und Papa noch mal ganz für sich zu haben. Iza ließ die drei immer öfter alleine und zog sich zum Lesen in ihr Zimmer zurück. Sie war zur größten Leseratte mutiert, die ich jemals getroffen hatte. Die Hälfte von Marlies' riesiger Büchersammlung hatte sie bald durch.

Außerdem hatte Jörn es geschafft, Werner von seiner Wettleidenschaft abzubringen. Jeder Suchtberater würde vermutlich die Hände über dem Kopf zusammenschlagen, aber seitdem Jörn mit seinen Eltern regelmäßig Poker spielte, ging Werner nicht mehr auf die Rennbahn. Natürlich pokerten sie um Geld, aber die Summen waren deutlich geringer als bei den Pferdewetten und bewegten sich im Taschengeldbereich. Es war Werner offensichtlich egal, um wie viel er zockte. Hauptsache, er konnte zocken.

Neben der Arbeit ging ich jetzt noch zweimal die Woche zum Pilates, um meine Rückenprobleme in den Griff zu bekommen. Das funktionierte tatsächlich ganz gut, auch wenn ich nicht fassen konnte, wie unbeweglich ich war.

Und noch etwas hatte sich verändert: Ich konnte wieder schlafen. Das bedeutete eine enorme Verbesserung meiner Gesamtverfassung. Ich war nicht mehr so dünnhäutig, meine Schusseligkeit wurde auch langsam weniger, und selbst die Hitzewallungen hatten merklich nachgelassen. Die Hormonsalben wirkten, und meine Alterspubertät ließ mich langsam aus den Klauen.

»Ich kann höchstens auf einen Kaffee bleiben«, sagte ich zu Jörn, als wir zusammen bei seinen Eltern vorfuhren. Marlies und Werner hatten uns zur Besichtigung ihres neuen Bades eingeladen. »Um zwei muss ich bei den Kunden sein.«

»Kann das nicht warten?«

»Endabnahme. Das ist wichtig, damit ich dieses Projekt endlich von der Backe habe. Tut mir leid, Schatz.«

Er lächelte. »Muss es nicht. Ich weiß doch, wie anstrengende Kunden sind. Dafür brauchst du dich nicht zu entschuldigen.«

Damit hatte er recht. Es war ein typisch weiblicher Move, wie Sofie es nennen würde, sich dauernd für Dinge zu entschuldigen, die für Männer absolut selbstverständlich waren. Ich musste mir das dringend abgewöhnen, zumal ich ja eigentlich inzwischen wissen müsste, wofür man sich wirklich entschuldigen sollte. Aber das verschwieg ich natürlich.

Iza öffnete uns die Tür in einem schwarz-weiß karierten Minikleid, das ich auf die Mitte der Sechzigerjahre datierte.

»Das seid ihr ja! Der Sekt ist schon offen!«

Die Flasche war nicht nur schon offen, sie war auch schon halb leer und meine Schwiegereltern bester Dinge.

»Ihr müsst unbedingt auf dem Klo Probe sitzen! Diese Sitzerhöhung ist der Hammer!« Marlies strahlte übers ganze Gesicht. Sie zog mich ins Bad und setzte sich sofort auf das geschlossene WC. Dann stand sie lächelnd auf, setzte sich wieder, stand wieder auf und warf mir einen bedeutungsvollen Blick zu. »Na?«

»Als hättest du nie was anderes gemacht.« Ich nickte anerkennend und sah mich im Bad um. »Ist wirklich toll geworden.«

Auf dem Boden waren neue rutschfeste Fliesen, die Wände waren von ihrem Sechzigerjahre-Rosé befreit worden und glänzten nun im frischen Weiß. Die Badewanne war verschwunden und einer ebenerdigen Dusche gewichen. Und die Toilette war nun so hoch, dass ein Erstklässler vermutlich nicht alleine draufkommen würde.

Die Rechnung für die Umbaumaßnahmen hatten wir noch nicht bekommen, aber sie machte mich nicht mehr sonderlich nervös. Ich hatte mit Pilinski Bau eine Ratenzahlung ausgehandelt, und der Verkauf von Freddys Drogen würde für die erste Rate in jedem Fall reichen. Jörn wusste zwar nichts davon, aber das würde ich ihm schon irgendwie erklären können.

Iza kam ins Bad, reichte mir ein Sektglas und stieß mit mir an, während Marlies zurück zu den Männern ging.

»Das war ein richtig feiner Zug von dir, dass du den beiden die Renovierung spendiert hast. Sie lieben das Bad.«

»Ohne deine Hilfe hätten wir das niemals machen können.«

Iza warf mir einen vieldeutigen Blick zu. »Die Drogen?«

Ich nickte. »Die haben gut zur Finanzierung beigetragen.«

Iza drehte nachdenklich das Sektglas in ihrer Hand. »Das Shania ist in der Nacht ja vollständig abgebrannt.«

Mir rutschte das Herz in die Hose. Natürlich hatte sie davon gehört. Es wäre ja auch ein Ding gewesen, wenn nicht.

»So?«, sagte ich ahnungslos. »Davon habe ich gar nichts mitbekommen.«

»Hm, hm.« Iza starrte immer noch auf ihr Sektglas. »Was war eigentlich unter dem Komposthaufen?«

Ach du Schande, war das hier die Stunde der Wahrheit? Ich zuckte ratlos mit den Schultern. »Was soll da gewesen sein? Du glaubst doch nicht ernsthaft, dass Hugo aus der Grube in den Kompost – Iza, nein. Werner wird einfach langsam richtig alt. Keine Ahnung, was der glaubte, da gesehen zu haben.«

»Hm.«

»Du musst mir dein Zimmer noch zeigen«, fügte ich schnell hinzu, in der Hoffnung, das Thema damit beendet zu haben.

Erwartungsgemäß hatte die Renovierung von Izas Zimmer für eine enorme Verbesserung gesorgt. Die Stockflecke waren verschwunden, die Wände in einem zarten Hellgelb gestrichen, und ein neuer Teppichboden in einem ähnlichen Farbton rundete den Eindruck von einem sonnigen Zimmer ab. Die alten braunen Holzmöbel hatte Iza weiß gestrichen, was ihnen einen modernen Vintagelook verlieh, auch wenn das irgendwie ein Paradoxon war. In dem Zimmer erinnerte fast nichts mehr daran, wie es hier vorher ausgesehen hatte. Und überall lagen Bücher herum.

»Das ist toll geworden!« Ich hielt Iza mein Glas hin, damit sie erneut mit mir anstieß. Unsere Blicke trafen sich, und für einen Moment schien jemand die Stopptaste gedrückt zu haben.

»Danke.« Obwohl sie lächelte, war Iza ernst geworden.

»Ich habe zu danken«, erwiderte ich. »Es ist großartig, wie du meinen Schwiegereltern hilfst. Da ist die Renovierung von deinem Zimmer doch wohl das Geringste.«

»Das meine ich nicht. Ich meine alles andere. Dass du mich da rausgeholt hast.«

Schlagartig fiel mir ein, was ich Iza bei unserer ersten Begegnung erzählt hatte, dass Freddy sich ins Ausland abgesetzt hätte und dort alles für einen gemeinsamen Neustart organisieren würde. Dass sie eines Tages nachkommen und mit ihm zusammenleben würde.

Meine Spontanität ließ mich im Stich. Ich wusste nicht, was ich sagen sollte. Einerseits hätte ich mich Iza mit Sicherheit anvertrauen können. Sie war immerhin diejenige gewesen, die Hugo den Rest gegeben hatte, insofern hatte sie eine ähnliche Schuld auf sich geladen wie ich. Andererseits hatte sie zu Freddy eine emotionale Bindung, jedenfalls glaubte ich das, und das war Grund genug für mich, ihr nichts von meiner Schuld zu erzählen.

»Bist du glücklich …« Die Frage kam mir sofort saudoof vor. »Ich meine, ist es okay für dich, wie du jetzt lebst?«

Iza nickte. »Und es macht mir auch nichts aus, dass Freddy nicht mehr zu meinem Leben gehört. Im Gegenteil. Du hast ja so recht gehabt, Liv. Er war genauso wenig mein Freund wie dein Bruder.«

Mir stockte kurz der Atem. »Wieso? Also, ich weiß jetzt nicht, was du meinst …?«

»Mir war schon länger klar, dass die ganze Geschichte nicht stimmt. Und nachdem ich mit Marlies und Werner ein bisschen über die Familie gesprochen habe, begriff ich endgültig, dass es nie einen Freddy in deinem Leben gegeben hat. Schon gar nicht als Bruder.«

Ich suchte verzweifelt nach den richtigen Worten. Wie viel wusste sie? Und welche Konsequenzen hatte das?

Iza schien zu merken, wie mir die Sorgen durch den Kopf rauschten. »Mach dir keine Gedanken. Ich weiß zwar nicht, wie du das mit dem Kompost geregelt hast, aber ich bin wirklich sehr happy damit. Und auch wenn ich keine Ahnung habe, warum du das alles für mich getan hast, ist es okay für mich. Ich weiß, dass du kein schlechter Mensch bist, und das reicht mir. Du kannst immer auf mich zählen, Liv.« Dann nahm sie mich in den Arm und drückte mich.

Tja, was meinen Sie, was das jetzt war? Das zwischen mir und Iza? Waren wir auf dem Weg, so etwas wie Freundinnen zu werden? Fast fünfundzwanzig Jahre trennten uns – ist das eigentlich ein Hindernis für eine Frauenfreundschaft? Vermutlich kein größeres als eine gemeinsam entsorgte Leiche.

Ob das mit Iza und mir eine Freundschaft fürs Leben wird, kann ich Ihnen noch nicht sagen. Aber ich kann Ihnen sagen, dass eine Freundschaft zu jemandem, dessen Leben sich bisher auf einem gänzlich anderen Planeten abgespielt hat, in jedem Fall eine Bereicherung ist. Man verlässt die eigene Bubble, erweitert seinen Horizont, bekommt eine ganz neue Sichtweise auf die Dinge. Bisher hatte ich keine Kapazitäten für so etwas, aber das ist zum Glück jetzt anders. Ich bin von meinen Hormonschwankungen genauso befreit wie von meinen Vorurteilen. Bei allem, was passiert ist, sehe ich das als ein Geschenk.

Ich parkte meinen Wagen vor der riesigen Villa der Wugners. Pablo hatte mich gebeten, die Abnahme der Luxusküche alleine über die Bühne zu bringen, da heute auch Herr Wugner anwesend sein würde und mein Chef ihn aus naheliegenden Gründen nicht persönlich treffen wollte.

Cathy Wugner begrüßte mich in einem Outfit, das an Izas

frühere Arbeitskleidung erinnerte. Aber sie war bester Laune, so hatte ich sie während der gesamten Bauphase nicht erlebt.

»Die Mäuse sind auch verschwunden! Ich denke, es liegt an Berti und Lavina, dass sie das Weite gesucht haben.« Sie wies auf zwei Nacktkatzen, die auf einem Kratzbaum saßen und etwas diabolisch in den Raum starrten. »Sie haben zwar keine toten Mäuse angeschleppt, aber man weiß ja, dass die verschwinden, sobald Katzengeruch im Raum ist.«

»Schön.« Fand ich wirklich. Vom ehemaligen Schlangenfutter hatten es die kleinen Mäuse über ein kurzfristiges Dasein als Baustellensaboteure nun zu einem Leben in Freiheit gebracht.

Auf hohen Hacken stöckelte Cathy Wugner über den Marmor und plapperte ununterbrochen, bis wir in der Küche waren.

»Tatsächlich gefällt mir wirklich alles sehr gut, ich bin absolut zufrieden«, flötete sie.

»Keine nachträglichen Extras?«

»Nein, nein.« Sie lachte künstlich auf. »Auf gar keinen Fall!«

»Es gab genug Extras«, hörte ich eine tiefe, etwas undeutliche Stimme plötzlich hinter mir sagen. Und bevor ich mich zu Herrn Wugner umdrehte, wurde mir klar, warum seine Frau plötzlich mit allem so zufrieden war. Ihr Mann war hinter die Zahlungen gekommen und hielt sie für Zusatzkosten aufgrund ihrer extravaganten Wünsche. Er ahnte also noch gar nicht, dass Pablo ihn abgezogen hatte.

Lächelnd drehte ich mich zu Herrn Wugner um – und schlagartig wurde mir brüllendheiß. Waren meine Hitzewallungen wieder zurück? Das konnte doch nicht wahr sein, ich kam sonst doch so gut mit den Hormonsalben zurecht! Dann fiel der Groschen, und ich realisierte, dass der Grund für meinen Schweißausbruch ein anderer war.

»So viele Extras waren es doch gar nicht, Klemens.« Cathy Wugner tätschelte ihrem Mann den bandagierten Kopf.

Klemens Wugner saß in einem Rollstuhl, das linke Bein eingegipst, das rechte ausgestreckt in einem Fixateur, ein Arm in einer Schlinge, der andere verbunden. Die linke Gesichtshälfte schimmerte in allen Farben, und insgesamt sah der Mann aus, als wäre er unter eine Dampfwalze gekommen. War er aber nicht. Nur aus dem dritten Stock in einen Bach gefallen.

Mit offenem Mund starrte er mich an. Erinnerte er sich an mich? Ich wusste es nicht, und fragen konnte ich ihn natürlich schlecht. Also setzte ich mein professionelles Küchenstudiolächeln auf und ging mit ausgestreckter Hand auf ihn zu.

»Freut mich, dass wir uns auch mal kennenlernen, Herr Wugner.«

Irritiert blickte er auf meine Hand, die er nicht ergreifen konnte. Schnell zog ich sie zurück.

»Mein Mann hatte einen Unfall«, erklärte Cathy Wugner. »Er hat ganz viel Glück gehabt.«

»Allerdings«, entfuhr es mir. »Also, ich meine, das sieht man. Ich hoffe, Sie haben das Schlimmste hinter sich?«

»Ja, jetzt geht es nur noch bergauf«, antwortete seine Frau für ihn.

»Kenne ich Sie?« Klemens Wugner sah immer noch höchst irritiert aus. Er hatte die Stirn in Falten gelegt, wie Hannes, wenn er Mathe lernte.

»Waren Sie nicht bei der Auswahl der Fliesen dabei? Vielleicht haben wir uns da schon mal gesehen?«

»Bestimmt nicht.« Er war nur schlecht zu verstehen.

»Jedenfalls passen sie wunderbar in den Raum.« Ich nickte Cathy Wugner anerkennend zu. »Die haben Sie ganz toll ausgesucht.«

»Danke schön!« Sie schien sich tatsächlich über das Lob zu freuen, während ihr Mann mich immer noch gedankenverloren anstarrte.

»Gefällt es Ihnen auch, Herr Wugner?« Er antwortete nicht. »Sollen wir noch mal alles durchgehen?«

»Gerne!« Strahlend ging Cathy Wugner auf den Küchenblock zu. »Der ist genauso, wie wir uns den vorgestellt hatten, stimmt's, Klemi?«

Klemi machte nur ein zustimmendes Geräusch.

»Ich hoffe, er wird seine Zwecke erfüllen«, sagte ich und zwinkerte Frau Wugner zu.

Ihr Lächeln erstarb, und ich befürchtete, es mit meiner vertraulich-kumpelhaften Art übertrieben zu haben. Cathy Wugner zog mich ein Stück von ihrem Mann weg.

»Das hier wollte ich Ihnen noch zeigen!«, sagte sie laut, damit ihr Klemi keinen Verdacht schöpfte. Dann sprach sie mit gedämpfter Stimme weiter. »Glauben Sie wirklich, ich habe Bock darauf, es jeden Tag einfach random an jeder Ecke zu treiben?«

»Nicht?«

»Nein. Wir haben ja schließlich auch Personal, da mache ich mich doch zum Gespött. Ich bin froh, dass damit jetzt erst mal Schluss ist.«

Ein ungutes Gefühl stieg in mir auf. »Aber der Küchenblock bleibt doch?«

»Jaja, sicher. Vielleicht erholt Klemens sich ja auch noch. Aber im Moment ist natürlich tote Hose, mindestens für die nächsten sechs Monate. Da oben läuft es übrigens auch nicht so dolle.« Unauffällig tippte sie sich mit dem Zeigefinger gegen die Stirn.

»Das tut mir leid.«

»Muss es nicht. Klemens hat immer auf so vielen Hochzeiten gleichzeitig getanzt, Sie können sich gar nicht vorstellen, was der beruflich alles gemacht hat.«

Doch, das konnte ich ganz gut, und es überraschte mich, dass Cathy Wugner davon wohl weniger wusste als ich. Ich hätte schwören können, dass er sie im Job kennengelernt hatte, aber offenbar war alle Sexiness nur gespielt gewesen. Vielleicht im vorauseilenden Gehorsam ihrem Ehemann gegenüber? Möglich. Wie man sich doch täuschen konnte. Offenbar steckten doch so einige Vorurteile in mir.

»Klemens ist mehr als zwanzig Jahre älter als ich.« Jetzt flüsterte sie. »Ich bin ehrlich gesagt ganz froh, wenn ich mal für eine Weile machen kann, was ich will.«

»Wir leben nicht mehr im Mittelalter«, flüsterte ich zurück. »Sie können immer machen, was Sie wollen. Stichwort: Scheidung.«

Cathy Wugner zog eine Augenbraue hoch. »Und was soll ich dann bitte schön machen? Ich bin mit sechzehn von der Schule und seitdem mit ihm zusammen.«

Ich nickte nur und entschied, mich aus dem Thema besser rauszuhalten. Wenn die Frau sich scheiden ließ, würde womöglich das Haus verkauft und der Küchenblock ausgetauscht werden. Das wollte ich nun wirklich nicht.

»Vielleicht hab ich Glück, und er bleibt ein Pflegefall«, flüsterte Cathy Wugner noch, bevor sie sich umdrehte und mit lauter Stimme die teure Deckenbeleuchtung lobte, die sie dreimal hatte austauschen lassen.

In dem Moment tat sie mir fast ein bisschen leid. Diese Frau nahm eine ganze Menge Mist in Kauf, nur um in einem absurden Luxus leben zu können. Ich hatte jede Menge Mist in Kauf genommen, um meinen Sohn zu retten. Okay, mein Mist war definitiv etwas eskaliert, dennoch hatte ich in dem Augenblick das Gefühl, besser in den Spiegel blicken zu können als sie.

Klemens Wugner kratzte sich an der Schläfe. »Ich hab Sie doch schon mal gesehen …«, murmelte er erneut.

Ich ging aus seinem Sichtfeld und tat so, als würde ich die Einbauten hinter ihm inspizieren. Was sollte ich tun, wenn er mich doch wiedererkennen würde? Wenn ihm heute Nacht oder morgen früh einfallen sollte, wo er mich das letzte Mal gesehen hatte? Am Fenster des Puffs, aus dem ich ihn versehentlich gestoßen hatte? Vielleicht würde ihm keiner glauben, weil er definitiv ein bisschen etwas von seinen kognitiven Fähigkeiten eingebüßt hatte. Und falls doch? Was, wenn er einen seiner Schläger auf mich oder meine Familie ansetzen würde?

Mein Blick fiel auf den Küchenblock, in dem Freddy für die Ewigkeit konserviert war. Ich war mir sicher, dass ich Cathy Wugner mit Leichtigkeit davon überzeugen könnte, dass der Block noch eine Erweiterung brauchte.

Nein, von einem Zuhälter-Drogen-Steuerbetrüger-Klemens lasse ich mich nicht fertigmachen. Das verspreche ich Ihnen.

Ende

Dank

Ich danke Dr. Alexandra Link für die wertvollen Gespräche über die Wechseljahre, Dr. Sheila de Liz für ihren inspirierenden Ratgeber, Dr. Lars Kröner für alle rechtsmedizinischen Hintergrundinformationen und natürlich meiner Lektorin Angela Tsakiris und meiner Verlegerin Sabine Cramer für ihre wunderbare Unterstützung und ihr Vertrauen.